구 운 몽

베스트셀러고전문학선 9

구운몽

펴낸날 | 2004년 2월 20일 초판 1쇄

지은이 | 김만중
펴낸이 | 이태권
펴낸곳 | 소담출판사
　　　　서울시 성북구 성북동 178-2 (우)136-020
　　　　전화 | 745-8566　팩스 | 747-3238
　　　　E-mail | sodam@dreamsodam.co.kr
　　　　등록번호 | 제2-42호(1979년 11월 14일)

www.dreamsodam.co.kr

베스트셀러고전문학선 9

구운몽

김만중 지음

소담출판사

책 을
펴 내 며

고려대학교인문대학장 설중환.

    고전문학작품이란 말 그대로 예로부터 전해 내려오는 훌륭한 문학작품들을 말한다. 이는 우리 조상들이 생활하면서 생각하고 느낀 모든 것들이 깃들어 있는 '보물창고'라 할 수 있다.

    흔히 21세기는 인간과 문화가 가장 큰 화두가 될 것이라고들 한다. 근대에 들어 지금까지 기계화와 산업화와 정보화에 매달려 온 인간들은 어느새 스스로의 참모습을 잃어버리고 말았다. 나를 잃어버린 것이다. 우리가 길을 잃으면 어떻게 해야 할까. 다시 원래의 출발점으로 되돌아가는 것이 가장 빠른 길이 아닐까.

    고전문학은 우리들을 새로운 출발점으로 안내할 것이다. 고전문학은 오염되지 않는 지혜의 보고로 항상 우리 곁에 남아 있기 때문이다. 현대인들은 다시 고전으로 되돌아가야 한다. 그 속에서 우리는 우리의 본래 모습을 되찾을 수 있을 것이다.

    이번에 새로이 기획한 〈베스트셀러 고전문학선〉은 오늘날 한국인들이 꼭 읽어보아야 할 주옥 같은 작품들을 수록하였다. 특히 모든 사람들이 쉽게 읽을 수 있도록 평이하게 편집하였다. 또한 책의 뒤에는 저자와 작품에 대한 자세한 정보뿐만 아니라 각 작품들 안에서 독자들이 생각해 볼 수 있는 점들을 첨부하였다. 독자들은 이를 통해 더 깊은 고전의 세계를 맛볼 수 있을 것이다.

    모든 사람들이 고전문학작품을 통해서 한국인의 정체성을 되찾고, 참 한국인으로 살아갈 수 있다면 그보다 더 반가운 일은 없을 것이다.

차 례

성진이 양소유로

천하에는 명산이 다섯 있으니 동쪽에는 동악 즉 태산(泰山)이요, 서쪽에는 서악이니 즉 화산(華山)이요, 북에는 북악으로 항산(恒産)이요, 남쪽에는 남악이니 형산이요, 한가운데는 중악으로 숭산(崇山)이니 이를 일러 오악(五嶽)이라 하였다.

이 오악 중에 형산은 중원(中原)에서 가장 멀리 떨어져 있으되, 그 남쪽으로는 구의산(九疑山)이 있고 그 북쪽으로는 동정호(洞庭湖)가 지나고, 한편으로는 소상강(瀟湘江)이 돌아나갔다. 형산은 일흔 두 봉우리가 마치 조상을 모시고 벌려선 자손들같이 늘어서서 혹은 곤두서서 하늘을 떠받치고 혹은 깎아 세운 듯 묏부리가 이상한 기치(旗幟)와도 같이 구름을 자르니, 하나하나가 모두 수려하고 청상하며, 천지의 기운이 뭉치지 않은 것이 없었다.

그중에서도 가장 높은 봉우리는 축융(祝融), 자개(紫蓋), 천주(天柱), 석름(石廩), 연화(蓮花) 이 다섯이니, 그 형세가 자못 치솟아 가파르고 구름이 그 낯을 가리고 안개가 그 허리를 덮고 수목이 울창한 고로, 날씨가 아주 맑고 햇빛이 아주 밝지 않으면 세상 사람들은 그 참모습을 보지 못하였다.

옛적에 대우(大禹)[1]가 홍수를 다스리고 이 산에 올라가 비석을 세워 공덕을 기록하였으니, 하늘 글과 구름 전자(篆字)가 천만 년을 거쳐 아직도 남아 있었다.

진(晋)나라 때에 선녀(仙女) 위 부인(魏夫人)[2]이 도를 닦아 깨우친 후, 옥황상제의 분부를 받들어 선동(仙童)과 옥녀(玉女)를 거느리고 이 산에 이르러 지키니 위 부인이 행한 신령한 일과 기이한 거동은 다 헤아리지 못할 정도였다.

당(唐)나라 시절에 고승(高僧) 한 분이 서역천축국(西域天竺國)[3]에서 들어와, 형산의 기개와 더욱이 연화봉의 아름다운 경치를 사랑하여 이곳에 작은 암자를 짓고 거처하며 대승불법(大乘佛法)으로써 중생을 가르치고 귀신을 다스리니 이에 사람들이 그를 가리켜 생불(生佛)이 세상에 내려왔다고 하였다.

그리하여 부자(富者)들은 재물을 내고 빈자(貧者)들은 부역을 맡아서 나무 없는 언덕을 깎아내고 끊어진 골짜기에 다리를 놓고, 재목을 모으고 공인들을 재촉하여 그윽하고 고요한 숲 속에 큰 법당을 이룩하였다.

---

[1] **대우(大禹)** 우임금.
[2] **위 부인(魏夫人)** 진나라 위서(魏舒)의 딸.
[3] **서역천축국(西域天竺國)** 인도의 옛 이름.

법당의 공부(工部)에서 읊기를,

절문은 동정 들[野]로 높이 열리고
전각 기둥은 적사호 물가에 박히니
오월의 찬바람이 불골(佛骨)을 차게 하고
여섯 때 하늘의 음악을 즐기고 아침에 향 피우더라.

이 한 수의 시로 그 대법당의 웅장한 규모를 짐작하고도 남음이 있으려
니와 산세(山勢)의 빼어남과 도량(道楊)⁴의 웅대함은 남녘땅의 으뜸이라
일컬어졌다.

그 고승은 다만 금강경(金剛經) 한 권만을 수중에 지니고 있었으니, 당
호를 육여화상(六如和尙) 혹은 육관대사(六觀大師)⁵라 일컬었다.

그가 거느린 제자 오륙백 인 가운데 불법에 통달한 자는 겨우 삼십여 인
으로 그중 성진(性眞)이라는 자는 얼굴이 백설 같고 정신이 가을날 물같이
맑아서, 나이 겨우 이십 세에 삼장경문(三藏經文)을 다 익혀 모르는 것이
없었고 총명과 지혜가 무수한 제자들 가운데 가장 뛰어나니, 대사가 그를
지극히 사랑하여 자신의 의발(衣鉢)⁶을 전수하고자 하였다.

대사가 모든 제자들과 더불어 불경을 설법할 때마다 동정호의 용왕이
백의(白衣) 노인으로 변하여 법석에 나타나 강론을 듣곤 하였더니, 대사

---

⁴ **도량(道楊)** 불가에서는 절을 도량이라고 함.
⁵ **육관대사(六觀大師)** 육여, 육관은 몽(夢)·환(幻)·포(泡)·영(影)·로(露)·전(電) 등 세간 일체(世間 一
切)의 무상함을 뜻함.
⁶ **의발(衣鉢)** 입던 옷과 바리때. 불교에서 사제가 서로 전수하는 도구.

가 하루는 제자들을 불러 모아 놓고 이르기를,

"내, 나이 늙고 병들어 산문[7] 밖으로 나가지 못한 지 어언 십여 년에 이르렀다. 그러니 너희들 가운데 누가 나를 대신해서 수부(水府)[8]에 들어가 용왕께 사례하고 돌아오지 않겠느냐?"

그러자 성진이 두 번 절하며 여쭈었다.

"소자 비록 불민(不敏)하오나, 명을 받들어 다녀오겠나이다."

대사가 크게 기뻐하며 성진을 명하여 보내니, 성진이 분부를 받고 일곱 근이나 되는 가사(袈裟)를 떨쳐입고 육환장(六環杖)을 둘러 짚고 표연히 동정호를 향하여 나갔다.

얼마 후 문 지키는 도인이 대사께 고하여 말하기를,

"남악(南嶽)의 위 부인께서 여덟 선녀를 보내어 문 밖에 이르렀나이다."

대사가 명하여 팔선녀를 부르니 차례로 들어와 절하고 꿇어앉아 부인의 말씀을 전하되,

"대사는 산 서쪽에 계시고 나는 산 동쪽에 있으니 서로 멀리 떨어져 있는 것도 아닌데, 자연 일이 많아 한 번도 불석(佛席)에 나아가 경문을 듣지 못하였습니다. 이는 사람을 대하는 도리도 아니고 이웃을 사귀는 뜻도 어긴 것이니, 이제 시비들을 보내어 대사의 안부를 묻고 아울러 천화(天花)와 선과(仙果)와 칠보 문금(紋錦)[9]으로써 구구한 정성을 표하나이다."

---

7. **산문** 절문.
8. **수부(水府)** 용궁.
9. **문금(紋錦)** 무늬 있는 비단.

하고 각기 가지고 온 꽃과 과일, 보배를 눈 위에 높이 들어 대사께 바치니, 대사가 친히 이를 받아 제자들에게 주어 부처님께 공양하였다.

대사가 합장하여 팔선녀에게 사례하며 말하기를,

"이 노승이 무슨 공덕이 있기에 이렇듯 상선의 풍성한 선물을 받겠는가?"

하며, 뒤이어 큰 재를 베풀어 팔선녀를 후히 대접하여 보내었다.

곧 팔선녀는 대사께 하직하고 문 밖에 나와 서로 손잡고 말하기를,

"이 남악 천산(南嶽天山)의 언덕 하나하나, 냇물 하나하나가 다 우리 집 경계(境界)였는데 육관대사가 거처를 정해 기거하신 후로는 동서로 나뉘어 연화봉의 좋은 경치를 지척에 두고도 구경하지 못한 지 오래되었다."

"이제 부인의 명을 받들어 여기 왔으니 이것은 만나기 힘든 좋은 기회로다, 또한 춘색이 아름답고 산길에 해 또한 저물지 아니하였으니, 이때를 틈타 더 높은 봉우리에 올라 시를 읊고 풍경을 구경하고 돌아가 궁중에 자랑함이 어떠한가?"

하고, 서로 손을 이끌며 서서히 거닐면서 폭포의 흐름을 보고 물줄기를 따라 내려가다가 돌다리 위에서 쉬었다.

이때가 바로 춘삼월이라 백화는 만발하고 운무는 자욱한데, 봄새 소리에 춘흥이 호탕하고 물색이 사람을 붙잡는 듯하였다.

팔선녀가 자연 몸과 마음이 산란하고 춘흥이 일어나 차마 떠나지 못하여 편안히 웃고 말하며 돌다리에 걸터앉아 경치를 희롱하니, 낭랑한 웃음은 물소리에 어울리고 아름답고 고운 얼굴은 물 가운데 비치어 완전히 한

폭의 미인도라 하자면 미인도를 잘 그린 주방(周昉)의 손에서 갓 나온 듯하였다.

모두들 스스로 그 그림자를 사랑하여 이내 일어나지 못하고, 은은하게 울리는 작은 소리로 봄날의 시름을 서로 풀며 해가 저무는 줄을 깨닫지 못하였다.

이때 성진이 동정호에 이르러 물결을 헤치고 수정궁(水晶宮)에 들어가니, 용왕이 기뻐하며 몸소 여러 문신들을 거느리고 궁문 밖에 나와 맞아들였다.

자리를 잡은 다음, 성진이 엎드려 대사의 말씀을 낱낱이 아뢰자 용왕이 공경하여 사례하고 잔치를 열어 성진을 대접하였으니 차려진 음식들이 모두 신선의 과일과 채소로 다 인간 세상의 음식과 같지 않았다.

용왕이 친히 잔을 들어 삼배를 권하며 말하였다.

"다섯 가지 계율[10]로 술을 금하는 것을 내 어찌 모르리오만은, 과인의 술은 인간계의 광약(狂藥)과는 크게 달라서 자못 사람의 기운을 돋울 따름이요, 마음을 호탕케 하는 것은 아니니 내 권하는 정을 생각하여 스님은 사양하지 말라."

성진이 재배하며 말하였다.

"술은 사람의 정신을 해치는 것이라 불가에서는 크게 경계하는 것이니 감히 먹지 못하겠나이다."

---

[10]. **다섯 가지 계율** 일불살생(一佛殺生), 이불유도(二不愉盜), 삼불사음(三佛邪淫), 사불망어(四佛妄語), 오불음주식육(五佛飮酒食肉).

용왕이 다시 지성으로 권하니 성진이 차마 사양치 못하고 잇따라 석 잔 술을 기울였다.

용왕께 하직하고 수부를 떠나 바람을 타고 연화봉을 향하여 돌아오다 산 밑에 이르자, 자못 취기가 크게 일어 낯이 달아오르고 눈앞이 어른거려 어지러움을 느꼈다.

성진은 그 자리에 서서 홀로 생각하기를,

'사부(師父)께서 만일 내 취한 얼굴을 보시면 반드시 크게 꾸짖으실 것 이다.'

하고, 냇가로 내려가 가사를 벗어 정한 모래 위에 놓고 두 손으로 물을 움 켜 취한 낯을 씻는데, 문득 신기한 향내가 바람결에 진동하여 왔다.

성진이 자연 정신이 호탕하여져서 홀로 중얼거렸다.

"이 향내는 예사로운 것이 아니다. 이 깊은 산 중에 무슨 신기한 것이 있 기에 향기가 이렇듯 물을 따라 흐르는가?"

다시 의복을 정제한 다음 시냇물을 따라 올라가니 팔선녀가 돌다리 위 에 앉아있었다.

성진이 즉시 육환장을 놓고 합장하며 공손히 재배하며 말하였다.

"모든 보살님들은 잠깐 천승(賤僧)의 말씀을 들어주십시오. 소승은 연화 봉 도승 육관대사의 제자로 스승의 명을 받들어 용왕궁에 갔다 오는 길이 옵니다. 좁은 다리 위에 보살님들이 모두 앉아 계시니 천승의 갈 길이 없 어서 아뢰옵니다. 부디 잠시 옮겨 앉아 길을 빌려 주십시오."

팔선녀가 답례하여 절하고 말하였다.

"첩들은 남악산 위 부인의 시녀들이옵니다. 위 부인이 병중이시라 저희들을 일러 육관대사께 문안케 하시니 돌아가는 길에 잠시 이곳에서 쉬고 있사옵니다. 『예기』에 이르기를 '길을 갈 때 남자는 왼쪽으로 가고 여자는 오른쪽으로 간다' 하였으나 이 다리가 본래 협소하고 첩들이 이미 먼저 앉았으니, 바라건대 화상(和尙)께서는 다른 길로 가십시오."

성진이 다시 답하였다.

"물은 깊고 다른 길이 없사오니 어디로 가라 하십니까? 길을 잠깐 열어 주시오."

팔선녀가 예를 갖추며 답하였다.

"옛날 달마존자(達磨尊者)[11]는 갈잎을 타고 큰물을 육지처럼 건넜다 하였사옵니다. 화상께서 진실로 육관대사의 제자라면 신통한 도술이 있을 터인데, 어찌 이같이 조그마한 시냇물 건너기를 염려하시어 하찮은 아녀자와 더불어 길을 다투시나이까?"

성진이 웃으며 대답하되,

"여러 낭자의 뜻을 보아하니 기필코 행인으로 하여금 길 값을 치르게 하려는 것인즉, 본디 가난한 중이라 다른 보화는 없고 마침 여덟 개의 명주(明珠)가 있으니 이것으로 길 값을 치르겠나이다."

하고는, 복사꽃 가지 하나를 꺾어 팔선녀 앞에 던지니, 그 꽃이 화하여 여

---

[11] **달마존자(達磨尊者)** 고승의 이름. 중국 선종의 시조. 천축향지왕의 제3자. 대통(大通) 원년에 바다를 건너 광주(廣州)에 이르매 무제가 맞이하였으나, 뜻이 맞지 않기에 강을 건너 암산 소림사(少林寺)에서 면벽한 지 9년 만에 입적함.

넓 개 명주가 되었는데 그 빛이 찬란하고 향내가 진동하였다.

마침내 팔선녀는 각기 한 개씩 구슬을 주워 들고 성진을 돌아보고 서로 웃으며 몸을 솟구치더니 구름을 타고 하늘을 향하여 날아갔다.

성진이 석교 위에 홀로 남아 사방을 둘러보았으나 팔선녀는 간 곳이 없고, 이내 고운 구름이 흩어지더니 향내조차 사라지고 없었다.

성진이 망연자실하여 마음을 진정치 못하고 홀린 듯 취한 듯 돌아와 용궁의 말씀을 대사께 사뢰자, 대사가 말하였다.

"어찌 늦었느냐?"

성진이 대답하였다.

"용왕이 심히 만류하기에 차마 떨치고 일어서지 못하여 저물었나이다."

대사가 더는 묻지 않고 말하였다.

"물러가 쉬라."

성진이 초막으로 돌아와 빈방 안에 홀로 앉았노라니, 팔선녀의 구슬 같은 음성이 귀에 쟁쟁하고 아름다운 낯빛이 눈에 선하여 마치 눈앞에 앉은 듯, 옆에서 당기는 듯 심사가 황홀하여 진정할 수가 없었다.

성진은 번뇌와 망상으로 잠을 이루지 못하다가 문득 생각하였다.

'남자로 태어나서 어려서는 공자와 맹자의 글을 읽고, 자라서는 요순 같은 임금을 섬겨, 나가면 백만 대군을 거느려 적진에 횡행하고, 들어서는 백관(百官)을 장악하는 재상이 되어 몸에는 비단 두루마기를 두르고, 허리에는 황금으로 만든 도장을 차고, 임금을 섬기고 백성을 달래며, 눈에는 아리따운 미색을 희롱하고, 귀에는 좋은 풍류 소리를 들으며, 영화를 당대에 자랑하고 공명을 후세에 전하면 그것이야말로 진실로 대장부의 일일 텐데.

슬프구나, 우리 불가의 도는 다만 한 바리때 밥과 한 잔 정화수요, 수삼 권 경문과 백팔염주를 목에 걸고 설법하는 일뿐이니 그 도가 비록 깊다고 는 하나 아주 적막하니 설령 최상의 교리를 깨달아 대사의 도를 이어받아 연화대(蓮花臺)[12] 위에 앉는다 한들 삼혼칠백(三魂七魄)이 한번 불꽃 속에 흩어지면 누가 성진이 세상에 났던 줄을 알리오?

이렇듯 심란하여 잠을 이루지 못하고 뒤척이니 이미 밤이 깊었다. 눈을 감은즉 팔선녀가 앞에 있고 눈을 뜬즉 문득 간 데가 없었다.

이에 성진이 크게 놀라 뉘우치며 홀로 말하였다.

"불가의 법은 마음자리를 정(靜)하게 함이 제일 큰 공부이거늘, 중이 된 지 이미 십 년에 일찍이 작은 허물 하나 없었는데, 이제 바르지 못하고 쓸 데없는 생각이 이렇듯 자심하니, 어찌 내 앞날을 바라겠는가?"

즉시 향을 피우고 꿇어앉아 염주를 굴리며 가만히 일천불(一千佛)을 외 는데, 갑자기 창 밖에서 동자가 급히 말하였다.

"사형(師兄)[13]은 주무시나이까? 대사께서 부르시나이다."

성진이 몹시 놀라며 생각하기를,

'이렇듯 깊은 밤에 급하게 부르심은 반드시 연고가 있도다.'

하고 동자를 따라 급히 법당에 들어서니 육관대사가 모든 제자를 모아놓

---

12. **연화대(蓮花臺)** 불상을 모셔놓은 대.
13. **사형(師兄)** 한 스승으로부터 불법을 받은 형.

고 법연(法筵)에 앉았는데 몸가짐이 엄숙하고 늘어선 촛불이 대낮같이 휘황하다.

대사 곧 성진을 크게 꾸짖어 말하기를,

"성진아, 네 죄를 네가 아느냐?"

성진은 몹시 놀라 섬돌 아래에 꿇어앉아 대답하였다.

"소자 사부를 섬긴 지 십여 년이 되었사오나 지금까지 조금도 불공불손한 일이 없었사온데, 이렇듯 엄히 나무라시니 어찌 감추오리까. 하나 실로 지은 죄를 알지 못하겠나이다."

대사가 더욱 노하여 꾸짖기를,

"도를 닦는 중이 용궁에 가서 술을 받아먹었으니 그 죄 적지 아니하다. 또한 돌아오는 길에 석교 위에서 팔선녀와 더불어 언어를 수작하고 꽃가지를 꺾어 명주로 희롱하고, 돌아 온 후에도 불법을 까맣게 잊고 세상의 부귀를 꿈꾸며 흐트러진 마음이 열반(涅槃)의 경지를 꺼려하니, 어찌 이곳에 더 머물려 하느냐?"

성진이 머리를 두드리며 울고 하소연하였다.

"소자 실로 지은 죄가 있어 할 말이 없긴 하오나 용궁에서 술을 먹은 것은 주인의 권함을 이기지 못한 탓이요, 석교에서 선녀들과 수작을 한 것은 길을 빌리고자 한 탓이며, 제 방에서 망령된 생각이 잠시 있었으나 즉시 뉘우치며 자책하였사오니, 무슨 다른 죄가 더 있사오리까? 설사 죄가 있다 한들 종아리를 치셔서 경계하시고 훈계하실 일이지, 어찌 박절하게 내치시어 스스로 잘못을 고칠 길을 끊으려 하시나이까?"

"이 몸이 열두 살에 부모를 버리고 사부께 들어와 중이 되었사오니 그 세월과 사연으로 말하면 친부모의 은혜와 같고, 또한 의(義)를 말하면 사제의 인연이 중하여 자식과 같사온데, 이제와 연화도량(蓮花道場)을 버리고 어디로 가라하시옵니까, 사부?"

대사 이르기를,

"네가 가고자 하는 곳으로 가게 하려 하는 것이니 어찌 더 머무르겠느냐? 또 네가 '어디로 가리이까?' 하나, 바로 네가 가고 싶은 곳이 마땅히 네가 돌아갈 곳이니라."

하고 다시 소리를 높여 명하기를,

"황건역사(黃巾力士)[14] 들으라, 이 죄인을 이끌고 풍도옥(酆都獄)[15]에 가서 염라대왕께 보내거라."

성진이 이 말을 듣자 간담이 서늘하여 눈물이 쏟아지고, 머리를 두드려 애걸하였다.

"사부, 사부는 들으소서! 아난존자(阿難尊者)[16]는 거리의 여자와 동침하였으나 석가여래께서 죄는 주지 아니하시고 다만 벌을 내리셨을 뿐이옵니다. 소자가 비록 몸가짐을 바로하지 못한 죄가 있사오나 아난존자께 비하면 오히려 그 죄가 적거늘 어찌하여 저를 내치시어 풍도옥으로 가라 하시나이까?"

[14] 황건역사(黃巾力士) 염라대왕의 사자.
[15] 풍도옥 지옥.
[16] 아난존자(阿難尊者) 석가모니의 제자.

대사가 매우 엄하게 말하였다.

"아난존자는 비록 창녀와 동침을 하였으나 그 마음은 변치 아니하였거늘 너는 요색(妖色)을 한 번 본 것으로 본심을 잃었으니 어찌 아난존자와 비하겠느냐? 윤회(輪廻)하는 고생을 면치 못하리라."

성진이 눈물만 흘리면서 부처님과 대사께 하직하고 사형과 사제들과 이별하고 역사를 따라가려 할 즈음, 대사가 다시 위로하며 말하였다.

"마음이 이렇듯 정결치 못하면 비록 산중에 있다 한들 도를 제대로 이루지 못할 것이나, 본심을 잊지 아니하면 비록 열 길 티끌 속에 떨어진다 하더라도 필경 돌아올 날이 있을 것이다. 네의 본심이 이곳에 돌아오고자 할진대 내가 몸소 데려올지니, 너는 의심치 말고 곧 따르거라."

성진이 역사와 함께 지부(地府)로 들어가 망향대(望鄉臺)[17]를 지나 풍도성에 이르자 문 지키는 귀졸(鬼卒)이 나와 물었다.

"이 죄인은 어디서 왔는가?"

황건역사가 대답하기를,

"육관대사의 명을 받아 끌고 온 죄인이오."

귀졸이 성문을 열고 들어가라 하자 역사는 성진을 이끌고 염라전에 이르러 진을 잡아온 연유를 아뢰었다.

염라대왕이 성진을 가리켜 말하였다.

"그대의 몸이 비록 연화봉에 매여 있었으나 그 이름은 지장왕(地藏王)[18]

---

[17]. **망향대(望鄉臺)** 저승에 있는 대. 귀신이 여기 올라가서 양계(陽界) 가내(家內)의 정상을 살핀다고 함.
[18]. **지장왕(地藏王)** 지장보살. 늘 지옥 중에 현신(現身)함.

향안(香案)에 있으니 신통한 술수로써 천하의 중생을 건질까 하였더니, 이제 무슨 일로 이곳에 이르렀느냐?'

성진이 무척 부끄러워 주저하다가 겨우 고하였다.

"소승이 사리에 밝지 못하여 스승께 죄를 얻어 왔사옵니다. 대왕께서는 원컨대 처분대로 하옵소서."

오래지 아니하여 역사가 또 죄인 여덟을 잡아오자 성진이 눈을 들어보니 남악 위 부인의 팔선녀였다.

염라대왕이 호령하여 꿇어앉히고 묻기를,

"남악의 아름다운 경치는 스스로 무궁한 경개가 있고 무한한 쾌락이 있거늘, 그대들은 어찌하여 그곳을 버리고 이 곳에 이르렀느냐?"

선녀들이 부끄러움을 머금고 대답하였다.

"첩들이 위 부인의 명을 받자와 육관대사께 문안 여쭙고 돌아오는 길에 돌다리 위에서 성진과 더불어 말을 희롱한 일이 있사옵니다. 그 일로 대사께서 위 부인께 글발을 보내시니 첩들이 좋은 경개를 흐렸다 하여 잡아 대왕께 보내셨나이다. 소녀들의 기쁨과 슬픔이 모두 대왕께 달렸사오니 바라건대 자비를 베푸시어 좋은 땅에 태어나도록 하옵소서."

염라대왕이 즉시 사자 아홉을 불러 앞에 대령시키고 분부하기를 성진과 팔선녀를 데리고 인간세상으로 내려가라 하였다.

염라대왕이 말을 마치자마자 갑자기 모진 바람이 전각 앞을 스치니, 아홉 사람을 공중으로 휘몰아 올려 사면팔방으로 흩어지게 하였다.

성진이 사자를 따라 가는데 큰 바람이 불어 공중에 떠 천지를 분간할 수가 없었다. 한곳에 다다르자 바람소리가 비로소 멎으면서 성진이 놀란 혼을 수습하고 눈을 들어보니 비로소 두 발이 땅에 닿아 있었다.

주위를 둘러보니 울창한 푸른 산이 사면에 둘러 있고 잔잔한 맑은 시내가 여러 갈래로 흐르는데, 울타리 친 초가지붕이 수목 사이로 보일락 말락하는 것이 겨우 여남은 집이었다. 사자는 성진을 기다리게 하고 마을로 들어갔다.

성진이 두어 사람이 한가로이 마주 서서 지껄이는 말을 듣자니,

"양 처사(楊處士) 부인이 오십이 넘었는데 태기가 있어 참으로 희한한 일이라 하였더니, 해산할 징조가 있은 지 이미 오래 되었는데도 아직 아이 소리가 나지 않으니 염려스러운 일이로다." 하였다.

성진이 가만히 생각키를,

'이제 인간세상에 환생(還生)하는 것이로구나. 지금 내 신세는 단지 혼백일뿐이요, 골육은 연화봉에 있으니 벌써 태워버렸을 것이다. 내 나이 아직 어려 제자를 두지 못하였으니 누가 나를 위하여 사리(舍利)[19]를 거두어 두었을까?'

이런저런 생각을 하자니 마음이 처량할 따름이었다.

이윽고 마을에서 나온 사자가 성진을 손짓하여 불렀다.

"이 땅은 곧 대당국(大唐國) 회남도(淮南道) 수주현(秀州縣)이다. 이곳은 양 처사 집으로, 처사는 너의 부친이 되고 유씨(柳氏)는 너의 모친이 될 것

---

[19]. **사리(舍利)** 불골(佛骨).

이다. 네가 전생의 인연으로 이 집 아들이 되는 것이니 속히 들어가 때를
놓치지 말라."

성진이 서둘러 집에 들어가 보니, 처사는 갈건(葛巾) 야복(野服)의 허름
한 차림으로 대청에 앉아 화로에 약을 달이는데 향내가 옷에 젖었고, 방안
에는 부인의 신음소리가 은은히 새어 나왔다.

사자가 재촉하며

"어서 방으로 들어가라."

하였으나 성진이 의심스러워 주저하자 사자가 급히 등을 밀쳤다.

그 바람에 성진은 그만 땅에 엎어지더니 정신이 아득해지고 천지가 뒤집
히는 듯하여 크게 부르짖었다.

"사람살려, 사람살려[救我救我]!"

하나 다급한 소리는 목구멍에 걸려 제대로 말을 이루지 못하고 나오는
것은 다만 어린아이의 우는 소리였다.

이때, 양 처사는 부인을 위하여 약을 달이다가 문득 아이소리가 나는 것
을 듣자 놀라 기뻐하며 한달음에 방으로 들어가니 부인은 벌써 아들을 순
산한 후였다. 처사는 기쁨을 이기지 못하여 향탕에 아이를 씻겨 누이고 부
인을 위로하였다.

성진은 갓 나서는 주리면 젖 먹고 배부르면 울음을 그치고 하면서도 오
히려 연화봉에서 놀던 일을 뚜렷이 생각하더니 차차 자라 부모의 정을 알
게 된 후로는 전생의 일을 아득히 알지 못하였다.

처사가 자기 자식의 골격이 청수함을 보고는 아이의 이마를 어루만지며

부인에게,

"이 아이의 골격이 빼어난 것을 보니 필시 선계의 사람이 귀양 온 것이오." 하고 말하였다.

그리하여 처사는 아이의 이름을 소유(少遊)[20]라 짓고 애지중지 키웠다.

소유의 나이 어느덧 십여 세에 이르자, 그 용모가 고운 옥 같고 눈빛이 샛별 같으며, 기질이 청수하고 지혜 또한 무궁하니 엄연한 대인군자(大人君子) 같았다.

한 날 처사가 유씨한테 이르기를,

"내 본래 세속 사람이 아니오. 전생의 연이 있어 부인과 더불어 인연을 맺어 오랫동안 속세의 티끌 속에 머물렀소. 봉래산(蓬萊山)[21] 신선 친구가 글월을 보내어 부른 지 이미 오래이나 부인의 외로움을 염려하여 쉬 가지를 못하였더니, 이제 하늘이 도우셔서 영민한 아들을 얻었소. 그 아이의 총명함이 예사 아이같지 않으니 비록 내가 떠나더라도 부인의 의지처(依支處)가 될 것이며 늙어서도 필시 영화를 보고 부귀를 누릴 것이오."

양 처사는 말을 끝맺자 공중을 향해 손짓하여 백학을 잡아타고 표연히 사라졌는데, 유 부인이 미처 한 마디 말도 소리쳐 묻지 못한 채 이미 간 곳이 없었다.

부인의 그 서러움은 이루 말할 나위도 없거니와 어린 자식의 서러움도 마찬가지였다.

---

[20]. **소유(少遊)** 선계에서 인간계로 잠시 놀러 왔다는 뜻이 있음.
[21]. **봉래산(蓬萊山)** 동해 가운데 있는 선산으로, 신선이 산다고 함.

그 후 양 처사는 간혹 공중으로 글월을 보내올 따름이더니 마침내 그 나마 종적조차 집에 이르지 아니하였다.

진채봉과 언약

　양 처사가 신선이 되어 승천한 후 두 모자가 서로 의지하며 세월을 보내더니, 소유의 재주와 총명이 뛰어나므로 그 고을 태수가 신동이라 일컬어 조정에 천거하였다. 양소유는 늙은 어머니를 염려하여 사양하고 즐겨 나가지 아니하였다.

　그의 나이 십사오 세에 이르매 청수한 풍채는 반악(潘岳)[1] 같고 문장은 이백(李白)[2] 같고 필체는 왕희지(王羲之)[3] 같고 아울러 지략은 손빈(孫殯),[4] 오기(吳起)[5]조차 미치지 못하였다. 더하여 천문지리와 육도삼략(六韜三略)[6]과 창과 칼쓰는 수법이 귀신 같아서 모르는 바 하나 없이 모두 통달하니, 이

---

[1] **반악(潘岳)** 중국 진대의 미남.
[2] **이백(李白)** 당나라의 문학가.
[3] **왕희지(王羲之)** 진나라의 서예가.
[4] **손빈(孫殯)** 제나라 위왕의 태사(太師)로 명장.
[5] **오기(吳起)** 초나라 재상으로, 위문후(魏文候)의 명장.
[6] **육도삼략(六韜三略)** 중국의 병서, 문도(文韜)·무도(武韜)·용도(龍韜)·호도(虎韜)·표도(豹韜)·견도(犬韜)와 상략(上略)·중략(中略)·하략(下略).

는 대체로 전생에 행실을 닦은 사람이라 마음가짐이 깨끗하고 생각함이 화통하여 이치에 통달함이 어느 세상 사람이나 속된 선비에 견줄 바가 아니었기 때문이다.

하루는 성진이 모친께 고하여 말하였다.

"부친이 하늘로 오르실 때 집안이 지체 높고 귀히 되기를 소자에게 부탁하셨나이다. 하나 이제껏 가세(家勢) 빈한하여 노모께서 늙도록 고생하시니 만약에 소자가 집 지키는 개가 되고 꼬리 끄는 거북[7] 되어 세상에 나아가 공명을 구하지 않으면 가문을 빛내지 못할 것이오며, 늙으신 어머님의 마음을 위로할 길도 없사오니, 따라서 이는 부친이 바라시던 뜻을 어기는 것이옵니다. 소자가 듣자오니 지금 나라에서 과거를 베풀어 인재를 찾는다 하오니 소자 잠시 노모의 슬하를 떠나 과거 길에 오르려 하나이다."

유씨는 아들의 뜻이 본디 평범치 않음을 알아차렸으나 나이 어린 소년이 먼 길 떠나는 것이 염려되는 한편 이별이 길어질까 걱정하였다. 하나 이미 그 활발한 기상을 막지 못하겠기로 허락을 하고 금비녀를 팔아 행장을 꾸려주며 경계하여 일러두기를 단단히 하였다.

"네 나이 어려 경험이 적고 먼 길이 처음인지라 걱정이구나. 부디 몸가짐을 반듯하게 하고 수이 돌아와 이 늙은 어미의 기다림을 저버리지 말거라."

양소유가 모친의 당부를 받들고 하직한 후 어린 서동(書童)과 작은 나귀

---

7. **거북** 은자(隱者)를 가리킴.

한 필로 길을 떠났다. 산천경개가 무척 아름답고 과거 볼 날도 아직 멀기로 매일 수십 리씩 가면서 명산도 구경하고 혹은 옛 사적도 찾으니, 객지를 떠도는 회포가 그다지 쓸쓸하지 않았다.

여러 날을 가다가 화주(華州) 화음현(華陰縣)에 이르니 바로 장안(長安)이 멀지 않은 곳이라.

문득 보니 한적한 곳에 집이 한 채 있는데, 수풀이 보기 좋게 무성하고 늘어진 수양버들은 서로의 그림자를 의지하고 은은한 향기는 비단을 깐 듯 바닥에 드리웠다. 그 속에 조그만 누각이 있어 단청(丹靑)은 밝고 깨끗하게 빛나고 그윽하고도 맑은 경치가 매우 사랑스러웠다.

그가 한 손에 채찍을 들고 천천히 더듬어 가 보니 수양버들 긴 가지 짧은 가지가 땅에 얽혀 하늘거리는 품이 아리따운 여인이 머리를 감고나서 바람을 맞으며 빗질하는 양 아름답고 혹할 만하였다.

성진이 춘흥을 이기지 못하여 버들가지를 휘어잡고 머뭇거리며 더 나아가지 못하고,

"우리 시골 초(楚)에도 아름다운 나무가 많기는 하나, 내 일찍이 이 같은 버들은 보던 중에 처음이구나!"

하고 탄식하고는, 양류사(楊柳詞)를 지어 읊었다.

> 수양버들 푸르러 베 짠 듯하고
> 긴 가지 그림 같은 누각에 드리웠구나.
> 원컨대 그대 부지런히 심은 뜻은
> 이 나무가 가장 풍류 있음이리라.

수양버들 어찌 이리 푸를까.
늘어진 긴 가지 비단 기둥에 드리웠구나.
원컨대 그대 잡아 꺾지 마시오.
이 나무가 가장 다정하다오.

소리 높여 읊는 그 음성 청아하고도 쇠를 치고 돌을 치는 듯하여 가던 구름 머무르고, 산간에 울려 퍼졌다. 마침 누각에 낮잠 자던 가인(佳人)이 있어 잠에 취하였다 깜짝 놀라 깨어나,

"이 소리는 필시 인간의 소리가 아니구나."

하고 베개를 밀치고 주렴을 반쯤 걷어 올려, 옥을 새긴 난간에 기대서서 사면을 둘러보다 문득 양생과 더불어 두 눈이 마주쳤다.

구름 같은 부드러운 머릿결 흩어져 귀밑에 드리우고 옥비녀는 비스듬히 걸려 있고 잠에서 막 깬 눈동자는 몽롱하여 꽃다운 기운이 어린 듯하고, 힘없이 늘어진 기색에 졸음의 흔적이 아직도 눈썹 끝에 맺혔고 뺨의 연지는 반쯤 지워졌으나, 본디의 자색과 아리따운 몸매는 말로는 도저히 형용치 못하고 그림으로도 나타내지 못하겠더라.

두 사람이 서로 물끄러미 바라만 볼 뿐이요, 한 마디 말도 건네지 못하고 있는데, 오래지 않아 동자가 돌아와 저녁을 갖추었음을 알렸다. 가인은 부끄러운 듯 주렴을 내려 문을 닫고 들어가 버리고, 누각 아래 남아 속절없이 보았으나 남은 것은 지는 날 빈 누각에 떠도는 그윽한 향기뿐이더라.

양생이 동자가 찾으러 온 것을 원망하며, 한 걸음에 세 번씩 돌아보나 주렴을 한 번 내리자 지척은 이미 천 리라 닫힌 창문은 열릴 줄을 몰랐다.

객사에 돌아와 한숨지으며 앉으니 정신이 혼미하였다.

원래 이 여인의 성은 진씨(秦氏)요, 이름은 채봉(彩鳳)으로, 진 어사(御史)의 딸이었는데 바야흐로 비녀 꽂을 나이에 이르렀으나 아직 시집가지 않고 있었다. 모친을 일찍이 여의인데다가 형제마저 없고 이 무렵 어사는 벼슬로 서울, 황성에 올라가 있어 소저(小姐)[8]가 홀로 시비를 데리고 빈집에 남아 있었다.

이날 소저는 뜻밖에도 양생을 만나 그 비범한 풍채와 재주를 보고 마음이 혹하여 깊은 생각에 잠겼다.

'여자가 장부를 섬기는 것은 평생의 큰일이다. 한 세상 영욕(榮辱)과 백년의 고락(苦樂)이 모두 사나이에게 달린 것이므로 탁문군(卓文君)[9]은 과부의 몸으로도 사마상여(司馬相如)[10]를 따른 것이 아니겠는가, 하물며 나는 처자의 몸임에랴. 비록 스스로 배필을 정하는 일이 가(可)하지 않을지라도 신하도 임금을 가린다는 옛말도 있지 아니한가. 훗날 부친께 아뢰어 중매를 보내고자 하여도 저 장부의 성명과 주소를 묻지 아니하였다가 동서남북 어느 곳에서 찾겠는가?

곧 시전지(詩箋紙) 한 폭을 펴 두어 줄 글을 써서 유모에게 주며 일렀다.

"저 아래 객사에 가서, 아까 작은 나귀를 타고 와 이 누각 아래서 양류사를 읊었던 상공(相公)을 찾아가 내가 꽃다운 인연을 맺어 이 한 몸을 의탁

---

8. **소저(小姐)** 미혼 여자의 통칭. 혹은 시첩, 궁인.
9. **탁문군(卓文君)** 한나라 여류 문학가. 사마상여가 거문고로 사랑을 고백하자 과부의 몸임을 잊고 상여와 재혼함.
10. **사마상여(司馬相如)** 한나라 문학가. 자(字)는 장경(長卿).

하려 한다는 뜻을 은근히 알아차리게 하되, 결코 허수함이 없도록 삼갈지어다. 그 상공의 용모가 옥 같고 눈썹이 그림 같아서 뭇사람들 속에서도 닭 무리 속의 봉황같이 눈에 띌 터이니 그를 찾아 이 글을 전하라."

유모가 대답하였다.

"삼가 가르치시는 대로 하겠사오나 후일 어르신께서 아시고 이 일을 물으시면 무어라 대답하오리까?"

"부친이 물으시면 내 스스로 대답할 것이다."

"그 상공이 이미 장가들었던지 혹은 혼인을 정하였다면 어찌 하리이까?"

소저가 이 말에 대답하기를,

"상공이 이미 아내를 맞이하였다면 내 상공의 소첩 되기를 부끄러워하지 않을 것이다. 그러나 내 그 상공을 보아하니 나이 아직 어려 아내를 취하지는 않았을 것이로다."

유모가 객사에 가 양류사를 읊었던 손님을 찾아 물으니, 양생이 글을 읊고 있다가 얼른 나와 물었다.

"양류사를 읊은 것은 나인데 어인 일로 찾느냐?"

유모가 양생의 수려한 얼굴을 보고는 의심치 아니하고 말하였다.

"여기서 드릴 말씀이 아니옵니다."

양생이 의아히 여기며 노파를 끌고 객사로 들어가 조용히 찾아온 뜻을 묻자 유모가 되물었다.

"어디서 양류사를 읊으셨나이까?"

"지나다가 누각 아래의 버들이 아름다워 한 수 읊었네. 어찌 묻는 것인가?"

"상공께서 그때 상면한 사람이 있사옵니까?"

양생이 망연히 대답하였다.

"마침 누각 위에서 하늘에서 내려온 선인이 있어 만났거니와 아직도 그 아리따운 거동이 내 눈에 아른거리고 기이한 향기가 내 옷에서 진동하네."

유모가 다시 말하였다.

"바로 말씀드리겠나이다. 그 댁은 곧 우리 주인 진 어사 댁이며, 그 소저는 우리 댁 규수로, 이 늙은이는 소저의 젖어미이옵니다."

"우리 소저가 어려서부터 마음이 맑고 성품이 영민하여 사람을 알아보는 눈이 있었사온데, 오늘 상공을 한 번 보고는 평생을 의탁코자 하시옵니다. 하나 어르신이 지금 황성에 계셔 아직 돌아오시지 않았으니, 매파를 보내어 대사를 정하려 하여도 상공께서 떠나시면 큰 바다에 뜬 부평초와 같으니, 어찌 종적을 찾을 수 있겠사옵니까? 삼생(三生)의 연분은 중하고 한때의 허물은 경한 고로, 잠시 양가집 규수로서의 부끄러움을 무릅쓰고 이 늙은이를 보내시어 상공의 성함과 거주지를 물으시고 아울러 부인이 있나 없나 알아오라 하시더이다."

양생이 반겨하며 사례하였다.

"성명은 양소유요, 집은 초나라 땅에 있네. 나이 어려 아직 배필은 정하지 아니하였고, 다만 노모가 한 분 계시니 예식은 서로 부모께 아뢰고 해야겠지만 먼저 한 마디 말로써 꽃다운 언약을 함세. 화산(華山)의 푸르름과 위수(渭水)의 마르지 아니함에 맹세하네."

유모가 매우 기꺼워하며 소맷자락에서 봉한 편지를 꺼내어 양생에게 주자 떼어보니 양류사에 대한 답글이었다.

> 누각 앞에 버드나무 심은 뜻은 (樓頭種楊柳)
> 낭군의 말 매어 머물게 하고자 함이거늘 (擬繫郎馬住)
> 어찌 그 가지 꺾어 채찍을 만들어 (如何折作鞭)
> 재촉하여 장대[11] 길을 떠나시려 하는가. (催向章臺路)

양생이 글을 한번 읽고 그 글귀의 청신함을 사랑하여 칭찬하여 마지않았다.

"아무리 왕 우승(王右丞)[12], 이 학사(李學士)[13]라도 이에서 더할 수 없겠도다."

이어서 시전지에 글 한 수를 지어 유모에게 주었다. 유모가 이를 받아 품에 넣고 주막 문을 나가려 하자 양생이 다시 불러 일렀다.

"소저는 진(秦)땅 사람이요 나는 초(楚)땅 사람이라, 한 번 헤어지면 산천이 멀어 소식을 전하기 어려울 터이네. 하물며 오늘의 이 약속에 중매가 없어 믿을 만한 징표가 없으니, 오늘 밤 월색을 타서 소저의 모습을 다시 한번 보고 약속을 다짐하고자 하네. 보내는 글에 그 뜻을 실었으니 그대가 소저께 물어보고 즉시 회보(回報)하게나."

---

[11]. **장대** 전국시대 때 진(秦) 궁내에 있던 대 이름. 그 터가 섬서성 장 안현에 있음.
[12]. **왕 우승(王右丞)** 왕유(王維). 당나라의 화가, 문학가. 벼슬이 상서우승이 이르렀음.
[13]. **이 학사(李學士)** 이백(李白). 한림박사.

유모가 응낙하고 돌아와 소저께 아뢰었다.

"양공이 화산과 위수로써 맹세하며 꽃다운 인연을 완전히 맺었나이다.
또한 소저의 글을 칭찬하며 답글을 지어 화답하더이다."

하고 양공의 글을 바치기에, 소저가 받아보니 그 글은 이러하였다.

버드나무 늘어진 천만 갈래 실에 (楊柳千萬絲)
올올마다 애틋한 심정 맺혔구려 . (絲絲結心曲)
원컨대 달 아래 만나 (願作月下繩)
좋은 봄소식을 맺을까하오 . (好結春消息)

소저가 글을 읽고 나서 꽃 같은 얼굴에 기쁜 빛이 가득하였다.

유모가 다시 아뢰기를,

"양공께서 오늘 밤 조용히 만나 서로 글을 지어 화답하여 봄이 어떠할지
아뢰어 보라 하더이다."

소저가 이 말에 미소를 지으며 말하기를,

"남녀가 예를 갖추기 전에 사사로이 만나는 것은 예절에 벗어난 듯하나
이내 몸을 공에게 의탁하려 한 처지에 어찌 거절할 수 있으리오? 다만 밤
을 틈타 만나면 남의 말도 있을 뿐더러 부친이 아시면 필연 큰 죄를 주실
것이니 밝은 날을 기다려 대청에 모여서 언약을 맺음이 옳을 것 같구나.
유모는 다시 가서 이 말을 전하여라."

유모가 곧 객사로 달려가 양생에게 소저의 말을 자세히 전하자, 양생이
탄복하며 말하였다.

"소저의 영민함과 올바른 말씀은 내 미처 따르지 못하겠구나."

양생이 유모에게 내일 일을 틀림없이 하라 신신부탁하자 유모는 응낙하고 돌아갔다.

그날 밤 양생이 객관에 쉬고자 누웠으나 깊은 생각에 엎치락뒤치락 잠을 이루지 못하고 닭 울기만 기다리자니 봄밤이 도리어 지루하기만 하였다. 이윽고 샛별이 비치며 날이 밝아 오는지라 서둘러 서동을 불러 나귀를 먹이게 하였다.

이때 갑자기 천지가 진동하는듯하더니 문 밖에서 천병만마(千兵萬馬)의 들끓는 소리가 서쪽으로부터 달려들었다. 양생이 대경실색하여 급히 옷을 걸치고 길가에 나가보니, 병기를 가진 군사와 피난 가는 사람들이 산에 가득하고 들판에 넘쳐 소란하며 분주하다. 날뛰는 군사의 소리는 거센 비바람 같고 백성들의 울부짖는 소리는 여기저기서 울려 퍼졌다.

양생이 황망히 옆의 사람을 붙들고 묻자니,

"신책장군(神策將軍)[14] 구사량(九士良)[15]이 스스로 왕이라 칭하고 군사를 일으켜 반란을 일으키자, 천자가 진노하여 양주(楊州)에 대병을 보내어 격파하자 역적들이 패하였다. 그런데 그 잔병이 흩어져 몰려와 관중(關中)[16]에 난리가 났다." 한다.

또 하는 말이,

---

[14] **신책장군(神策將軍)** 당나라 금군(禁軍)의 하나인 신책군의 원수.
[15] **구사량(九士良)** 당의 군관. 진인 포악하여 20여 년 간 탐혹을 자행함.
[16] **관중(關中)** 섬서성의 지명.

"함곡관(函谷關)[17]을 닫아걸고 오가는 사람은 귀천을 막론하고 잡아다가 군대에 집어넣는다." 하였다.

양생이 기겁을 하여 서둘러 서동을 재촉하여 피난하려 하는데 갈 곳을 몰라 허둥대다 남전산(藍田山)[18]에 올라가 바위틈에 숨고자 하였다.

산에 올라 주위를 둘러보자 산 위에 자그만 초가가 보이는데 오색구름이 지붕을 덮고 맑은 학의 울음소리가 들리기에 서동에게 잠시 서 있으라 이르고는, 그 초가를 찾아 바위 틈 길을 더듬어 올라갔다.

바위 위에는 도사 한 분이 책상을 의지해서 누워 있다가 양생을 보고 일어나 앉았다.

"난을 피해 도망하는 중이로군. 그대는 회남땅 양 처사의 아들이 틀림없으렷다."

양생이 한순간 놀라 공손히 재배하고 눈물을 흘리며 대답하기를,

"소생 양 처사의 아들이 맞사옵니다. 부친을 여읜 후 노모께 의지하다가 비록 재주는 없으나 뜻한 바 있어 외람되이 과거를 보러 가는 중이었사온데, 화음땅에 이르러 졸지에 난리를 만나 이를 피하려고 깊은 산에 찾아들었다가 뜻밖에 신선을 뵙게 되었으니, 이는 하늘이 도우시어 선경(仙境)을 밝게 하심입니다."

"부친의 소식을 오랫동안 듣지 못하여 세월이 흐를수록 사모하는 마음 깊어만 갔는데, 지금 말씀을 듣자 하니 부친의 소식을 아실 듯싶사옵니다.

---

[17] 함곡관(函谷關) 중국 허난성 북서부에 있어 동쪽의 중원으로부터 관중으로 통하는 관문.
[18] 남전산(藍田山) 섬서성 남전현에 있는 산.

부디 바라건대 선군(仙君)은 귀찮다 하지 마시고 남의 아들의 간절한 마음을 위로해 주소서. 부친은 지금 어느 산에 계시며 또 기체 일양망강 하시옵니까?"

하자, 도사가 빙그레 웃으며 일렀다.

"그대의 어른과 내가 함께 자각봉(紫閣峯)에서 바둑을 둔 후 작별한 지가 오래지 아니하였으나 어디로 가신지는 모르겠다. 하나 안색도 변치 아니하고 머리고 희어지지 않았으니 그대는 염려치 않아도 될 것이다."

양생이 울며 다시 아뢰었다.

"혹시 선군의 힘을 입는다면 부친을 한 번 뵈올 수 있겠는지요?"

도사가 다시 웃으면서 이르기를,

"부자간의 정이 원래 깊은 것이나 선계와 속세가 자별하니 그대를 위해 주선하고자 하여도 할 수 없을 뿐더러, 삼신산(三神山)[19]이 멀고 십주(十洲)[20]가 넓어서 그대 어른의 거처를 알기 어렵구나. 그대가 어차피 이곳에 들어왔으니 좀더 머물다가 길이 트인 후 길을 떠난다 하여도 늦지는 아니하리라." 하였다.

양생이 부친의 안부는 들었으나, 도사가 부자상봉을 주선할 뜻이 없자 부친을 뵈올 길이 막막한 듯하여 심사가 처량해지고 눈물이 흘러 옷깃을 적셨다.

---

[19] 삼신산(三神山) 동해 바다 한 복판에 있는, 신선이 산다는 봉래·방장·영주의 세 산. 우리나라의 금강·지리·한라의 세 산이라고도 함.

[20] 십주(十洲) 서왕모가 한무제에게 소개한 선계(仙界).

도사가 위로하며 말하기를,

"만났다 헤어지고, 헤어졌다 만나는 것은 세상의 모든 이치이니 울어도 쓸데없는 일이니라."

양생은 눈물을 거두자 세상 생각이 씻은 듯이 사라져 산문 밖에서 기다리는 서동과 나귀는 잊어버리고 자리를 옮겨 앉으며 도사께 감사의 인사를 올렸다.

도사가 벽에 걸린 거문고를 가리키며 물었다.

"그대는 이것을 탈 줄 아느냐?"

양생이 대답하였다.

"본디 음율을 몹시 즐기기는 하오나 좋은 스승을 만나지 못하여 신묘한 곡조는 배우지 못하였나이다."

도인이 부리는 시동으로 하여금 양생에게 거문고를 내주라 이르고 한 번 타 보라 하기에, 양생이 이를 받아 무릎 위에 놓고는 풍입송(風入松) 한 곡조를 뜯었다.

도사가 흡족해 하며,

"손 놀리는 품이 가볍고 재빨라 능히 가르칠 만하겠다."

하고 말하더니, 거문고를 옮겨 속세에 전해지지 않던 네댓 가지 곡조를 직접 차례로 가르쳤는데, 그 소리가 맑고 청아하며 소박하여 인간세계에서 듣지 못하던 것이었다.

양생이 본디 정신이 영특하여 음률을 한 번 듣자 그 신묘한 곡조를 쉽게 통달하는지라 도사가 매우 기꺼워하며 다시 백옥으로 만든 통소를 꺼내더니 몸소 한 곡조를 불어 양생을 가르쳤다.

"음률 아는 사람이 서로 만나기는 어렵다고 옛사람들도 전하거늘, 이렇듯 그대와 함께 음을 즐겨 기쁘도다. 내, 거문고 하나와 통소 하나를 그대에게 줄 것인데 후일 쓸 곳이 반드시 있을 터이다. 꼭 기억하여 잘 간직하여라."

양생이 공손히 두 손으로 이를 받으면서,

"선군은 곧 가친(家親)의 친구시니 소생의 가친과 다름없사옵니다. 부친과 다름없이 섬기고자 하오니 소생을 제자로 삼아주소서."

도사는 웃으며 대답하였다.

"인간세상의 공명과 부귀가 그대를 따르니 그대가 아무리 피하려 하여도 피하지 못할 것이다. 어찌 나 같은 늙은이를 좇아 산속에서 세월을 보내겠느냐? 또한 그대가 돌아갈 곳은 나와 다르니 그대는 나의 제자 될 사람이 아니다. 그대의 간절한 뜻을 저버릴 수 없으니 팽조방서(彭祖方書)[21] 한 권을 주겠다. 이 법을 익히면 비록 장생불사(長生不死)는 못할지라도 평생 동안 병들지 않고 늙지 않을 것이다."

양생이 다시 일어나 재배하고 이를 받으면서 여쭈었다.

"선생께서 소자더러 인간세상의 부귀를 누리겠다 하시니 외람되지만 앞날의 일을 묻겠사옵니다. 소자가 화음현에서 진씨 댁 여자와 장차 혼인할 것을 의논하다가 난리에 쫓겨 여기에 왔사옵니다. 모를 일이긴 하오나 이

---

21. **팽조방서(彭祖方書)** 상고 시대의 선인 팽조가 지은 글.

혼사가 제대로 이뤄지겠나이까?"

도사가 한바탕 크게 웃고 말하였다.

"그 혼사가 어두운 밤같이 헤아리기 어려운 일이라 경솔하게 말할 것이 아니다. 그러나 일러두자면 그대의 아름다운 인연은 여러 곳에 있으니 진씨와의 혼사만 외곬으로 생각하지 말 것이다."

양생은 객실에서 도사와 같이 잠들었다. 날이 아직 채 밝지 않았는데 도사가 양생을 불러 깨웠다.

"길은 이미 트였으나 과거는 내년 봄으로 물려졌으니, 내 생각건대 그대의 모친이 기다리실 터이니 속히 고향으로 돌아가 모친께 근심을 끼치지 않는 것이 좋겠다."

하고는 곧 노잣돈을 장만해 주므로, 꿇어앉아 분부를 받들고는 백배사례하였다.

양생이 거문고와 퉁소와 방서를 거두어가지고 산문 밖으로 나갈 제 슬픔을 이기지 못하여 돌아보니 그 사이 집과 도사는 이미 간 곳이 없고 오직 밝은 빛 아래 산허리에 오색구름이 아롱질 뿐이었다.

양생이 산에 들어갈 때에는 춘삼월이라 봄버들이 채 떨어지지 않았었는데 하룻밤 사이에 가을 국화가 만발하였다.

양생이 매우 이상히 여겨 길가는 사람에게 세상일을 물었더니 시절은 이미 추팔월이라,

"나라에서 각도 군사를 불러올려 겨우 다섯 달 만에 역적을 쳐부수고 난리를 진정시켰다. 천자는 이미 황성으로 돌아가시고 과거는 내년 봄으로

물렸다." 하는 것이었다.

도사와 하룻밤 보낸 것이 이리 오랜 세월이련가, 아! 헛된 것이 세상일 이로다.

양생이 진 어사 집을 찾아가니 뜰 앞에 선 버들은 풍상을 겪어 옛날 빛을 잃었고 단청 곱던 누각은 다 타고 재가 되어 남은 몇 조각 주춧돌과 기와만이 빈 터에 쌓였을 뿐이요, 동리는 황량하여 닭과 개 소리조차 들리지 아니하였다.

양생이 사람의 일이 이리 쉽게 변할 수 있음과 백년가약을 어기게 된 것을 슬퍼하며 석양을 뒤로 하고 버들가지를 휘어잡고 진 소저가 보냈던 양류사를 읊조리는데, 매 구절구절마다 솟구치는 눈물이 비점(批點)²²을 찍었다.

서운한 마음을 달래며 주막으로 돌아와 주인더러,

"진 어사의 가족이 지금 어디 있는가?"

하고 묻자 주인이 얼굴을 찡그리며 대답하기를,

"듣지 못하셨나이까? 전날에 어사가 황성에 올라가 벼슬을 하시느라 진 소저가 비복을 거느리고 홀로 집을 지켰는데 난리가 가라앉은 후에 어사가 역적에 참여했다 하여 극형을 당하여 참수되어 저잣거리에 내다버려졌다 하옵니다. 또한 진 소저는 황성으로 잡혀간 후로 소식을 알지 못하는

---

²² **비점(批點)** 문장을 평할 때 잘된 곳에 표를 하는 점.

데, 그 후에 듣자 하니 어떤 이는 끔찍한 화를 면치 못하여 죽었다고도 하고, 또는 관비로 끌려갔다고도 하더이다.”

“마침 오늘 아침나절에 관원들이 죄인들의 가솔들을 호송하여 우리 주막 앞을 지나가기에 저간 사정을 물었더니, 그 사람들이 모두 영남현(英南縣) 노비로 들어가는 사람들이라 하였사옵니다. 한데 어떤 이가 말하기를 그 속에 진 소저도 끼여 있더라 하더이다.”

양생이 이 말을 듣고 눈물을 흘리며 탄식하였다.

“남전산 도사가 진씨와의 혼인은 어두운 밤 같다 말씀하시더니 필시 소저는 죽었나보다.”

그리고 곧 행장을 거두어 수주(秀州)로 향하였다.

이 무렵 유씨 부인은 황성의 난리 소문을 듣고 아들이 혹여 병화(兵禍)를 입어 상할까 염려하여 밤낮으로 하늘을 우러러 정성으로 빌기를 계속하니, 안색이 초췌하고 온몸이 파리하여 아무래도 오래 부지하지 못할 사람 같았다.

유씨는 아들 양생이 돌아오는 것을 보자 다급히 내달아 붙들고 통곡하며 죽었던 사람이 다시 살아 돌아온 듯하였다.

어언 묵은해가 지나가고 새봄이 돌아오자 양생이 과거 보러 갈 준비를 하는데, 유씨가 이를 보고 경계하여 이르기를,

“거년에 네가 황성에 가서 위태로운 지경을 겪은 것이 지금껏 무섭고 놀랍구나. 네 아직 나이 어리니 나중에 공명을 다투어도 늦지 않으나 말리지 않는 것은 나 역시 뜻하는 바가 있어서다. 네 나이 이미 열여섯이니 지금

정혼하지 않으면 때를 넘기기 쉬울 것이나 이곳 수주는 매우 좁고 궁벽한 곳이라 문벌이나 재주나 용모로 너에게 견줄 만한 처자가 없구나."

"황성 자청관(紫淸觀)[23]의 두 연사(杜 練士)[24]는 나의 외사촌형님 되시는 분으로 도사가 된 지 비록 오래긴 하나 그 연세를 헤아려 본즉 생존해 계실 듯하다. 그분은 기상이 비범하고 지식이 넉넉하여 명문거족 중 출입하지 않는 곳이 없다. 필시 너를 친자식처럼 여겨 극력 주선하여 마땅한 배필을 구하여 줄 터이니 네 그분의 말씀에 유의하여라."

하고 편지를 써주었다.

소유가 모친의 말을 듣고 비로소 화음현 진씨와의 일과 언약을 아뢰고 처량한 빛을 보이자 유씨가 탄식하며 타일렀다.

"진씨녀가 비록 아름답고 영민하다 하여도 이미 너와는 연분이 없어 그러한 것이다. 또 역모에 얽힌 집안의 자식은 설혹 죽지는 않았다 할지라도 만나기가 어려울 것이니 네 마음을 잡아 빨리 단념하고 마땅한 자리에 장가들어 이 늙은 어미의 마음을 편하게 하여라."

소유는 곧 모친께 하직하고 길을 떠났다. 소유가 낙양(洛陽)에 이르러 갑작스런 소낙비를 만나 남문 밖 술집으로 달려 들어가 비를 피할 겸 술을 마시다 주인더러,

"이 술이 상품이 아니로세."

하니, 주인이 이에 대답하였다.

---

[23] 자청관(紫淸觀) 도관(道館)의 이름.
[24] 두 연사(杜 練士) 연사는 도를 닦은 자로, 덕이 있는 사람.

"나으리께서 만약 상품의 술을 구하신다면 천진교 다릿목에서 파는 술이 제일로 낙양춘(洛陽春)이라고 하며 그 술값이 천 냥이오이다."

'낙양이 예로부터 제왕이 다스리는 땅이라 번화하고 화려함이 천하의 으뜸이라 하였거늘, 내 지난해에는 다른 길로 가느라 그 좋은 경치를 못 보았는데, 이번 길에는 잠시 머물러 보고 가겠구나.'

주막 주인의 말을 들은 양생이 속으로 생각하였다.

천진교의 계섬월

　양생이 서동을 거느리고 나귀를 몰아 천진교를 향해 가는데 성안에 들어서자 온갖 물화(物貨)가 번창하고 누각과 정자가 화려하며 낙수(落水)의 강물은 푸른 그림을 비스듬히 펴놓은 듯하였다.

　천진교에 이르자 색깔 고운 무지개가 다리 양 끝에 머물고 주루(朱樓)와 화각(畫閣)은 공중에 치솟아 햇빛을 받아 반짝이며 물위에 거꾸로 물그림자 지고 주렴의 이슬 머금은 거미줄 같은 그림자는 향내 나는 거리에 드리웠으니 가히 구경할 만하였다.

　양생이 화려한 누각 앞에 이르러 보니 은안장을 얹은 백마가 길가에 매어 있고 마부와 종복들이 드나들었다. 누각 위를 우러러 보자 풍악 소리가 한낮의 태양을 향해 치달리고 비단옷 향기는 십 리 길을 서서히 갔다.

　서동에게 일러 물어보니 성안의 모든 소년들과 공자가

다 모여 이름난 기생을 데리고 놀이한다 하였다. 양생이 이 말을 듣자 호기가 등등하고 시흥이 도도하여 나귀에서 내려 누각 머리에 매어 곧장 누상에 올랐다.

소년, 서생 십여 인이 미인들을 거느리고 비단 자리위에 앉아 술상을 벌여놓고 고담준론(高談峻論)을 하는데 모두들 차림이 화려하고 의기가 양양하였다.

양생이 좌중을 향하여 인사하기를,

"소생은 시골 선비로 과거보러 가는 길에 이곳에 이르렀는데 풍악 소리에 젊은 몸이 그저 지나칠 수 없어 염치를 돌아보지 않고 왔사옵니다. 바라건대 불청객이라 책하지 마시고 제공¹은 용서하시라."

여러 서생이 보니 양소유의 용모가 수려하고 차림새가 말쑥한지라 일제히 일어나 인사하고 맞아들여 자리를 나누어 앉았다.

곧 각기 성명을 통한 후에, 좌중에 두생(杜生)이라 하는 자가 말하기를,

"양 형이 정말로 과거보러 가는 선비라면 비록 청하지 않았다 하나 귀한 손이니 오늘 놀이에 참여해도 무방할 것입니다. 또 이런 귀한 손이 우연히 모였으니 흥취가 더할 나위 없는데, 무슨 거리낌이 있겠습니까?"

하자 양생이 이 말을 받아 하는 말이,

"이 모임을 보건대 단지 술잔만을 서로 권하시는 것이 아니라, 아무래도 시회(詩會)를 겸하여 글을 비교하시는 듯한데 소제가 외람되이 제공들의

---

¹ **제공** 여러분.

연회에 끼는 것이 혹여 분수에 넘치는 일이 아닌지 합니다."

여러 사람이 양생의 말씨가 겸양하고 나이가 어린 것을 낮추어 보아 대답하였다.

"양 형은 나중에 온 손이니 글을 지어도 좋고 아니 지어도 무방하오이다. 우리와 함께 술이나 마시고 노는 것이 어떻소이까?"

뒤이어 기생들을 재촉하여 술 한 순배를 돌리고서 풍류를 들려주기에 양생이 잠깐 취한 눈을 들어 기생들을 둘러보니 이십여 명의 여인이 각기 가진 재주를 하나씩 펼치고 있는데 오직 한 기생만은 단정히 앉아 풍류도 아니하고 접대도 하지 않고 있었다.

양생이 가만히 보니 맑은 용모와 고운 자태가 실로 천하의 일색이라 심신이 산란하여 어느새 돌아오는 술잔을 잊었다. 그 미인 또한 양생을 바라보고 가만히 추파로써 정을 보냈다.

양생이 다시 자세히 미인을 보니 그 앞에 여러 폭의 시전(詩箋)이 쌓여 있기에 서생들을 향하여 물었다.

"저 시편들은 필시 제형들의 아름다운 글일터, 소제가 한번 보는 것이 가하겠소이까?"

서생들이 미처 대답하기도 전에 그 미인이 불쑥 일어나더니 시전을 가져다 양생 앞에 놓았다. 양생이 하나하나 훑어보자니 도합 십여 장의 글인데, 그 가운데서 못나고 잘난 것이 있기는 하나 모두 그만그만하여 사람을 놀래킬 만한 글귀가 없는지라 속으로 뇌이기를,

'내 일찍이 들었으되 낙양에는 인재가 많다 하였거늘 이로 미루어 본즉

다 그냥들 하는 말이구나.'

하고, 이에 시전을 미인 앞으로 되돌려 놓은 후 서생들을 향하여 허리 굽혀 절하며 말하였다.

"궁벽한 초(楚)땅 사람으로 당나라 글귀를 제대로 보지 못하였다가 이제 다행히 제형들의 주옥같은 글을 대하게 되니 식견이 넓어지고 안목이 높아졌소이다."

이즈음 사람들이 모두 대취하여 정신이 없으니 서로 마구 지껄이기를,

"양 형이 다만 당나라 글귀의 묘한 것만을 알고 다른 묘한 것은 아직 모르는 것이 분명하외다!"

양생이 말하기를,

"제형들의 보살핌을 입어 이제는 서로 허물없는 벗이 되었으니 여러분이 어찌 다른 것의 묘미를 일러주지 않으시겠소이까?"

자리에 앉은 자 중에 왕생(王生)이라 하는 자가 있어 크게 웃으며 말하기를,

"형에게 그 말을 하기가 무에 어렵겠소? 우리 낙양이 본대 인재가 많다 일컬어지는 고로 예부터 과거에 낙양 사람이 장원 아니면 탐화랑(探花郎)[2]에는 드는지라, 우리 여럿은 다 글로써 헛된 이름은 얻었으나 우리 스스로는 그 우열과 고하(高下)를 매겨 보지 못하였었소."

"지금 시전을 앞에 두고 앉은 저 낭자는 성은 계씨요, 이름은 섬월이라

---

[2] **탐화랑(探花郎)** 과거에 셋째로 급제한 자.

하오. 그 뛰어난 자색과 가무가 동경(東京)[3]에서 당할 자 없을 뿐더러 예부터 지금까지의 글 중 모르는 바 하나 없다오. 게다가 글을 보는 안목 또한 뛰어나고, 한 번 보면 낙방과 급제를 신통하게 맞추니 낙양의 선비들이 글을 지어와 물으면 그에 대한 평론과 조탁(彫琢)이 하나같이 다 능란하여 털끝만큼도 빠지는 것이 없소."

"이런 연고로 우리가 지은 글을 계낭(桂娘)에게 보이어 그 눈에 든 것을 가곡에 넣고 풍류에 실어 그 고하를 매기는 것이라오. 또한 계낭의 이름을 풀어보자면 달 속의 계수를 뜻하니 실로 과거에 장원할 징조가 여기 있지 않겠소? 그러니 어찌 묘하다 하지 않겠소?"

두생이 뒤이어 덧붙여 말하였다.

"또 모든 글 중에 계낭이 뛰어난 한 수를 가려 노래하면 그 글을 지은 자는 오늘 밤 계낭과 더불어 꽃다운 인연을 맺고 나머지 사람들은 이를 치하할 것이니 이 또한 어찌 절묘한 일이 아니라 하겠소? 양 형도 역시 사내니 흥취가 없지 않을 터, 글을 지어 우리와 더불어 고하를 다투어봄이 어떠하겠소?"

양생이 되묻기를,

"제형들이 글 지은 지가 이미 오래인 듯한데, 계낭이 이미 한 사람의 글을 취하여 읊지나 않았는지요?"

하자 왕생이 대답하였다.

[3.] **동경**(東京) 낙양.

"계낭이 맑은 목청을 아껴 아직 붉은 입술과 백옥 같은 이를 열지 않았으니 만족할 만한 글을 찾지 못한 듯하오."

이에 양생이 겸양하며 말하였다.

"소제가 약간의 글귀는 지어보았으나 일찍이 초(楚)땅에 있던 터라, 관 밖의 사람으로서 어찌 낙양의 제형들과 더불어 외람되이 재주를 겨루겠소이까?"

왕생이 웃으며 크게 소리쳤다.

"양 형의 용모가 여자보다 아름다운 것을 보아하니, 장부(丈夫)로서의 기개가 없는 듯하고 글재주 또한 없나 보구려!"

양생이 비록 겉으로는 사양하는 듯하였으나 계낭을 한 번 본 후 허랑한 마음을 이기지 못하였음으로 곁에 있던 빈 시전지를 한 폭 뽑아 시 세 수를 단숨에 내리 지었다. 양생의 하는 양이 순풍을 만난 배가 바다 위를 달리고 목마른 말이 물에 닿듯 하니 좌중의 모두가 놀라 낯빛이 달라졌다.

시를 다 지은 양생은 붓을 자리에 내던지며,

"제형들에게 가르침을 청하는 것이 마땅할 것이로되 오늘의 시관(試官)은 계낭이라 하니 계낭에게 전하겠소이다. 혹여 글 바치는 시간이 늦지 않았을까 하오."

말하고는 곧 시전지를 계낭에게 넘겨주었다.

그 글에 읊기를,

초나라 객이 서쪽에서 놀다 진나라 길로 들어, (楚客西遊路入秦)

주루를 찾아 낙양춘주(酒)에 취하였구나. (酒樓來醉洛陽春)
달 가운데 붉은 계수나무 뉘라서 먼저 찍을까. (月中丹桂誰先折)
오늘날 문장에 사람이 스스로 있도다. (今代文章自有人)

천지 다리 위에 버들꽃 휘날리고, (天津橋上柳花飛)
겹겹이 친 구슬발 저녁 볕에 비치는구나. (珠箔重重映夕暉)
귀를 기울여 한 곡조의 노래를 들으니 (側耳要廳歌一曲)
비단방석에 올라서서 다시 비단옷 춤을 쉬는구나. (錦筵休復舞羅依)

꽃가지가 옥인의 칠보단장을 부끄럽게 하니 (花枝差拂玉人粧)
고운 노래 아니 하여도 입술은 이미 향기롭더라. (未吐織歌口已香)
시러곰 대들보에 티끌이 날린 후를 기다려 (待得樑塵飛盡後)
동방화촉에 신랑을 하례 할러라. (洞房華燭賀新郞)

　섬월이 샛별 같은 눈을 잠깐 들어 좌중을 한 번 보더니 곧 그 붉은 입에서 맑은 노랫소리가 흘러나와 학이 구름 높은 하늘에서 우짖고 봉이 대숲에서 우는 듯, 피리는 제 소리를 빼앗기고 거문고도 곡조를 잃으니 둘러앉은 사람들이 넋을 잃고 얼굴빛이 달라졌다.

　서생들은 양생을 하찮게 보았다가 마침내 섬월이 양생의 글 세 수를 가락에 싣자 자연 흥취가 깨지고 말았다. 모두들 서로 얼굴만 쳐다보고는 말이 없었으니, 이는 섬월을 내주자니 못내 분하고 언약을 저버리자니 그도 차마 못할 노릇이었기 때문이다.

　양생이 그 기색을 알아채고 훌쩍 일어나 작별 하례하기를,

　"소제가 우연히 제형들을 만나 후한 대접을 받았으니 놀이에 취하고, 또

한 배까지 부르니 참으로 감사하오이다. 앞길이 아직도 멀고 갈 길 또한 바쁘니 후일 즐거운 곡강(曲江)[4] 큰 잔치에 한 자리 끼어 다시 사내의 정분을 나누었으면 하오이다."

하더니 조용히 누각을 내려가니 서생들 또한 아무도 만류하지 않았다.

양생이 누각 아래에 이르러 나귀를 타고 길 위에 나서자 계낭이 뒤쫓아 내려와 양생한테 말하였다.

"이 길로 쭉 가시면 길가에 회를 칠한 담장이 있을 것이옵니다. 그 담 밖에 앵두꽃이 만발한 집이 소첩의 집이오니, 상공께서 먼저 가셔서 소첩을 기다리시기를 바라옵니다. 첩이 곧 뒤쫓아 가겠나이다."

소유가 이 말에 알았다 대답하고 길을 가자 섬월은 누에 다시 올라가 모든 서생들에게 말하기를,

"여러 상공이 소첩을 더럽다 아니하시고 한 곡조 노래로 오늘 밤의 인연을 정하기로 하셨사옵니다. 자, 이제 어찌하오리까?"

하자 서생들이 이 말에 대답하였다.

"양가는 객(客)으로 우리 자리에 낀 것으로, 우리가 처음의 약조를 정한 사람은 아니니 신경 쓸 일이 아닐 것이다."

이렇듯 서로들 이말 저말을 늘어놓으면서 양생과의 일을 없었던 것으로 하자 하니 섬월이,

"선비된 자로 약속을 지키지 않으면 어찌 의롭다 하겠나이까? 소첩, 마

---

[4] **곡강(曲江)** 장안 근교의 강으로, 매년 과거에 급제한 수재들이 놀이하는 곳.

침 갑자기 병이 생겨 먼저 집으로 돌아가겠사오니 바라건대 상공들께서는 종일토록 못다한 즐거움을 푸소서."

하고 곧 누에서 내려갔다.

모든 서생들은 심히 불쾌하기는 하나 처음의 약속이 있고 보니 섬월의 비웃음을 당하고도 감히 무어라 한 마디도 못하였다.

양생은 객사로 돌아가 쉬다가 날이 저물자 섬월의 집을 찾아 나섰다. 소유가 섬월의 집에 다다르자 벌써 뜨락은 깨끗이 쓸려 있고 등불을 환히 밝혀 오는 사람을 기다림이 분명하였다. 소유는 나귀를 앵두나무에 매고 문을 두드렸다.

"계낭 있는가?"

계낭은 신발도 신지 않은 채로 달려나와 반겨 맞이하였다.

"상공, 먼저 떠나셨는데 어찌 이제야 오시나이까?"

양생이 이에 대답하기를,

"일부러 뒤늦게 오려 했던 것이 아니라네. '일부러 뒤처진 것이 아니라 말이 앞으로 나아가지 않는다'⁵라는 옛말도 있지 않는가. 주인이 손을 기다려야 옳겠는가, 손이 주인을 기다려야 옳겠는가?"

하자, 섬월이 소유의 손을 맞잡고 들어가 두 사람이 마주 앉은 기쁨을 이기지 못하였다.

섬월이 옥으로 만든 술잔에 술을 가득히 따라 취할 만한 노래와 더불어

---

5. **일부러 뒤처진 것이 아니라 말이 앞으로 나아가지 않는다** 비감후야 마부전야 (非敢後也 馬夫前也). 『논어』의 한 구절.

권하였다. 섬월의 꽃이 부끄러워하고 달빛마저 무색할 아름다운 자태와 고운 노래가 사람의 정신을 홀려 빠져들게 하는지라, 소유가 춘정을 누르지 못하고 섬월의 보드라운 손을 잡아끌고 금침에 누우니, 무산(巫山)의 꿈[6]과 낙포(洛浦)의 인연[7]인들 어찌 이 즐거움에 견주겠는가.

이럭저럭 밤이 깊어 벌레 소리 요란한데 섬월이 자리 속에서 양생에게 속삭였다.

"소첩, 이 한 몸 낭군께 의탁코자 하옵니다. 청컨대 소첩이 지나온 날들을 대강 말씀드리겠사오니 굽어 들으시고 불쌍히 여겨 주십시오."

"소첩은 본디 소주(韶州)땅 사람으로, 부친이 일찍이 고향을 떠나 한 고을의 아전을 지냈으나 불행히 타향에서 돌아가셨나이다. 고향은 멀고 아는 이 하나 없고, 집안 살림조차 구차하여 운구(運柩)할 방법이 없었나이다. 하나 장사를 아니 지낼 수도 없는 노릇이라, 계모가 소첩을 창가에 팔아 돈 백 냥을 받아 장사를 지냈나이다. 소첩 차마 그 뜻을 거스르지 못하여 욕(辱)을 참고 설움을 견디며 몸과 마음을 굽혀 이제껏 이 한 몸 부지하였사옵니다. 하나 매일을 하루같이 소원하기를 '하늘이 무심치 않으시면 다행히 군자를 만나서 다시 일월의 밝은 빛을 보리라' 하였나이다."

"마침 첩의 집 앞이 바로 장안으로 가는 길목이라 길가는 나그네들은 모두 집 앞에서 쉬어갔지요. 소첩 매일 그 나그네들을 살폈사오나, 낭군 같은 분을 만나지 못하고 이럭저럭 사오 년을 보냈사온데 마침내 오늘 밤에

---

[6] **무산(巫山)의 꿈** 초나라 회왕(懷王)과 양왕(襄王)이 산대에서 낮잠을 자다가 신녀(神女)를 만남.
[7] **낙포(洛浦)의 인연** 낙수의 여신이 된 복희(宓姬)를 조식(曺植)이 만남.

야 천행으로 평생 소원을 이루었나이다. 낭군님, 만일 소첩을 더럽다 여기지 않으신다면 소첩, 댁의 밥 짓는 종이 되더라도 개의치 않겠사옵니다. 낭군의 뜻은 정녕 어떠하신지요?"

양생이 정다운 낯빛으로 섬월을 바라보며 좋은 말로 위로하였다.

"내 그대를 향한 깊은 정이 그대와 조금이라도 다를 리 있겠는가마는 나는 가진 것 없는 가난한 선비라네. 또한 노모께서 살아 계시니, 그대와 백년해로를 기약코자 하면 모친의 뜻을 아니 여쭙지는 못할 것이네. 또 만일 내가 처첩을 다 거느리게 되면 그대가 지금은 이렇더라도 달가이 여길 수는 없을 것이 아닌가. 천하에 그대 같은 숙녀는 다시없을 터이니 다른 배필을 찾는 일에 염려할 게 무엔가."

섬월이 낯빛이 변하여 일어나 앉으며 말하였다.

"낭군, 어찌 그런 말씀을 하십니까? 지금 천하의 재주를 헤아려도 낭군을 넘어설 사람이 없을 것이옵니다. 이번 과거의 장원 급제는 당연하려니와, 또한 정승의 인끈과 대장의 절월(節鉞)[8]이 머지않아 낭군께 돌아올 것이니 그리하면 온 천하의 미색 중 어느 누가 낭군을 따르고자 하지 않겠습니까? 한데 이 몸이 무엇이 귀하다고 털끝만치라도 감히 낭군의 마음을 독차지할 뜻을 가지겠습니까? 바라건대 낭군께서는 명문의 규수에게 장가드시어 어머님을 봉양토록 하시고, 다만 천한 이 몸을 버리지나 마십시오. 이제 소첩, 몸을 굳게 지키며 낭군의 부르심만 기다리겠습니다."

---

[8]. **절월(節鉞)** 수기(手旗)와 부월(斧鉞)로 생살권의 상징.

양생은 이 말을 듣고 옛날 일이 생각났다.

"내가 지난날 화주 땅을 지나다가 우연히 진씨 처자를 만났었네. 그 소저의 용모와 빛나는 재주야말로 또한 계낭과 더불어 족히 견줄 만하였으나 불행히도 이제는 만날 수 없게 되었네. 한데 이제 그대가 날더러 다른 요조숙녀를 구하라 하니 어디서 구하겠는가?"

섬월에 양생의 말에 이르기를,

"낭군께서 말씀하시는 분이 필시 진 어사 댁의 채봉 낭자인 듯하옵니다. 진 어사 영감이 일찍이 이 고을의 원님으로 계셨는데 그때 소첩이 진 소저와 함께 어울려 지냈습니다. 진 소저의 모습에서 탁문군의 모습을 엿볼 수 있었사온데 낭군께서 어찌 사마장경(司馬長卿)과 같은 정이 없겠사옵니까? 그러나 이제와서 지난 일을 생각해 봐야 이로울 것이 없사오니, 청컨대 다른 양가의 규수에게 구혼하여 취하도록 하십시오."

"예로부터 이르기를 천하절색(絕色)이 한 시대에 둘 있지 않다 하였네. 한데 이미 계낭과 진낭이 같은 시대에 있으니 벌써 정명(精明)한 기운이 이미 다하지 않았겠는가? 두 사람과 같은 인재를 어디서 구할지 두려울 따름이네."

양생이 힘없이 말하자 섬월이 한바탕 소리 내어 크게 웃었다.

"낭군, 말씀을 듣자니 '우물 안의 개구리'란 말을 생각지 않을 수 없나이다. 소첩이 잠시 우리 창기들 사이에 떠도는 말을 여쭙자면 '천하의 청루(靑樓)에 삼절색(三絕色)' 이라는 말이 있사옵니다. 말인즉 강남땅에 만옥연(萬玉燕)이요, 하북땅에 적경홍(狄驚鴻)이요, 낙양에 계섬월이란 뜻이옵니다. 낙양의 계섬월이란 소첩을 이름이니 그저 저 하나만 헛된 이름을 얻었을 뿐, 옥연과 경홍은 참으로 당대의 절색이옵니다. 한데 어찌 천하에 이제는 천하절색이 없다 하시옵니까?

옥연은 서로 멀리 떨어져 있어 비록 한 번도 만나보지 못하였으나 남방에서 오는 사람들의 말을 듣자면 칭찬치 않는 이가 없으니 떠도는 말이 헛말이 아님을 미루어 알 수 있사옵니다. 경홍은 첩과 더불어 따뜻한 정을 형제처럼 나누는 사이오니 경홍의 내력은 대충 말씀드릴 수 있나이다.

경홍은 본디 파주(播州)땅 양갓집 딸로 부모를 일찍 여의고 고모한테 의지하여 살았습니다. 경홍의 나이 십여 세가 될 때부터 이미 그 절묘한 재색이 하북땅에 널리 소문이 났기로 근방의 사람들이 천금(千金)으로 시첩(侍妾)으로 삼고자 하여 중매가 문턱이 닳도록 드나들었습니다. 한데 경홍은 중매가 들어오는 대로 모두 물리쳤다 하옵니다. 그러니 모든 중매들이 고모를 힐난하며 '들어오는 중매를 죄다 물리치고 허락지 아니한다 하니, 도대체 어떤 사람을 얻어야 마음에 들겠다는 소린 게요? 대승상(大丞相)의 첩을 삼고자 하시오? 절도사의 부실을 삼고자 하시오? 명사(名士)한테 몸을 바치고자 하시는 게요, 아니면 수재(秀才)에게 보내고자 하시는 게요?' 하고 성화를 부리니, 경홍이 가로막으며 나서서 대답하기를 '만일 진나라 때 동산(東山)⁹에서 기생을 이끌었던 사안석(謝安石)¹⁰ 같은 분이라면 필히 대승상의 첩이 될 것이요, 만일 삼국시대 사람들에게 곡조를 알게 하였던

---

⁹ **동산(東山)** 절강성 상우현에 있는 산 이름.
¹⁰ **사안석(謝安石)** 진의 정치가.

주공근(周公瑾)[11] 같은 분이라면 족히 절도사의 부실이 될 것이요, 당 현종(唐玄宗) 때 청평사(淸平詞)를 올렸던 한림학사 이태백 같다면 명사를 족히 따를 것이요, 한무제(漢武帝) 때 봉황곡(鳳凰曲)을 들려주었던 사마상여 같은 이가 있다면 능히 수재를 따르겠소. 제 마음 가는 대로 할 터인데 어찌 미리 어쩌겠다 요량하겠소?' 하였더니, 여러 중매쟁이들이 비웃고 흩어졌다 하옵니다.

그런 후 경홍이 홀로 있을 때 생각한 것이 '내 궁벽한 시골 처자로 이목이 밝지 못하니 집안에 얌전히 앉아 어찌 장차 천하의 뛰어난 사내를 가려내고 훌륭한 배필을 구하겠는가? 영웅호걸과 자리를 같이하여 수작을 나누고, 또 귀공자나 수재들과 학문을 열어 맞아들일 수 있는 것은 오직 창기들뿐이니, 사내들의 그 현명하고 어리석음을 가리기 쉽고 천성의 우열을 쉽사리 판단할 수 있을 것이다. 이를테면 대는 초안(楚岸)에서 구하고 옥은 남전산에서 캐는 것과 같으니 창가에서라면 기재(奇才)와 묘품(妙品) 얻기에 어려움이 없을 것이다' 하며, 스스로 몸을 팔아 창기가 되어 뛰어난 사내에게 자기 한 몸 맡기고자 하였더니 채 수년이 되지 않아 이름을 널리 떨치게 되었사옵니다. 상년 가을에는 산동(山童) 하북(河北) 열두 고을의 문인과 재사가 업도(鄴都)에 모여 잔치를 베풀고 놀이를 하였는데, 그 자리에서 예상곡(霓裳曲)을 부르며 한바탕 춤을 추니 편편하기가 놀란 기러기 같고 교교하기가 나는 봉 같아서, 수없이 늘어앉았던 이름난 미녀들이

---

[11]. **주공근(周公瑾)** 주유(周瑜). 공근은 그의 자(字). 손책을 도와 강동을 평정함.

모두 다 제 낯빛을 잃었다 하오니 그 재주와 용모를 가히 짐작할 수 있을 것이옵니다. 그날 잔치가 파한 후 홀로 동작대(銅雀臺)에 올라 달빛을 희롱하며 거닐면서 옛글을 더듬어 사모하다가 가슴을 찌르는 글을 읊조리며 향을 나눠준 지난날의 일을 조상하고, 이어서 조조(曹操)가 이교자(二喬子)[12]를 누각에 감추지 못했음을 웃었으니, 이를 보는 사람마다 그 재주를 사랑하고 뜻을 기이히 여기지 않는 이가 없었사옵니다. 하니 지금 규중(閨中)에 어찌 또 이런 처녀가 없다 하겠사옵니까?

경홍이 첩과 더불어 상국사(相國寺)에서 놀이할 제 서로 마음에 품은 일들을 이야기하다가, 경홍이 날더러 말하기를 '우리 후일에 뜻 맞는 군자를 만나거든 서로 천거하세. 우리가 같이 한 낭군을 섬기면 백년신세를 그르치지는 않을 걸세' 하기에 소첩도 또한 뜻을 같이 하기로 하였사옵니다. 이제 문득 낭군을 뵈니 경홍이 생각나옵니다. 하나 경홍은 벌써부터 산동제후(山東諸侯)의 궁중에 들어가 있으니 이른바 호사다마(好事多魔)라 하겠나이다. 제후의 후궁 생활이 비록 호화롭기는 하겠으나 그 역시 경홍이 바라던 바는 아니니 참으로 안타깝사옵니다."

하고 탄식하였다. 이어,

"어찌하면 경홍을 다시 만나 이 사정을 말할 수 있을까요."

양생이 곤란한 표정으로 말하기를,

"비록 청루에는 재주 있는 여자가 많다고 하지만, 사대부가 규수를 어찌

---

[12] **이교자(二喬子)** 한나라 교현(橋玄)의 두 딸로, 국색이녀(國色二女)라 일컬어짐.

보아 그 용모와 재색을 알 수 있겠느냐?"

하자 섬월이 이에 대답하였다.

"소첩이 지켜본 바로는 진 낭자 같은 여자는 없사옵니다. 하나 만약 진 낭자만 못하면 소첩이 어찌 낭군께 천거하겠사옵니까. 소첩이 벌써부터 듣자니 정 사도(鄭司徒)의 딸이 아름다운 자색과 그윽한 덕행으로 요즘 여자 가운데 제일이라 장안사람들의 칭찬이 자자하옵니다. 첩이 비록 직접 보지는 못했으나 예로부터 헛칭찬으로 이름나는 일은 없다 하였으니 낭군이 황성에 가시거든 유의하여 살펴보소서."

이런저런 이야기를 하는 사이에 동녘이 밝아온지라 두 사람이 같이 일어나 세수하고 마주 앉았다.

"이곳은 낭군께서 오래 머무르실 곳이 아니옵니다. 더구나 어제의 놀이에 참여하였던 공자들이 심술궂은 심사가 없지 않을 터이니 상공께서는 일찍 길을 떠나시도록 하소서. 이후로도 모실 날이 허다하오니 어찌 아녀자의 섭섭한 심정을 구구이 말로 하겠나이까?"

양생이 섬월의 손을 맞잡고,

"자네의 말을 금석같이 여겨 마땅히 가슴속에 새기겠네."

하고 눈물을 뿌리며 작별하더라.

정
경
패
와
의
만
남

양생이 낙양에서 출발하여 길을 서둘러 장안에 이르러
서는 곧 사관(舍館)을 정하고 아직 여러 날 남은 과거날을
기다렸다.

사관의 주인에게 자청관(紫淸觀)이 어디 있는지 물었더
니 춘명문(春明門) 밖이라 하기에 곧 예물을 갖추어 두 연
사(杜練士)를 찾아갔다.

찾아뵈니 두 연사는 연세가 육십여 세에 이르고 계행(戒
行)[1]이 아주 높아 자청관 여관(女冠)[2]가운데 으뜸이 되어
있었다.

소유가 먼저 절을 올리고 모친의 편지를 올리니, 두 연
사가 모친의 안부를 묻고는 눈물을 흘렸다.

"그대의 자당과 이별한 지 이십여 년 만에 이렇듯 장성

---

[1] **계행(戒行)** 계율을 지켜 닦는 행위.
[2] **여관(女冠)** 여도사(女道士).

한 아들을 보니 세월이 빠르구나. 내 몸이 늙어 황성처럼 번잡하고 소란스러운 곳이 싫어 장차 멀리 공동산(空同山)으로 떠나 선도(仙道)를 닦으며 마음을 세상 밖에 붙이려 하였다. 그런데 이제 , 그대 자당의 그대를 부탁하는 편지를 받고 보니 내 마땅히 그대를 위하여 이곳에 더 머물러야겠구나. 내 보니 그대의 풍채가 빼어나 천상의 신선과 같으니 요즘 규수 가운데 상대가 될 만한 배필을 얻기가 어려울 것 같구나. 그러니 천천히 골라 볼 것이니 겨를이 있거든 다시 한번 찾아오도록 하라."

양생이 머리를 조아리며 말하였다.

"소질(小姪), 집안은 가난하고 어머님께서는 연로하신데, 나이 이십이 가깝도록 궁벽한 시골에서만 살았던 탓으로 마음에 맞는 배필감을 찾지 못하였더이다. 희구(喜懼)께서는 제가 인연 맺기를 간절히 바라고 계셨으나 장가는커녕 끼니 이을 걱정을 오히려 끼치고 효성을 바로 펴지 못하여 죄송하였더니 그리 말씀하여 주시오니 감격하여 몸 둘 바를 모르겠나이다."

소유가 두 연사에게 하직 인사를 하고 돌아온 후에 과거 날짜가 차츰 다가오나 혼처를 구하려는 생각에 공명을 바라는 마음이 멀어져 가 과거 준비를 게을리하였다.

소유가 수일 후 다시 자청관을 찾아가자 두 연사가 웃으며 말하였다.

"한곳에 처녀가 있는데 그 재주와 용모가 실로 양생의 배필이 됨직하나 그 문벌이 너무도 높으니, 육대나 내려오는 공후(公侯) 집안이며, 삼대나 내려오는 대신 집안이라. 양생이 이번 과거에 장원을 하면 혼인할 가망이 있겠으나, 그렇지 못하면 말을 꺼내 보았자 쓸데없는 일이니 그대는 번거롭게 나를 찾지 말고 과거 공부에나 힘써 장원을 하도록 하라."

양생은 그 처자가 몹시도 궁금하였다.

"대체 뉘 집 색시옵니까?"

연사가 가르쳐 주기를,

"정 사도(司徒)[3]의 딸이데, 북문이 한길로 트이고 문위에 창을 걸쳐놓은 것이 바로 그 집이니라. 그 딸이 바로 선녀라, 속세 사람은 아니더라."

소유가 문득 섬월의 말이 생각나 어떤 여자길래 이토록 칭찬이 자자한가 하여 연사에게 되물었다.

"정씨 규수를 숙모께서 직접 보신 일이 있사옵니까?"

소유의 물음에 연사가 웃으며 말하였다.

"내가 어찌 보지도 않고 그런 말을 하겠느냐? 정 소저는 바로 하늘 사람이니, 그 아름다움을 입으로 형용키는 어려우니라."

다시 연사의 말을 듣고 한참 생각하다가,

"소질이 너무 자랑하는 말 같사와 송구하오나, 이번 과거에 장원하기란 주머니 속의 물건 집는 듯[4] 쉽사오니 이것은 염려할 거리가 되지 않사옵니다. 하나 제게 바라는 일이 한 가지 있사온데 소저의 얼굴을 보고 싶사옵니다. 그 소저를 보지 못하고서는 구혼할 생각이 없사오니, 숙모님께서는 너그러운 마음으로 소질이 그 소저의 용모를 한 번 보게 해주소서."

---

[3] **사도(司徒)** 관명(官名).
[4] **주머니 속의 물건 집는 듯** 낭중취물(囊中取物). 얻기 쉬움.

두 연사는 이 말에 매우 놀라며 하는 말이,

"재상집 여식을 어찌 여염집 아녀자 마냥 쉽사리 볼 수 있겠느냐? 네가 혹시 내 말을 믿지 못하고 이러는 것이 아닌고?"

"소질이 어찌 숙모의 말씀을 의심하오리까. 다만 사람의 소견이 서로 항상 같지는 않은 법이온데 숙모의 눈이 어찌 반드시 소질의 눈과 같다고 하겠사옵니까?"

"봉황과 기린은 비록 어린아이라 할지라도 다 상서롭다 일컫고 청천백일(靑天白日)은 기질이 어질거나 어리석거나 사람이라면 모두 볼 수 있으니, 참으로 눈 없는 사람이 아니거늘 어찌 그 자태와 심덕을 알아보지 못하겠느냐?"

두 연사가 기어이 승낙지 아니하자 소유는 불만을 가지고 사관으로 돌아갔다. 이튿날 일찍이 소유가 기어이 연사의 허락을 받으려는 마음으로 서둘러 도관으로 찾아갔더니, 얼굴을 마주하고 앉자마자 두 연사는 웃으며 말하였다.

"그대가 필시 할 말이 있어 왔으렷다."

소유 또한 마주 웃고 대답하였다.

"소질이 정 소저를 보지 못하고는 의심이 가시지 않겠사오니, 다시 청하옵건대 모친이 부탁하신 뜻을 돌아보시고 소질의 간절한 생각을 살피시어 신기한 계책으로써 한 번만 보게 주소서."

두 연사 머리를 좌우로 저으며 곤란한 얼굴을 하고,

"극히 어려운 노릇이구나."

하고 깊이 생각에 잠겼다가 문득 깨어나 말하기를,

"내가 보기에 그대는 총명하고 영민하니 학문을 배우는 여가에 음률을 익힌 바 있으렷다?"

"소질이 예전에 우연히 한 도사를 만나 신묘한 곡조를 배웠으므로 오음육률(五音六律)[5]은 족히 다 알고 있나이다."

두 연사가 소유를 조용히 건너다보며 말하였다.

"정 소저가 대재상의 댁의 아씨라 그 집의 담은 매우 높아 한 길이요, 중문이 다섯 겹이요, 화원은 바다처럼 깊으니 몸에 날개가 돋지 않고서야 넘어갈 길이 없다. 또 정 소저가 고금의 글을 두루 읽고 예절에 밝아 일거일동이 예절에서 벗어남이 없으니, 한 번도 우리 도관에서 분향한 바도 없고 또 절에 가서 재를 올리는 법도 없고 정월 보름달에 등불 구경도 아니하고, 삼월 삼짇날 즐거운 곡강(曲江) 놀이에도 끼지 아니하니 어찌 남모르는 이가 따라가 엿볼 수 있겠느냐?"

"한 가지 방법이 있긴 있어 이 계책이면 잘 되기를 바랄 수 있으나 그대가 즐겨 따르지 않을 듯하구나."

두 연사의 말이 떨어지자마자 소유가 급히 대답하기를,

"만일 정 소저를 볼 수만 있다면 하늘에 오르고 땅 속에 들어가기를 마다하겠나이까? 끓는 물 속에 들어가고 불 속에 뛰어들기를 마다하겠나이까? 그 계책이 무엇이건 어찌 따르지 아니하겠습니까?"

---

[5] **오음육률(五音六律)** 오음은 궁(宮) · 상(商) · 각(角) · 치(緻) · 우(羽), 육률은 황종(黃鍾) · 태주(太簇) · 고선(姑洗) · 유빈(蕤賓) · 이칙(夷則) · 무역(無射).

소유의 말에 두 연사가 그제야 입을 떼었다.

"정 사도는 근래에 와서는 몸 늙고 병들어 벼슬살이를 좋아하지 아니하고 오직 즐거움을 산수(山水)와 음률에 두고 있고, 또한 그 부인 최씨도 본디 음률을 좋아한다. 정 소저 총명하고 영민하여 천만 가지 일에 모르는 것이 없으므로 음률에 있어서도 한 번 들으면 음의 맑고 탁함과 높고 낮음을 쉽사리 분석하니 비록 사광(師曠)[6]의 총명과 종자기(種子期)[7]의 신통이라 할지라도 이를 넘지 못할 것이다. 최 부인이 언제나 새로운 음률을 아는 사람이면 반드시 그를 불러 앞에서 아뢰게 하고, 소저로 하여금 높고 낮음을 평론케 하며 책상머리에 몸을 기대고 노래 듣는 것을 낙으로 삼고 있다."

"내 생각으로는 그대가 그대 말처럼 음률을 잘 탄다면 미리 거문고 한 곡조를 익혀두고 기다리고 있다가, 삼월 그믐날은 영부도군(靈符道君)[8]의 생신이라, 정 사도 집에서는 해마다 계집종을 보내어 향촉(香燭)을 가지고 도관으로 복을 빌러 오니, 이때 거문고를 뜯으면 그 소리를 계집종이 들을 것이요, 그리하면 필연 돌아가서 좋은 소리를 들었다 부인께 여쭐 것이다. 그리하면 부인께서 틀림없이 그대를 청하여 갈 것이니 정 사도 집에 들어간 후에 정 소저를 보거나 못보는 일은 모두가 그대의 연분에 달린 것이니 내가 알 바 아니다. 이것 말고는 별다른 계책이 없으니 어쩌겠는가? 이 일

---

[6]. **사광(師曠)** 춘추시대 진의 음악가.

[7]. **종자기(種子期)** 춘추시대의 거문고의 명수.

[8]. **영부도군(靈符道君)** 오제(五帝)의 하나.

을 성사시키자면 그대가 이제 여장을 해야 할 터인데 그대의 용모가 아리 따운 여자에 뒤지지 않고 수염조차 나지 않았으니 변장하기는 그리 어렵지 아니할 것이다."

소유가 크게 기뻐하며 물러가서는 손꼽아 그믐날을 기다렸다.

본디 정 사도는 슬하에 다른 자식은 없고 오직 딸 하나가 있을 뿐인데, 최씨 부인이 해산하던 날 잠결에 하늘에서 선녀가 내려와 명주(明珠) 한 개를 방안에다 놓는 것을 본 후 오래지 않아 소저를 낳았으므로 이름을 경패(瓊貝)라 붙였다. 점점 자라남에 따라 아름다운 자색과 놀랄 만한 재주가 실로 만고에 제일로 당할 자가 없었다.

사도 부처가 이를 매우 사랑하여 그 배필 될 사람을 구하고자 하나 어울리는 마땅한 이가 없어 나이 열여섯이 되도록 아직 혼처를 정하지 못하였다.

돌아온 그믐날 최씨 부인이 소저의 유모인 전구(錢嫗)를 불러 이르기를,

"오늘은 영부도군의 생신이니 네가 향촉을 가지고 자청관에 가서 두 연사에게 전하고, 아울러 옷감과 다과로써 나의 그리워 잊지 못하는 정을 아뢰어라."

유모가 분부를 듣고서 작은 가마를 타고 도관에 이르니 두 연사가 그 향촉을 받아 삼청전(三淸殿)[9]에 공양하였다.

두 연사가 유모 전구에게 이르기를,

---

9. **삼청전(三淸殿)** 옥청(玉淸) · 상청(上淸) · 태청(太淸).

"부인께서 이렇듯 귀한 비단과 다과를 보내셨음을 깊이 사례드린다 전하게, 또 자네가 마다않고 부인의 정을 전해주었으니 어찌 그냥 보내겠나?"

하고 가려는 유모를 붙들어 대접하고 있을 때 양생이 여자의 옷을 차려입고 별당에서 거문고 한 곡조를 탔다.

마침 돌아가려는 유모가 교자를 타려 하다가 무심코 들은즉 거문고 소리가 별당 서편에서 나는데 그 음률이 맑고 새로워서 마치 구름 위에 뜬 듯하였다. 유모는 교자를 멈추게 하고 귀를 기울여 듣다가 연사를 돌아보고 물었다.

"이 몸이 우리 부인을 좌우로 모시며 옆에서 귀동냥으로 유명한 사람들의 거문고를 많이 들었으나 이 같은 음률은 금시초문이니 도무지 알지 못하겠습니다. 어떤 사람이 타는 것이옵니까?"

두 연사가 대답하여 일러주기를,

"일전에 어린 여관(女冠)이 황성 구경을 하려고 초땅에서 올라와 여태 돌아가지 아니하고 이 도관에 머물러 있다네. 그가 때때로 거문고를 타는데, 이 몸은 음률을 잘 모르는 고로 그 청탁(清濁)을 아직 분간치 못하였는데 이제 자네가 이렇듯이 칭찬하는 것을 보니 필경 명수로세."

유모 전구가 두 연사에게 당부하기를,

"우리 부인께서 이 말을 들으시면 필시 그 사람을 부르실 터이니 좀 더 그 사람을 만류하여 다른 곳으로 떠나지 못하게 하여 주시옵소서."

두 연사가 이를 승낙하고 유모를 돌려보낸 다음 들어와 유모 전구의 말을 소유에게 전하니, 소유가 기뻐하며 부인이 부르기를 고대하였다.

유모가 정 사도 댁으로 돌아와 부인께 아뢰되,

"자청관에 한 여관이 있는데 그 사람이 거문고를 다루는 솜씨가 남다르더이다. 그 음률이 매우 신기하여 한 번도 들은 적이 없는 듯하였사옵니다."

최씨 부인이 이 말을 듣고,

"내, 그 솜씨를 꼭 한 번 들었으면 하겠다."

하고, 이튿날 보교(步轎) 한 채와 시비 한 사람을 보내어 연사에게 말을 전하였다.

"유모가 들었다는 젊은 여관의 거문고 가락을 한 번 들었으면 하니, 그 사람이 오기를 꺼리더라도 아무쪼록 권하여 보내도록 하십시오."

하거늘, 연사가 그 시비를 돌아보며 짐짓 양생에게 이리 말하였다.

"귀하신 분이 부르시는 것이니 그대는 사양치 말도록 하라."

양생도 또한 태연히 대꾸하기를,

"시골에서 올라온 천한 몸으로 귀부인 앞에 나아가 뵈옵기 매우 어려운 노릇이오나, 어찌 연사의 말씀을 감히 거역할 수 있겠나이까?"

하고는 곧이어 여도사의 두건과 의복을 갖추어 입고 거문고를 가지고 나오는데 정씨 댁의 시비가 보기에 그 걸어나오는 모습이며 풍채가 위 부인과 사자연(謝自然)[10]과도 같으므로 탄복하여 마지않았다.

---

10. **사자연(謝自然)** 당의 여관.

정 사도 댁에 이르러 시비가 소유를 안내하여 들어가자, 최 부인이 대청에 앉았는데 그 몸가짐이 매우 엄전하여 과히 대제상가의 마님이었다. 소유가 당하에서 서서 재배하자 부인이 답례하며,

"유모의 말을 듣고 그대의 거문고를 한 번 듣고 싶어 청했는데, 그대의 맑은 거동이 마치 하늘에서 내려온 선녀와 같아 한 번 접하니 세속의 어지러운 생각이 일시에 없어지는 것 같구나."

하고 이어서 자리를 마련해 주었다.

소유가 자리를 사양하며 하례 말을 여쭈었다.

"이 몸이 본디 초땅 사람으로서 떠돌아다니는 신세이온데, 촌스러운 재주로써 외람되이 부인 앞에 나아오니 황송하기 그지없사옵니다."

"내 그대의 거문고를 잠깐 볼 수 있겠는가?"

소유가 고개 숙여 응하고 시비에게 거문고를 건네주자 부인이 거문고를 받아들고 어루만지며 칭찬하였다.

"참으로 묘한 재목이로다."

소유가 부인의 칭찬에 답하여,

"그 재목은 용문산(龍門山) 꼭대기에서 자란 백 년이나 묵은 오동나무이옵니다. 성질이 굳고 단단하여 금석(金石)과 같사오니 천금을 주고도 사지 못할 것이옵니다."

이렇게 대답하고 있는 사이 이미 해 그림자가 져 섬돌에 그늘이 옮아오거늘 정 소저의 움직임은 막연하였다.

양생은 마음이 조급해지고 초조해져서 부인께 먼저 나서서 말하였다.

"이 몸이 비록 옛날 곡조를 많이 익히기는 하였으나 요즘의 곡조를 타지 못할 뿐 아니오라 곡조의 이름조차 모르옵니다. 자청관 여관에게 듣자하니 귀댁의 따님께서 음률을 알기로는 오늘날의 종자기라 할 만하다 하였은즉, 바라옵건대 천하에 으뜸가는 재주를 가지신 따님의 가르침을 받고자 하나이다."

최씨 부인이 이를 허락하고 시비를 시켜서 소저를 부르니, 이윽고 수놓은 창문이 열리며 기이한 향내가 풍기더니 정 소저가 나와 부인 곁에 앉았다.

양생이 몸을 일으켜 절을 한 다음 눈을 얼핏 들어 바라보니 아침 해가 붉은 노을을 헤치며 솟아오르고 푸른 물 위에 바로 수련이 비친 듯 황홀하여 정신이 오락가락하고 눈앞이 아른거려 능히 바라볼 수 없었다. 소저가 앉은 자리가 너무 멀어 소유의 눈길에 미치지 못하자 이를 안타까이 여겨 부인께 아뢰었다.

"이 몸이 소저의 자상한 가르침을 받고자 하오나 대청이 너무 넓어 성음(聲音)이 흩어지니 자세히 듣지 못할까 두렵사옵니다."

곧 부인이 시비를 시켜 여관의 자리를 앞으로 옮기고 다가와 앉기를 권하니, 그 자리가 부인의 자리에는 가까우나 소저의 오른편의 자리라 결국 멀리서라도 서로 마주볼 때만 못하였으나 감히 두 번 다시 청하지는 못하였다.

최씨 부인이 시비를 시켜 화로에 향을 피우자 양생은 자리를 고쳐 앉으며 거문고를 당기며 묻는 말이,

"육기(六忌)[11]는 없사옵니까?"

하자 소저가 대답하였다.

"매우 찬 것과 매우 더운 것, 크게 바람 부는 것과 비가 많이 오는 것, 빠른 우레와 눈 오는 것을 꺼리는데, 지금은 여섯 가지가 다 없다."

양생이 다시 묻기를,

"일곱 가지의 금기에 해당하는 사람은 없나이까?"

소저가 대답하기를,

"초상난 것을 들은 자와 마음이 어지러운 자와, 일에 의심을 가진 자와 몸이 정결치 못한 자와, 의관을 정제치 못한 자와 향을 피우지 않은 자와, 지음(知音)을 만나지 못한 자는 타지 못하나, 지금은 또한 이런 결점이 없다."

양생이 진심으로 탄복하며 먼저 예상곡을 한 곡조 타자 소저가 탄복하였다.

"이 곡조가 참으로 아름답도다! 완연히 태평(太平)의 기상이라 사람마다 다 알아듣기는 하겠으되 그 신묘함이 도인의 솜씨요, 같은 자 없을 터이다. 이는 이른바, '어양비고동지래 경파예상우의곡(漁陽鞞鼓動地來 驚罷霓裳羽衣曲)'[12]이라는 곡조가 아닌가? 하나 음란한 곡조라 능히 듣지 못하겠으니 다른 곡조를 타기를 바란다."

---

11. **육기(六忌)** 여섯 가지 꺼리는 것.
12. **어양비고동지래 경파예상우의곡(漁陽鞞鼓動地來 驚罷霓裳羽衣曲)** 어양의 북치는 소리에 땅이 움직여 오니 놀라서 예상우의곡을 파함.

양생이 다시 한 곡조를 타자 소저가 말하기를,

"이 곡은 즐겁기는 하되 음란하고 슬프기는 하되 너무 급하니, 곧 진 후주(陳後主)[13]의 옥수후정화(玉樹後庭花), 이른바 '약봉진후주 기의중문후정화(若逢陳後主 豈宜重問後庭花)'[14]라 하는 것이 아닌가? 숭상할 바 못되니 다른 곡조를 아뢰어라."

하자 양생이 또 다른 곡조를 타니 소저가 이를 듣다 말하였다.

"이 곡조는 서러운 듯 기쁜 듯, 감격한 듯 상념하는 듯하구나! 옛날에 채문희(蔡文嬉)[15]가 난리를 만나 오랑캐에게 잡혀서 아들 둘을 낳았는데, 그 후에 조조가 문희를 위하여 몸값을 치르고 돌아오게 하자 두 아들과 이별할 때 이 곡을 지어 슬픈 뜻을 붙였으니, 이는 이른바 '호인낙루천변초 한사단장대귀객(胡人落淚川邊草 漢使斷腸對歸客)'[16]이라는 것이 이것이로다. 그 소리는 들음직하나 절조를 잃은 사람의 곡이라 어찌 능히 논할 수 있으리오? 새 곡을 청하노라."

양생이 다시 한 곡조를 타자 소저가 말하기를,

"이는 왕소군(王昭君)[17]이 궁을 떠나 변방으로 가며 지은 출새곡(出塞曲)이니, 몸이 변방에 이름을 슬퍼하며 화공이 공평치 못하였음을 원망하고

---

[13]. **진 후주(陳後主)** 중국 남북조시대의 진(陳)의 군주로 나라를 잃었음.

[14]. **약봉진후주 기의중문후정화(若逢陳後主 豈宜重問後庭花)** 지하에서 만일 진 후주를 만나면 어찌 마땅히 후정화를 거듭 묻겠는가.

[15]. **채문희(蔡文嬉)** 중국 고대의 재원(才媛).

[16]. **호인낙루천변초 한사단장대귀객(胡人落淚川邊草 漢使斷腸對歸客)** 오랑캐가 냇가의 풀에다 눈물을 흘렸고, 한나라 사신이 돌아가는 손에 대해 애끓도록 슬퍼함.

[17]. **왕소군(王昭君)** 한원제(漢元帝)의 궁녀.

불평하는 마음을 곡조 가운데 실었으니 이는 곧 '수련일곡전악부 능사천추상기라(垂憐一曲傳樂府 能使千秋傷綺羅)'[18]라고 하는 것이라. 그러나 이는 오랑캐 땅의 곡조요, 변방의 소리라. 본디 바른 것이 아니니 다른 곡조는 없느냐?"

양생이 또 다시 다른 곡조를 타자 소저가 얼굴색이 달라져 고쳐앉으며 말하였다.

"아, 내가 이 곡조를 들은 지 오래거늘 이제 그대에게 듣는구나, 필시 그대는 범인이 아니로다. 이 곡조에는 충의의 기운이 문란한 세상에 때를 만나지 못한 영웅이 마음을 속세 밖에 두고 세상을 탄하는 마음이 가득하니 바로 혜숙야(嵇叔夜)[19]의 광릉산(廣陵散)이 아닌가? 혜숙야가 도적을 쳐 파하고 천하를 맑게 하고자 하다가 뜻밖에 참소를 만나 그분을 이기지 못하여 이 곡조를 지었거니와 후일 '원통하다! 내 광릉산을 아껴 후대에게 전하고자 하였거늘 배우려는 자가 없으니 슬프다, 광릉산이 이로부터 끊기겠구나' 하였으니, 이는 곧 '독조하동남 광릉하처재(獨鳥下東南 廣陵何處在)'[20]라 하는 것이라. 후세에 전한 자가 없다 하였는데 그대가 어찌 이 곡조를 아는가?"

양생이 이 말에 무릎을 고쳐 꿇어앉아 대답하였다.

"소저의 슬기로움이 오늘날 감히 따를 자가 없사옵니다. 이 몸이 지난날

18. **수련일곡전악부 능사천추상기라(垂憐一曲傳樂府 能使千秋傷綺羅)** 한 곡을 악부에 전해서 천추의 비단을 상하게 함을 누가 가엾게 여기랴.
19. **혜숙야** 혜강. 죽림칠현의 한 사람.
20. **독조하동남 광릉하처재(獨鳥下東南 廣陵何處在)** 외로운 새가 동남으로 내려가니 광릉이 어디 있는가.

스승에게 들은 그 말씀이 지금 소저가 하신 말씀과 똑같나이다."

양생은 다시 자세를 가다듬어 거문고 한 가락을 탔다.

"푸른 산은 하늘 높이 치솟고 푸른 바다는 끝없이 넓어 신선의 자취가 속세에 보이니, 이는 백아(伯牙)[21]의 수선조(水仙操)가 아닌가? 이는 곧 '종기기우 주류수이하참(鍾期旣遇 奏流水而河慙)'[22]이라는 것이라, 그대의 지음(知音)을 백아의 넋이 알았다면 종자기의 죽음을 그다지 서러워하지는 않았으리라."

소저의 말이 끝나자 양생이 또 한 곡조를 타니 소저가 옷깃을 여미고 일어나 꿇어앉았다.

"거룩하고 극진하구나. 성인(聖人)이 어지러운 세상을 당하여 온 천하를 돌아다니며 백성을 구제할 뜻을 품었으니 바로 공선부(孔宣父)[23]가 아닌가? 누가 감히 이 곡조를 지었으리오? 필연 의란조(猗蘭操)이니 이는 곧 '소요구주 무유정처(逍遙九州 無有定處)'[24]라 함이 아닌가?"

양생이 무릎으로 일어나 조용히 향을 피우고 다시 한 곡조를 타니 소저가 탄복하여 말하였다.

"아름답도다! 천지만물이 부드러워 모두가 봄빛이요, 높고도 드넓어서 무어라 이름할 수 없으니, 이는 대순[25] 남훈곡(南薰曲)이구나. 곧 '남풍지

---

[21] 백아(伯牙) 춘추시대의 음률인, 종자기의 벗.

[22] 종기기우 주류수이하참(鍾期旣遇 奏流水而河慙) 종자기를 이미 만났으니 유수를 아뢰매 무엇이 부끄러울꼬.

[23] 공선부(孔宣父) 공자.

[24] 소요구주 무유정처(逍遙九州 無有定處) 구주에 떠도니 정처가 없다.

훈혜 해오민지온혜(南風之薰兮 解吾民之慍兮)'[26]로다. 진실로 선하고 아름다움이 이에 당할 곡이 없으니 그대가 비록 다른 곡조를 알지라도 더 이상 바라지 않겠다."

양생이 부드럽게 웃으며 소저를 바라보았다.

"이 몸이 듣기로는 음률 아홉 번이면 천신이 내려온다 하였사옵니다. 이제 이미 여덟 번째 곡조를 탔으니 다만 한 곡조가 남았을 뿐이옵니다. 한 곡 더 타보고자 하옵니다."

양생이 거문고 기둥을 바로잡고 줄을 다시 고르고 곡을 타기 시작하니 그 소리가 심심계곡의 물 흐르는 듯 또렷하며 또한 불꽃이 타오르는 듯하여, 능히 사람으로 하여금 심신을 방탕케 하며 뜰 앞에 백 가지 꽃이 일시에 활짝 피어나고 제비는 쌍쌍이 날고 꾀꼬리가 서로 우짖는 듯하였다.

소저가 잠깐 고운 눈길을 떨어뜨리고 눈을 아래로 뜨고 잠잠히 앉아 말을 하지 아니하자 양생이 곡을 더욱 몰아쳐 그 소리가 호탕하였다.

곡이 '봉혜봉혜귀고향 오유사해구기황(鳳兮鳳兮歸故鄉 激遊四海求基凰)'[27] 하며 봉(鳳)이 황(凰)을 구하며 짝을 찾는 대목에 이르자 소저가 갑자기 눈을 번쩍 들어 양생의 얼굴을 살폈다. 소저는 어느새 두 뺨은 붉게 달아오르고 차분하던 속눈썹이 떨리더니 취한 듯 낯빛이 달라지며 갑자기 몸을

---

[25] **대순(大舜)** 우제(虞帝)의 호(號).

[26] **남풍지훈혜 해오민지온혜(南風之薰兮 解吾民之慍兮)** 남풍의 훈훈함이여! 내 백성의 슬픔을 풀어주리로다.

[27] **봉혜봉혜귀고향 오유사해구기황** 봉아, 봉아! 고향으로 돌아가 온 천하에서 재미있게 놀고 있는 그 황을 찾아보세.

일으켜 조용히 내당으로 들어가 버렸다.

양생이 깜짝 놀라 거문고를 밀치고 일어나더니 흙으로 만들어 넋 빠진 사람처럼 우두커니 서서 들어가는 소저를 바라보았다.

부인이 양생에게 앉으라 하며 묻기를,

"도인이 지금 탄 것은 무슨 곡조인가?"

하자, 양생이 잠깐 정신을 차려 대답하였다.

"이 몸이 스승에게 배워 익히긴 하였으나 이름을 알지 못하는지라 소저의 가르침을 기다리나이다."

소저가 오래도록 나오지 아니하자 최씨 부인이 시비를 보내어 연유를 물었다.

"아가씨께서 반나절이나 바람을 쏘였더니 신기가 불편하시와 나오지 못하겠다 하옵니다."

돌아온 시비가 전하는 말이 이러하였다.

양생이 생각하기에 혹여 소저가 사정을 짐작하지나 않았을까 여겨 미안한 마음에 감히 더 머무르지 못하고 부인께 하직인사를 고하였다.

"소저께서 불편하시다 하니 부인께서 몸소 가보셔야 할 듯하오니 이만 물러가고자 하옵니다."

부인이 은과 비단을 내다가 상급으로 주자 양생이 사양하며 받지 않았다.

"이 몸이 음률을 조금을 알기는 하오나 스스로 즐길 따름이오니, 어찌 광대처럼 놀이채를 받겠습니까?"

양생이 이리 말하고 곧이어 머리를 조아려 사례하고 섬돌로 내려갔다. 부인이 소저의 병을 근심하여 곧 시비를 불러 물어보았더니 곧 괜찮다는 말이 왔다.

한편 정 소저는 침방(寢房)으로 돌아와 시비에게,

"춘낭의 병이 오늘은 어떠냐?"

하고 묻자 시비가 대답하였다.

"오늘은 차도가 있으신지 아가씨께서 거문고를 들으신다는 말씀을 듣고 일어나 세수를 했사옵니다."

춘낭은 본디 성은 가씨(賈氏)이로 서호(西湖) 사람인데 그 부친이 황성에 올라와 승상부(丞相府)의 아전으로 있으며 정 사도 집에 공로가 많았다. 그 부친이 불행히 병으로 죽었을 때가 춘낭의 나이 겨우 십 세가 된지라, 정 사도 부처가 그의 의지할 곳 없음을 불쌍히 여겨 거두어 집안에 두고 소저와 더불어 놀게 하였다.

춘낭의 나이는 소저와 한 달 상관으로 용모가 매우 곱고 백 가지 태도를 갖추어 단정하고, 존귀한 기상은 비록 소저를 따르지 못할지언정 그 또한 절세의 미인이었다. 문필과 바느질 솜씨가 뛰어나 그 신통함이 소저와 다를 바 없었고, 소저가 동생같이 알고 잠시도 곁을 떠나지 못하게 하여 종과 주인의 구분은 있으나 실로 친구의 정을 나누며 살았다. 본이름은 초운(楚雲)이었는데 정 소저가 그 태도를 사랑하여 한퇴지(韓退之)[28] 글에서

---

[28]. **한퇴지(韓退之)** 당의 유학가, 문학가, 이름은 유(愈), 퇴지는 자(字). 그의 문장은 8대(代)의 쇠기(衰氣)를 청산하였음.

'다태도춘공운(多態度春空雲)'이라는 글귀를 떼어 그 이름을 고쳐 춘운(春雲)이라 하였으니 집안에서는 모두들 그를 그렇게 불렀다.

정 소저가 춘낭을 찾아가자 춘낭이 소저를 보고 물었다.

"아까 모든 시녀들이 다투어 말하기를 대청에서 거문고 타는 여관의 용모가 신선 같고 기이한 곡조를 타 아가씨께서 대단히 칭찬하신다 하기에, 제가 불편함을 참고 한 번 구경하고자 하였더니 그 여관이 벌써 돌아갔다 하더이다. 어찌 그다지도 속히 돌아갔습니까?"

정 소저가 얼굴을 붉히면서 천천히 말하였다.

"내가 몸가짐을 조심하고 마음 가지기를 옥같이 하여 발자취가 중문 밖을 넘지 아니하였고, 내 하는 말조차 친척에게도 미치지 않게 하는 것은 너도 잘 알지 않느냐? 한데 하루아침에 남한테 속아 수치를 당하니 차마 어찌 낯을 들어 사람을 대하겠느냐?"

이 말에 춘낭이 놀라 되물었다.

"그 말씀이 이상합니다. 어찌 된 영문입니까?"

"아까 왔던 그 여관의 용모가 청수하고 거문고 다루는 재주도 또한 신묘하긴 하였다. 다만……."

하고 되뇌며 정 소저가 말을 끝맺지 못하자, 춘낭이 궁금함을 이기지 못하여 서둘러 말을 잇기를 재촉하였다.

"그 여관이 처음에 예상곡을 타고 나중에 대순의 남훈곡을 타기에 칭찬해주고 그만 그치기를 부탁하였더니, 여관이 또 한 곡조가 있다 하며 다시 새 곡조를 탔는데, 그것이 사마상여가 탁문군의 마음을 유혹하던 봉구황곡(鳳求凰曲)이었다. 내 그제야 비로소 이상하여 그의 얼굴을 자세히 보니 그 용모와 몸놀림이 여느 여자와는 판이한 것이 필시 간사한 사내가 봄빛을 구경코자 변복하고 내당에 들어온 것이 아니겠느냐?'

"자못 분한 것은 네가 병만 아니었던들 같이 보고 그 거짓을 단박에 알아채었을 터인데 그렇지 못하고 규중처녀로서 알지 못하는 사내와 함께 반나절이나 마주 앉아서 이야기를 나눈 것이다. 천하에 어찌 이런 일이 있단 말이냐? 비록 모녀간이라고는 하나 어머니께는 차마 이런 말씀을 아뢰지 못하겠으니 네가 아니고서야 뉘에게 이런 말을 하겠느냐?'

하며 한숨을 쉬자 춘낭이 짐짓 웃으며 말하였다.

"제가 비록 아프기는 하였으나 사마상여의 봉구황곡을 듣는 것도 못하였겠습니까마는 아가씨께서 필시 술잔 속에 활 그림자[29]를 보셨습니다."

춘낭이 잘못 본 것이라 위로하자 소저가 말하였다.

"그렇지 않다. 이 사람이 곡조를 타는데 차례가 있었으니, 만일 그런 마음이 없을진대 하필이며 봉구황곡을 모든 곡조 끝에 탔겠느냐? 또한 여자들 중에 용모가 가냘픈 사람도 있고 혹은 억센 사람도 있다만 기상의 씩씩하기가 그와 같은 사람은 보지 못하였다. 내 생각으로는 과거가 임박하여 사방 선비들이 모두 황성으로 모여들었으니 그중에서 내 소문을 잘못 들은 자가 망령되이 꽃구경이나 하자고 계교를 꾸민 듯하다."

"그자가 틀림없이 남자라면, 얼굴의 청수함이 그와 같고 기상의 호탕함

---

[29] **활 그림자** 허상. 상을 봄.

이 그와 같고, 또한 음률에 정통함이 그와 같으니 그자의 재주가 높고 많음을 족히 알 수 있겠습니다. 한데 어찌 그가 사마상여처럼 되지 않으리라 미리 짐작하여 말하겠습니까?"

춘낭의 위로에 소저가 다짐하였다.

"그자가 설혹 사마상여가 되더라도 나는 결코 탁문군이 되지는 않을 것이다."

"탁문군은 과부였으나 아가씨는 처녀입니다. 또한 탁문군은 유의하여 듣고 사마상여의 뒤를 따랐고 아가씨는 그저 무심히 들으셨을 뿐인데, 아가씨께서 어찌 탁문군을 들추십니까?"

하고, 두 사람이 희희낙락 웃어가며 이야기하였다.

시간이 흘러 하루는 정 소저가 부인을 모시고 앉아 있노라니 정 사도가 새로 붙은 과거방(科擧榜)을 들고 들어와 부인을 주며 일렀다.

"경채의 혼처를 아직까지 정하지 못하고 있지 않았소? 그리하여 내, 이번 과거를 치른 자들 중에 알맞은 자를 택하여 정하자 마음먹고 있었소. 한데 이번 과거에 장원을 한 자가 양소유란 사람으로 회남 사람이라 하오. 나이는 십육 세로, 그가 지은 과거문이 뛰어나다 본 사람마다 칭찬을 하니 필시 일대문장(一大文章)일 것이오. 또한 들리는 말로는 풍채가 빼어나고 골격이 비범하여 장차 큰 그릇이 되리라 하는데 아직까지 장가들지 아니하였다 하니, 이 자로 사위를 삼는다면 내 마음에 흡족할 듯하오."

"귀로 듣는 것이 눈으로 보는 것만 못한 법입니다. 비록 모든 사람이 훌륭하다 칭찬하나 그 말을 어찌 다 믿겠습니까? 몸소 보신 연후에 결정을 내리심이 좋을 듯하옵니다."

최씨 부인의 당부에 정 사도가 말하기를,

"부인의 말이 옳소. 직접 본 후에야 그를 알 수 있을 것이오. 그 역시 어렵지 않은 일이니 그리합시다." 하더라.

자각봉의 선녀가 춘운

정 소저가 부친의 말씀을 듣고 침방으로 돌아와 춘운과 마주 앉았다.

"일전 거문고를 탔던 여관이 초땅 사람이라 하였고 나이가 십육 세 가량으로 보였다. 한데, 어제 장원한 사람이 회남 사람이라 하니 회남이 바로 옛날의 초땅이지 않느냐? 더구나 나이도 십육 세로 비슷하니 어찌 의심하지 않을 수 있겠느냐? 그 사람이 부친께 와서 선을 보일 것이 분명하니 네가 유념하여 보거라."

춘운이 정 소저의 말에 잠시 생각에 잠겼다.

"이 몸은 그때 그를 보지 못하였으니, 어린 소견으로는 소저께서 몸소 문 틈으로라도 엿보시는 것만 못할 것 같습니다."

두 처자는 서로 쳐다보며 웃으며 이런저런 이야기를 계속하였다.

이 무렵에 양소유는 회시(會試)[1]와 전시(殿試)[2]를 계속 치렀는데 둘 다 장원으로 뽑혀 한림(翰林) 벼슬을 제수받았다. 그가 어린 나이에 벼슬길에 올라 이름을 세상에 떨치니 공후귀족(公侯貴族) 가운데 딸 가진 사람들이 다투어 가며 청혼하였다.

소유는 이를 모두 물리치고 예부(禮部) 권 시랑(權侍郎)을 찾아가 정 사도 집에 혼인을 청할 뜻을 아뢰며 소개할 것을 부탁하자, 권 시랑이 흔쾌히 편지를 써 주기로 이를 받아 간수하고 정 사도의 집으로 찾아갔다.

소유가 정 사도의 집에 도착하여 명첩을 올리자 정 사도가 반가이 맞아들여 객실에서 만났는데, 양소유가 머리에 계화(桂花)를 꽂고 양 옆으로 풍악을 거느렸으니 그 풍채의 아름다움과 반듯한 몸가짐이 사람들로 하여금 즐겨 칭찬할 만하였다.

정 사도 댁 사람들이 위아래 없이 모두 나와 구경하는데 정 소저만 방 안에 앉아 나오지 않았다. 춘운이 부인의 시비에게 묻기를,

"내가 지금 영감님과 마나님께서 하시는 말씀을 들으니 거문고 타던 여관의 표종(表從)[3] 양 장원이라 하시던데 장원한 사람의 모습이 그 여관의 모습과 같더냐?"

하니, 시비들이 다투어 나서며 말하였다.

"아무리 내외종(內外從) 남매간이라 한들 어찌 용모가 그렇듯 흡사할

---

[1] **회시(會試)** 복시. 초시에 합격한 사람이 두 번째로 보던 과거.
[2] **전시(殿試)** 조선시대 복시에서 선발된 사람에게 임금이 친히 보이던 과거.
[3] **표종(表從)** 외사촌.

까? 분간이 가지 않더라."

춘운이 돌아와 소저께 아뢰기를,

"과연 짐작하신 것에서 일호(一毫)⁴도 어긋남이 없나이다."

하자 소저가 일러주기를,

"네가 다시 가서 그 사람이 말하는 바를 듣고 오는 것이 좋겠다."

춘운이 나가더니 오랜 후에 다시 돌아와 아뢰기를,

"영감님께서 아가씨와 양 장원의 통혼을 청하시니 양공이 사례하며 대답하옵기를 '소생이 소저가 음전하시고 그윽하시다 함을 전해 듣고 분수에 넘치는 욕망이라 생각하면서도 오늘 아침 외람되이 권 시랑을 찾아가 통혼하기를 청하였더니, 시랑이 편지를 써주며 대인(大人)께 드리라 하옵기에 소매 속에 넣고 왔나이다' 하고는 이어서 받들어 드리니, 영감님께서 이를 보고 기뻐하며 주안상을 마련하라 재촉하시러 내당으로 들어가셨나이다."

소저가 놀라며 무슨 말을 하려고 할 즈음에 시비가 와,

"마님께서 아기씨를 부르시나이다."

하기에, 소저가 부인을 찾아가니 말하기를,

"이번에 장원한 양소유는 과방(科榜)에서 그 실력이 으뜸이라 한다. 너의 부친께서 그의 용모와 실력을 보시고 만족하시어 이미 정혼하셨으니 우리 두 늙은이가 이제야 비로소 의탁할 사람을 얻었구나. 이제 다시는 근

---

⁴ **일호(一毫)** 조금도.

심할 거리가 없겠다."

소저가 부인에게 주저하다 여쭙기를,

"소녀가 시비들이 전하는 말을 듣자니 일전에 거문고를 탔던 여관의 용모와 흡사하다 하던데, 과연 그러하옵니까?"

부인이 대답하기를,

"그렇다. 내 그 여관의 선풍도골(仙風道骨)을 사랑하여 오래도록 잊지 못하였는데, 오늘 양 장원을 보니 그 여관을 마주 대하는 것 같았으니 그 아름다움을 족히 짐작할 것이다."

소저는 머리를 숙이고 가냘픈 음성으로 여쭈기를,

"그가 비록 실력이 뛰어나고 아름다울지라도 그 사람과 더불어 불미스러운 일이 있었사오니, 정혼하심은 불가하나이다."

부인이 놀라 눈살을 찌푸리며 나무랐다.

"매우 괴이한 말이로구나! 너로 말하면 이렇듯 깊은 규중에 있어 밖으로 나간 바가 없고 양 공은 먼 회남땅 사람이거늘 무슨 불미스런 사단이 있단 말이냐?"

소저가 다시 여쭈기를,

"소녀 이 말씀을 드리기가 심히 부끄러워 이때까지 아뢰지 못하였나이다. 전날 저희 집에 들러 거문고를 연주한 여관이 바로 양 장원이옵니다. 그가 여복으로 변장하고 거문고를 탄 것은 바로 소녀의 자태를 보려함이었거늘, 그 간계에 빠져 종일토록 외간 사내와 이야기를 주고받았으니 어찌 불미스럽지 않다 하겠나이까?"

비로소 부인이 놀라며 묵묵히 아무 말 못하고 앉아 있는데, 정 사도가 양 장원을 후히 접대하여 보내고 내당으로 들어와 회색이 만연하여 소저와 마주 앉았다.

그가 소저의 이야기를 다 들은 후 파안대소하며 이르기를,

"양 장원이 진실로 풍류를 아는 사내로다. 오늘날까지 전하는 이야기 중에 옛날에 왕유(王維) 학사(學士)가 악공의 의복을 입고 태평 공주(太平公主)[5] 집에서 비파를 타고 뒤이어 과거에 장원을 하였다고 하더니, 양생이 숙녀를 구하고자 여복을 바꿔 입었다 하니, 진실로 재주가 비상한 사람이거늘, 한때 배필을 구하기 위하여 희롱한 일을 어찌 꺼릴 것이냐? 하물며 너는 여관을 본 것이지 양 장원을 보지는 않은 것이니 양 장원이 여관의 모습으로 차렸다 한들 그것이 네게 무슨 관계가 있겠느냐?"

소저가 여쭈기를,

"소저가 욕먹는 것이니 부끄럽지 않으나 소저가 어질지 못하여 외간남자에게 이렇듯 속은 일이 진실로 부끄러워 죽을 것만 같사옵니다."

정 사도 다시 웃으며 정 소저를 위로한 후,

"이것은 늙은 아비가 나설 일이 아닌 것 같구나. 네가 훗날 양생에게 들어보도록 하여라."

하고 옷자락을 바로잡으며 말을 마치자, 부인이 사도께 물었다.

"혼례를 언제쯤 치르자고 하더이까?"

---

[5] **태평공주(太平公主)** 당 고종(唐高宗)의 딸.

사도가 대답하기를,

"납채(納采)[6]는 서둘러 속히 행하고, 성례(成禮)는 가을을 기다려 그 댁 대부인을 모셔온 연후에 날짜를 받자고 합다."

하며 이런 저런 일들을 의논하였다.

그 후 날을 잡아 한림학사가 예물을 받고 한림학사를 불러들여 후원 별 당에 거처를 정하게 하니, 양 한림은 사위의 예로써 정 사도 내외를 섬기 고 사도 내외는 친아들처럼 그를 사랑하였다.

하루는 소저가 우연히 춘운의 침방을 지나치다 들여다보니, 춘운이 비 단신에 수를 놓다가 졸음을 이기지 못하여 수틀을 베고서 졸고 있었다.

소저가 방안으로 들어가 그 수틀을 보고 바느질 재주가 뛰어남을 보고 감탄을 하다가 수틀 밑에 글씨 쓴 종이가 있기에 펴본즉 곧 시를 읊은 것 이었다.

가장 아름다운 사람을 얻어 그와 사랑을 기쁘게 여기니
걸음과 걸음이 서로 좇아 잠시도 놓지 못하더라.
촛불을 끄고 비단 장막 속에서 띠를 풀 때에
너로 하여금 상아침상 아래에 던지게 하리라.

소저가 보고 나서 스스로 말하기를,

<hr>

6. **납채(納采)** 옛날 혼례의 맨 처음 의식.

"춘낭의 글재주가 매우 늘었구나! 수놓은 신으로써 제 몸을 비하고 옥인으로써 나를 비기어 여느 때도 나와 더불어 지내기를 원하는 것이니, 춘낭이 진실로 나를 따르고 있구나!"

그리고 다시 그 글을 보다가 빙긋 다시 웃고 홀로 하는 말이,

"춘낭이 뜻하기를 내가 잘 침상 위에 같이 오르고 싶어 하였으니 이는 나와 함께 한 낭군을 섬기려 하는 것이다. 그 마음이 이미 움직였구나."

하고는, 춘낭의 꽃다운 꿈을 깨울까 꺼려하여 몸놀림을 조심하며 가만히 되돌아 나와서 내당으로 들어가 부인께 뵈었다.

부인은 바야흐로 시비를 독촉하여 양 한림의 저녁상을 차리고 있었다.

소저가 부인에게 여쭈되,

"모친께서 양 한림의 음식과 의복을 염려하여 몸소 살피시니 피곤하실까 걱정이옵니다. 소녀가 그 괴로움을 당하는 것이 마땅할 것이나 아직 대례를 치르지 않은지라 사람들이 꺼리는 바이며, 또한 예법에도 그런 일이 없으니 한 가지 생각이 있사옵니다. 들어 주소서. 이제 춘낭이 나이 들어 장성하였으니 수종(隨從)[7] 들기를 감당할 것이오니 별당으로 보내어 양 한림의 모든 수발을 받들게 하여 늙으신 어머님의 근심을 되도록이면 덜어드릴까 하옵니다."

부인이 말하기를,

"춘운의 신묘한 재질로서야 무슨 일을 못하랴마는, 다만 그의 아비가 우

[7]. **수종(隨從)** 남의 일을 도와줌.

리 집에 공이 많았고, 또 춘운의 인물이 웬만한 규수보다 뛰어나니 너의 부친께서 사랑하사 장차 어진 배필을 구하여 짝을 맺어 주려고 하셨다. 끝까지 너를 섬기게 함은 춘운이 원하는 바가 아닐 것이다.”

소저가 여쭈기를,

“저애의 뜻을 알아보니 소녀와 더불어 서로 헤어지지 않으려 하더이다.”

부인이 일러주되,

“시집갈 때 비첩(婢帖)이 따르는 것은 또한 예법에도 있으나 춘운은 여느 평범한 비자에 견줄 바가 아니니 너와 같은 낭군을 섬기게 하는 것은 길게 보아 좋은 생각이라 할 수 없을 듯하다.”

소저가 다시 여쭈기를,

“양 한림은 방년 십육 세의 나이 어린 서생으로 전날 거문고에 변복으로 규중의 재상가 규수를 희롱하였사옵니다. 그 기상으로 보아 어찌 평생 홀로 한 여자만 지키고 있겠사옵니까? 훗날 승상부에서 만종록(萬鐘祿)[8]을 누리면 그 집에 장차 몇 사람의 춘운이 있게 될 줄을 알겠사옵니까?”

하는데 말을 미처 마치지 못하여 정 사도가 들어오니 부인이 소저의 말을 옮겨 아뢰었다.

정 사도 고개를 끄덕이며 일러두기를,

“춘낭이 딸아이와 서로 헤어지기를 싫어할 것이니 필경은 그리 될 것이오. 비록 딸아이의 행례(行禮)[9] 전이기는 하나 매 한가지라 먼저 춘낭을 보

---

8. **만종록(萬鐘祿)** 아주 많은 녹봉.
9. **행례(行禮)** 예식을 올리는 일. 혹은 예식.

낸다 한들 무에 해 될 것이 있겠소? 또한 젊은 사나이로 하여금 어찌 빈 방 촛불만 벗 삼게 하겠소? 빨리 춘낭을 별당으로 보내어 양 공의 적적한 회포를 위로케 하오. 그러나 경패의 마음에 불편함이 있을 듯하니 어찌하면 치우치지 않게 할 수 있을까? 부인이 경패의 의중을 알아보고 조처함이 좋을 듯싶소."

그리고서 정 사도는 외당으로 돌아갔다.

소저가 모친께 여쭈되,

"소녀에게 계교가 하나 있사오니 춘낭의 몸을 빌어 소녀의 창피함을 씻고자 하나이다. 십삼랑(十三郎)을 시켜서 여차저차 하오면 전일의 수치를 씻을 수 있을까 싶나이다."

정 사도의 모든 조카들 중에서 대체로 십삼랑이 성품이 순량하고 재질이 명민하며 재치가 발랄하여 평소에도 농지거리와 장난을 잘하므로, 양 한림과 더불어 마음과 뜻이 맞아 들어 막역한 사이로 지내었다.

정 소저가 침소로 돌아와 춘운에게 잠시 앉으라 하고 묻기를,

"내 너와 더불어 머리털이 이마를 가릴 때부터 자라 정의가 두터웠고, 서로 놀면서 꽃가지를 서로 갖고자 다투어 울며 싸우기도 하였다. 내 이미 혼폐(婚幣)도 받았으니 너도 필경은 백년대사를 혼자 헤아려 보기도 하였을 것이다. 네 마음을 알지 못하여 묻는 것이니, 어떠한 사람에게 몸을 맡기고자 하느냐?"

춘운이 대답하되,

"이 몸이 부족하오나 아가씨가 사랑하고 아껴주신 은혜를 입어 여태까

지 지내왔사오니, 만분의 일이라도 은혜에 보답하는 길은 이 몸을 마치도록 아가씨의 경대를 받드는 외에는 다른 도리가 없을 것이옵니다."

소저가 반겨하며 이르기를,

"네 마음이 그러하다면 내 너와 더불어 한 가지 계책을 의논하고자 한다. 전날 양랑에게 수치를 당하였으니 그 수치를 네 아니면 누가 씻어주겠느냐? 우리 집 산정(山亭)[10]은 종남산 외진 곳에 있어 그 경개가 비길 데 없어 속세 같지 않으니, 그 산정에다 네가 신방을 차리고 또한 십삼랑으로 하여금 이러저러한 계교를 쓰면 대략 그 치욕을 갚을 수 있을 듯하다. 너는 잠시의 수고를 꺼리지 말라."

춘운이 대답하기를,

"어찌 아가씨의 명을 어길 수 있겠습니까마는, 후일 무슨 면목으로 양한림을 대하리까?"

소저가 이르기를,

"남을 속이는 것이 남에게 속는 것보다는 낫지 않겠느냐?"

양 한림은 궐내에 들어가 입직하고 공고(公故)[11]를 치르는 외에는 달리 분주한 일이 없고 번(番)[12] 들기를 마치면 오히려 한가한 날이 많은지라, 혹은 친구들을 찾아 돌아다니기도 하고, 혹은 들 밖으로 다니며 유화(柳花)[13]를 찾곤 하였다.

---

10. **산정(山亭)** 산 속에 지은 정자.
11. **공고(公故)** 벼슬아치가 조회(朝會) · 진하(進賀) · 거둥, 기타 궁중 행사에 참여하는 일.
12. **번(番)** 숙직이나 당직 서는 일.
13. **유화(柳花)** 버들 꽃.

하루는 정십삼랑(鄭十三郎)이 한림을 찾아와 청하기를,

"황성 남문 밖 멀지 않은 곳이 있는데 고요한 경치에 그 경개 비길 데가 없소. 내 형과 더불어 소풍 한 번 갔으면 좋겠소이다."

하자, 양 한림이 즐겨 대답하였다.

"바로 그것이 내가 원하는 바요."

드디어 술과 잘 차린 안주를 준비하여 뒤따르는 종을 물리치고 십여 리를 나아가니, 산 높고 물 맑아서 별천지라 과연 속세와는 달랐다. 기화요초(琪花瑤草)는 향기를 뿜어 속객의 코를 찔러 속세의 생각을 잊게 하는지라 한림이 정생과 더불어 물가에 앉아 술잔을 기울이며 글을 읊으니, 바야흐로 때는 봄과 여름의 어름이라 백 가지 꽃이 아직도 피어 있고 만 가지 나무가 물위에 비치는데, 홀연 한 떨기 꽃이 떨어져 시냇물에 떠오거늘 한림이 '춘래편시도화수(春來遍是挑花水)'[14]란 글귀를 외며 말하기를,

"이 근처에 필연 무릉도원(武陵桃源)이 있으렷다!"

정생이 대답하기를,

"이 시내가 물이 발한 근원이 자각봉(慈閣峯)이니 물이 그 쯤에서 내려올 것이오. 지난날 들으니 꽃피고 달이 밝을 때면 간혹 신선의 풍악 소리가 구름 사이에서 나는지라 그것을 들은 사람이 있다고 하오. 하나 소제는 선도(仙道)와 인연이 없어 그 동구에도 들어가 보지 못하였소그려. 오늘 형의 발자취를 따라 선경에 다다라 신선의 약을 먹고 옥녀의 술을 맛보았

---

[14]. **춘래편시도화수(春來遍是挑花水)** 봄이 올 때마다 복사꽃 물이 흐르는구나.

으면 하오."

한림이 웃으며 기꺼이 말하기를,

"천하에 신선이 없으면 모르지만, 만일 있다 하면 이 산중에서 만날 것이 분명하오."

하고는 신선을 찾아 구경하고자 하는데 갑자기 정생의 집 하인이 땀을 흘리며 달려와 아뢰었다.

"아씨께서 환후에 드셔 졸지에 위급하시나이다."

정생이 급히 일어나며 한림을 돌아보며 이르기를,

"실인(室人)¹⁵의 병이 이렇듯 급하다니 돌아가야겠소. 역시 아까 말한 인연이 없다 함을 가히 짐작할 수 있지 않소?"

하고는 나귀를 채찍질하며 곧 돌아갔다.

양 한림이 정생을 보낸 후에 벗할 사람이 없어 몹시 무료하기는 하나 흥취가 아직 다하지 아니하였으므로 물줄기를 따라 동구로 들어가며 이곳저곳 구경하니, 물과 돌이 깨끗하여 한 점의 티끌도 없으니 마음이 저절로 상쾌하였다.

한림이 홀로 거니는데 시내에 붉은 계수나무의 잎새 하나가 물 위에 떠내려 오는데 잎새에 글씨가 두어 줄이 씌어 있었다. 집어 보니 한 수의 글이었다.

---

¹⁵. **실인(室人)** 남의 앞에서 자기 아내를 이르는 말. 내자(內子).

신선의 삽살개가 구름 밖에서 짖으니
양랑이 오는 것을 알겠구나.

한림이 괴이쩍게 여기어 말하기를,

"이 산 위에 어찌 사람이 살꼬? 또 이 글은 어떠한 사람이 지었을꼬?"
하며 점차 깊이 들어가 거의 칠팔 리를 따라갔다.

길이 험하고 날이 저물어 밝은 달이 동녘 하늘에 오르기에 달빛을 따라 수풀을 뚫고 시내를 건너니, 다만 놀란 새와 슬픈 원숭이가 울 따름이요, 별은 높은 봉우리에 흔들리고 이슬은 솔가지에 내리니 밤이 깊어감을 알 수 있었다. 몹시 창황[16]할 즈음에 십여 세 쯤 되는 푸른 옷을 입은 선동(仙童)이 냇가에서 옷을 빨다가 한림이 오는 것을 보고 깜짝 놀라 일어나 뛰어가며, 소리쳐 아뢴다.

"아씨, 서방님이 오시나이다."

한림이 듣고 미심쩍게 여기며 그 어린 선녀(仙女)를 따라 다시 수십 보를 걸어가니, 산은 둘러 있고 길은 막혔다.

작은 정자 하나가 물가에 날아갈 듯이 다가서 있는데 진실로 신선이 사는 곳이라 할 만하였다. 벽도(碧桃)나무 아래 한 여인이 노을빛을 헤치며 달빛을 받고 홀로 섰다가, 한림을 향하여 허리 굽혀 절하고,

"양랑, 오시는 것이 어찌 이다지도 늦었사옵니까?" 한다.

한림이 크게 놀라 자세히 살펴보니, 여린 몸에 붉은 비단 옷을 입고 머

---

[16]. **창황** 어찌할 겨를이 없음.

리에는 비취 비녀를 꽂고, 허리에 백옥패를 비꼈으며 손에는 봉미선(鳳尾扇)[17]을 들었는데, 산뜻하고 시원스런 몸가짐이 속세 사람이 아니었다. 고개 숙여 절한 뒤 양 한림이 황급히 대답하였다.

"소생은 어지러운 속계의 사람이니, 그대와 같은 선인과 더불어 달 아래서 기약한 바 없거늘, 늦게 온다 책하심은 어찌된 연고입니까?"

"의심치 마시고 이리 오십시오."

여인이 정자에 오르기를 청하기에 그리로 들어가 주인과 손이 자리를 잡은 후, 주인이 선동을 불러 명하였다.

"낭군께서 먼 길을 오셔서 주리셨을 터이니 약간의 차와 과실을 가져오도록 하여라."

이윽고 상에 진찬을 베풀고 백옥잔에 자하주(慈霞酒)[18]를 내오니, 맛이 산뜻 시원하며 향기가 무르녹아 어느덧 술 한 잔에 취하였다.

"이 산이 비록 높기는 하나 하늘 아래 있거늘, 선낭(仙娘)은 어찌하여 옥경(玉京)의 짝을 떠나 속되게도 예서 기거하십니까?"

미인이 한참을 탄식하여 마지않다가 말하기를,

"옛날 일을 말씀드리자면 슬픔이 앞섭니다. 첩은 서왕모(西王母)[19]의 시녀로, 낭군은 자미궁(紫微宮)[20]의 선관이었는데 옥황상제께서 잔치를 베푸

[17.] **봉미선(鳳尾扇)** 봉황의 꼬리 모양을 본 뜻 부채.
[18.] **자하주(慈霞酒)** 신선이 마신다는 술.
[19.] **서왕모(西王母)** 곤륜산에 있는 선녀.
[20.] **자미궁(紫微宮)** 옥황상제가 거처하는 궁전 이름.

실 제, 여러 선관이 모였는데 낭군이 우연히 첩을 보시고 반가워하시며 선과(仙果)를 던져 희롱하였더이다. 그 희롱이 잘못되어 낭군은 중벌을 받아 인간으로 환생하시고 첩은 다행히 가벼운 처벌을 받아 귀양살이를 하며 여기 머물고 있사옵니다.”

“하나 낭군께서는 이미 인간세계의 연기와 티끌에 가리어 전생의 일을 쉬 생각해내지 못하시거니와, 첩은 귀양 기한이 벌써 찼기로 장차 요지(瑤池)²¹로 돌아가야 할 처지가 되었사옵니다. 그리하여 한 번이라도 낭군을 뵙고 잠시 옛정을 펴보고자 하여 선관께 간청을 드려 기한을 물리고, 낭군께서 이리 나오실 줄 미리 알고 오시기를 고대하였으니 비록 속세에서나마 옛 인연을 무던히 잇겠나이다.”

이때 계수나무 그림자는 바야흐로 비끼고 은하수는 이미 기울었다. 한림이 미인을 이끌고 잠자리에 드니, 바로 옛날에 유신(劉晨)과 완조(阮肇)가 천태산(天台山)에 이르러 선녀와 더불어 인연을 맺음²²과 흡사하니 꿈과 같되 꿈이 아니요, 진짜 같되 진짜가 아니더라.

겨우 은근한 정을 다 푸니 산새는 벌써부터 꽃가지에서 지저귀고 동녘이 밝았는지라, 선녀가 먼저 일어나 한림에게 일렀다.

“오늘은 첩이 하늘에 오를 기한이 다 된 날이니, 선관이 상제(上帝)의 칙

---

²¹ **요지(瑤池)** 서왕모가 산다는 연못.
²² **유신(劉晨)과 완조(阮肇)가 천태산(天台山)에 이르러 선녀와 더불어 인연을 맺음** 유신과 왕조가 천태산에 들어가 약초를 캐다 두 여인을 만나 반년을 살다 고향에 돌아와 보니, 이미 7대 후손이 살고 있더라는 고사.

교를 받들고 깃발을 갖추어 소첩을 맞으러 올 터인데, 만일 낭군께서 여기 계신 줄 아시면 우리 둘 다 큰 죄를 면치 못할 것이오니 낭군께서는 빨리 산을 내려가 몸을 피하소서. 만일 낭군께서 우리의 옛정을 잊지 않고 계시오면 반드시 다시 만나뵐 날이 있을 것이옵니다."

말을 마치자 이윽고 비단 수건에 이별시를 써서 한림에게 주니, 그 시에 읊었다.

서로 만날 제 꽃이 하늘에 가득하더니 (相逢花滿天)
서로 이별하매 꽃이 땅에 가득하구나. (相別花在地)
봄빛이 꿈속 같으니 (春色如夢中)
약수 천리가 아득하도다. (弱水杳千里)

한림이 그 글을 읽고 나니 이별하는 회포가 너무나 서러워 소매마구리를 찢어 화답하는 글 한 수를 써서 선녀에게 주었다.

하늘 바람이 옥패[23]에 부니 (天風吹玉佩)
흰구름이 어찌 그리 흩어지는가. (白雲何離披)
무산에 내리는 저 밤비 (巫山他夜雨)
바라건대 양왕[24]의 옷을 적시라. (願濕襄王衣)

여인이 글을 받들어 보고,

---

[23] **옥패** 옥으로 만든 노리개.
[24] **양왕** 이름은 횡(橫). 전국시대 초회왕(楚懷王)의 아들.

"아름다운 나무에 달이 숨고 계전(桂殿)[25]에 서리가 날리는데, 구만 리 밖의 모습을 그려내는 것은 오직 이 글뿐인가 하옵니다."

하고는, 향주머니에 글을 감추었다.

곧 여인이 재삼 서둘러 당부하였다.

"때가 이미 다 되었으니 낭군께서는 급히 떠나소서."

한림이 겨우 손을 들어 눈을 씻고 몸조심하라고 당부한 후에 작별하고 수풀 밖으로 나와 정자를 돌아보니, 푸른 나무는 첩첩이 둘렀고 흰 구름은 자욱하여 마치 요지에서 한바탕 꿈을 꾸다 깬 듯하였다.

한림은 별당에 돌아온 후 그 일을 돌이켜 후회하였다.

"선녀의 귀양이 풀리는 날이 바로 오늘이라 하였으니, 잠깐 산중 깊은 곳에 몸을 숨기고 여러 선관들이 선녀를 맞이하여 하늘로 올라가는 것을 보고 돌아와도 늦지 않았을 것을 어찌하여 그리 조급히 내려왔을까?"

한림은 자신의 조급함을 한탄하여 마지않다가 새벽에 일찍 일어나 동자를 거느리고 다시 전일에 선녀를 만났던 곳을 찾아갔다.

복사꽃은 웃는 듯, 냇물은 우는 듯한데 빈 정자만 덩그러니 남아 있고 향기로운 티끌은 이미 고요하고 없었다.

한림은 난간에 의지하여 푸른 하늘을 바라보고 오색구름을 가리키며 탄식하였다.

"선랑은 저 구름을 타고 올라가 상제께 조회(朝會)하겠구나. 내가 이렇

---

[25]. 계전(桂殿) 계수나무 궁궐.

게 바라본다 한들 어찌 하늘에 닿을 수 있으랴?"

또 정자에서 내려가 복사나무에 기대어 눈물을 뿌리면서 홀로 지껄이기를,

"복사꽃아 너는 당연히 내 서러운 한을 알겠지?"

하며 이리저리 거닐다가 뒤돌아 쓸쓸히 돌아갔다.

하루는 정생이 양 한림을 찾아왔다.

"전날 안사람의 신병으로 말미암아 형과 함께 마지막까지 놀지 못한 것이 지금도 서운하오. 도성 밖 장림(長林)의 버들 그늘이 아직도 여전히 좋다 하니, 반나절 겨를을 내는 것이 좋겠소. 한바탕 놀이를 벌이고 형과 더불어 꾀꼬리 노래를 들어보면 좋을 듯한데 어떻소?"

양 한림이 이에 쾌히 응하였다.

"녹음과 방초가 꽃철보다 나으렷다!"

두 사람이 동행하여 성문 밖으로 나아가 무성한 수풀을 헤치고 좋은 자리를 가려 풀을 자리 삼아 앉고는 꽃가지로 수놓으며 술을 마셨다.

한림이 문득 보니 가까이에 황폐한 무덤이 하나 있는데, 쑥대는 우거지고 잡풀이 떨기를 이루어 구슬픈 바람에 나부낀다.

두어 떨기 말라비틀어진 꽃이 거친 언덕 위에 어지러이 선 나무 사이로 그윽하게 보인다.

한림이 취한 기운으로 말미암아 무덤을 가리키며 탄식하였다.

"사람은 귀하거나 천하거나, 슬기롭거나 어리석거나를 막론하고 누구나

다 한 번 죽어 흙으로 돌아가는 법이니, 옛적에 맹상군(孟嘗君)[26]이 그 부귀를 누리면서도 당시 옹문(雍門)[27]이 거문고를 타며 '천년만년 후에는 초동목수(樵童牧豎)가 무덤 위에서 뛰놀며, 이것이 맹상군의 무덤이로구나' 하고 읊은 소리에 눈물을 흘렸다 하였으니, 어찌 살아생전에 취하지 않겠는가?"

한림의 한탄에 정생이 답하기를,

"형, 저 무덤의 유래를 아오? 알지 못할 것이오. 저것이 바로 장여랑(張女郞)의 무덤이라오. 여랑이 아름다운 자색을 세상에 떨쳐 사람들이 그를 장여화(張麗華)[28]라 일컬었지만, 불행히도 이십 세에 죽어 여기 묻혔소. 그 뒤에 사람들이 불쌍히 여겨 꽃과 버드나무를 무덤 앞에 심어 그의 무덤임을 표하고 애석한 죽음을 위로케 한 것이라오. 자, 우리도 또한 술 한 잔을 부어 여화의 꽃다운 넋을 위로함이 어떻소?"

한림이 본디 다정한 사람이라 이에 응하여 즐거이 답하였다.

"형의 말이 지극히 당연하오. 어찌 한 잔 술을 아끼겠소."

한림이 정생과 더불어 무덤 앞에 이르러서 술을 들어 한 잔 붓고 둘 다 각기 글을 지어 외로운 넋을 조상하였다.

---

[26] **맹상군(孟嘗君)** 제(劑)의 정치가 전문(田文)의 봉호(封號). 식객이 늘 몇 천 명이나 모여들더니, 그가 진(秦)에 들어갔을 때 진 소왕(秦昭王)이 죽이려 하였으나 계명(닭 울음소리) · 구도(좀도둑질)에 능한 자가 있어서 탈환(脫還)하였음.

[27] **옹문(雍門)** 제(齊)의 음악가. 이름은 주(周).

[28] **장여화(張麗華)** 남조 진 후주(陣後主)의 왕비. 요염한 아름다움과 긴 머리카락, 총명하고도 강직한 성품으로 후주의 총애를 한 몸에 받음.

한림이 읊기를,

　　그 아름다움이 일찍이 나라를 흔들더니
　　꽃다운 혼이 벌써 하늘에 올라갔구나.
　　피리와 거문고는 산새가 배우고
　　깁[29]과 비단은 들꽃이 전하더라.
　　옛 무덤엔 부질없는 봄풀이 자라고
　　빈 누각엔 저무는 연기가 피어오르는데
　　진천의 옛 성가는
　　오늘날 뉘 집에 불렸는고?

정생이 글을 읊었으되,

　　묻노니 옛적 번화한 곳에
　　뉘 집의 요조한 낭자인가.
　　소소[30]의 집이 황량하고
　　설도[31]의 별장이 적막하도다.
　　풀은 깁 치마 빛을 띠었고
　　꽃은 변하지 않고 아름다운 향기가 가득하다.
　　꽃다운 넋을 불러 얻지 못하는데
　　오직 저문 하늘에 까마귀만 나는구나.

두 사람이 소리내어 무덤을 조상하는 시를 읊조린 후 정생이 무덤 둘레

---

29. **깁** 명주실로 바탕을 좀 거칠게 짠, 무늬 없는 비단.
30. **소소** 남제의 명기(名妓).
31. **설도** 당의 명기.

를 돌아보다가 사초가 떨어진 틈에서 흰 비단 헝겊에 쓴 글을 주워들어 보 았다.

"무덤에서 글을 주웠소. 여랑의 무덤에 이런 글을 쓴 것으로 보아 정이 많은 사람인가 보오."

양 한림이 정생이 주운 글을 받아보니 일전에 선녀와 이별하며 자기가 소매마구리를 찢어 선녀에게 정으로 주었던 글이었다. 양 한림은 가슴이 철렁 내려앉으며 놀랐다.

'지난번에 만났던 미인이 선녀가 아니라 바로 장 여랑의 혼이었구나.' 하는 생각에 식은땀이 등골에 흐르며 놀란 가슴을 진정하지 못하였다.

그러다가 이윽고 깨달아 다시 생각하기를,

'신선도 하늘이 정한 연분이요, 귀신도 하늘이 정한 연분이니 선관과 귀신을 구태여 분별할 필요가 무에 있을까.' 하였다.

양 한림은 정생이 마침 일어나 돌아선 틈을 타서 다시 한 잔 술을 따라 무덤에 붓고 마음속으로 축원하였다.

'유명(幽明)은 비록 다르나 정의(情誼)에는 간격이 없으니 오직 바라건 대 꽃다운 혼령은 이 작은 정성을 굽어 살피고 오늘 밤에 다시 나타나 옛 인연을 이어주도록 하오.'

양생은 축원을 마치자 정생과 더불어 돌아와 홀로 화원 별당에 베개를 의지하고 기대었으나 미인을 생각하는 마음이 간절하여 잠을 이루지 못하 고 있었다.

이때 월색은 주렴에 비치고 나무 그림자는 창에 가득하고 사방이 고요한데 사람의 소리가 은은히 들리더니 발자취가 선명히 났다.

한림이 문을 열고 보았더니 자각봉에서 만났던 선녀라, 놀랍고도 또한 기꺼운 마음에 서둘러 문지방을 뛰쳐나가 여인의 가냘픈 손을 이끌고 방으로 들어오려 하니, 미인이 한림의 손을 가만히 밀어 사양하였다.

"첩의 근본을 낭군이 이미 아셨사오니 아마도 꺼리는 마음이 없지 않을 것이옵니다. 첩이 처음으로 낭군을 만났을 적에 바로 말씀드리고자 하였으나 혹시 낭군이 놀라실까 두려워 신선이라 거짓으로 일컫고 하룻밤 은혜를 입었사오니, 그 영광이 극진하고 정의가 이미 깊어 끊어진 혼이 다시 잇고 썩은 살이 되살아나는 듯하옵니다. 오늘 다시 첩의 무덤을 찾아 한 잔 술 부어 제사 지내시고 글을 읊어 조상하여 임자 없는 외로운 혼을 위로하여 주시니, 첩은 감격한 마음을 이기지 못하고 두터운 은혜와 넓으신 은덕에 사례를 드리고자 들린 것이옵니다. 작은 정성이나마 직접 말씀드리고자 잠시 들린 것이오니 어찌 감히 썩은 몸으로 다시 군자의 몸에 가까이할 수 있겠습니까?"

한림이 다시 여인의 옷소매를 잡아당기며 말하였다.

"속세에 살며 귀신을 미워하는 자는 우매하고 겁 많은 사람이오. 사람이 죽으면 귀신이 되고 귀신이 변하면 사람이 되거늘 사람으로서 귀신을 두려워한다면 그자는 못생긴 사람이요, 귀신으로서 사람을 피하는 자는 신령치 못한 귀신이라오. 사람과 귀신의 그 근본이 하나인즉 어찌 유명(幽明)을 구별하여 판단하겠소. 내 소원이 이와 같고, 내 정이 또한 이러하니 낭자인들 어찌 나를 거절할 수 있겠소."

"첩이 어찌 낭군의 온정을 저버리겠나이까? 낭군이 소첩을 사랑하시는 것의 첩의 눈썹이 검고 두 뺨이 붉은 것을 보셨기 때문이나 이는 다 헛것이요 참된 모습은 아니옵니다. 이는 모두 요사한 술법으로 교묘하게 꾸며서 산 사람으로 하여금 상접케 하려 함이옵니다. 만일 낭군이 첩의 참모습을 보고자 하신다면 곧 두어 조각 백골에 푸른 이끼가 서로 얽혀 있는 것을 볼 수 있을 따름이오니, 이같이 추하고 더러운 물건을 귀하신 몸에다 가까이 하시려 하나이까?"

미인의 간곡한 말에 한림이 답하기를,

"부처님 말씀에 '사람의 몸은 물거품과 바람꽃으로 헛되이 만든 것이라'[32] 하셨으니, 뉘가 능히 참인 줄을 알며 또 거짓인 줄을 알아보겠소?"

하고는 미인의 손을 이끌고 방에 들어가 자리에 누워 그 밤을 다정히 지내니 오가는 정이 전보다 갑절이나 더하였다.

정을 나눈 후 한림이 미인에게 당부하여 일렀다.

"이제부터는 밤마다 오시오. 만나서 서름서름함이 없도록 합시다."

"사람과 귀신의 길이 비록 다르기는 하나 깊은 정을 나누어 마음으로 응하는 일에야 다를 것 무에 있겠사옵니까. 낭군이 첩만을 생각하심이 실로 지성에서 우러나는 것을 알겠사오니 첩이 의탁하려는 마음이 어찌 간절하지 않겠사옵니까."

이윽고 새벽 종소리가 울리자 여인이 일어나 꽃나무 사이로 사라지자

---

[32] **사람의 몸은 물거품과 바람꽃으로 헛되이 만든 것이라** 방광대장엄경(方廣大藏嚴經)에 무유견실, 여풍중등, 여수상포(無有堅實, 如風中燈, 如水上泡)이라 함.

한림이 난간에 의지하며 미인을 보내며 밤에 다시 만나기를 기약하였으나 미인은 대답하지 않고 총총히 사라졌다.

한림이 선녀를 만난 다음부터는 친구를 찾아보는 일도 없고 손님을 맞는 일도 없이 고요히 홀로 화원에서 지내며, 밤이면 선녀가 오기를 기다리고 날이 밝으면 다시 밤을 기다리며 스스로 감격스러워 마지아니하였다. 그러나 미인이 즐겨 자주 오지 않자 한림의 기다리는 마음은 더욱 점점 간절하여졌다.

한림이 하루는 역시 난간에 기대에 밤을 기다리는데 두 사람이 화원 협문을 거쳐 들어오고 있었다. 보니 앞에 선 이는 정십삼랑이요, 뒤에 따르는 이는 처음 보는 사람이었다. 정생이 한림 앞에 선 뒤 인사하고 뒤에 따르던 사람을 불러 한림에게 보이며 인사를 시켰다.

"이 선생은 태극궁(太極宮)[1]의 두 진인(杜眞人)[2]인데 관

---

[1] 태극궁(太極宮) 수(隋)의 대흥궁(大興宮).
[2] 두 진인(杜眞人) 두충(杜沖), 혹은 원(元)의 모산도사(茅山道士) 두처일(杜處逸).

상 보는 법과 점치는 술법이 이순풍(李淳風)³이나 원천강(袁天剛)에 버금 간다오. 내, 이제 양 형의 관상을 보이고자 맞아 왔소."

한림이 두 진인을 맞아 두 손 맞잡고 환대하였다. 그리고는 이르기를,

"높으신 성화(聲華)⁴를 이미 들었사옵니다. 이제 이렇듯 뵈니 천만뜻밖 이옵니다. 선생께서 필시 정 형의 상을 보았을 터이니 어떠하더이까?"

하자, 정생이 대신 대답하였다.

"이 선생이 내 상을 보고 '삼 년 안에 과거에 급제하고 또 장차 팔주자사 (八柱刺使)가 되리라' 하였소. 나에게는 넉넉히 맞을 것이니 형도 시험 삼 아 물어보시구려."

한림이 두 진인을 대하여 물었다.

"어진 사람은 곧 복(福)을 묻지 아니하고 다만 재앙을 물을 따름이다 하 였으니, 선생은 오직 바른 대로 말해 주시오."

두 진인이 한동안 양생의 얼굴을 자세히 본 뒤에 말하였다.

"양 한림의 두 눈썹이 다른 사람과는 달리 아주 빼어나 봉의 눈초리가 귀밑까지 같으니 벼슬은 삼정승(三政丞)에 이를 것이오, 얼굴빛이 분을 바 른 듯하고 둥근 구슬 같으니 이름을 장차 천하에 울릴 것이오, 용행호보(龍 行虎步)하니 손에 병권을 잡아 위엄이 떨치고 공후(公侯)를 만 리 밖에 봉 할 것이니 무슨 일이든 실패됨이 없겠사옵니다. 하나 다만 오늘 이 마당에 횡액(橫厄)이 있사오니 만일 오늘 나를 만나지 못하셨다면 위태로울 뻔했

---

³ **이순풍(李淳風)** 당대(唐代)의 도술가.

⁴ **성화(聲華)** 영화로운 명성.

소이다."

양생이 두 진인의 말에 웃으며,

"사람의 길흉과 화복이야 결국 제가 스스로 얻는 법이니, 따라가 일부러 구하지 아니하면 생기지 않을 것이오. 오직 병이라 하는 것만은 사람이 구하지 않아도 피하기 어려운 바이니 나에게 중병 들릴 징조가 있소?"

하자, 두 진인이 한림의 물음에 대답하기를,

"아니오, 한림의 재앙은 참으로 심상치 않은 것이오. 푸른 빛이 천정(天庭)[5]을 꿰뚫었고 간사한 기운이 명당(明堂)[6]을 침노하였으니, 한림 댁에 혹시 내력이 분명치 못한 첩이 있지 않소?"

한림이 속으로 벌써 장 여랑의 일을 말하는 것인 줄 깨달았으나, 그녀와의 정이 앞을 가리므로 조금도 놀라거나 두려워하지 않고 태연히 답하였다.

"그러한 일은 도시 없소."

두 진인이 거듭 묻기를,

"그러하면 혹시 옛 무덤을 지나치다가 마음이 흔들려 섬뜩하거나, 혹은 귀신과 함께 꿈속에서 논 일이 있소?"

한림은 역시 태연히 대답하였다.

"역시 그런 일도 없었소."

옆에서 듣던 정생이 양생에게 참견하여 말하기를,

---

[5] **천정(天庭)** 양미간, 또는 이마의 복판.

[6] **명당(明堂)** 두 눈의 밑. '마의상법(麻依相法)'에 말한 '명수학당(明秀學堂)'의 준말.

"두 선생의 말씀에는 털끝만큼도 틀림이 없으니, 양 형은 자세히 한번 생각해 보도록 하시오."

하였으나 한림이 도무지 대답하지 않으므로 두 진인이 다시 다짐하였다.

"사람은 양의 기운을 가졌고, 귀신은 음의 기운을 가졌으므로 고로 주야가 서로 바뀌고 인신(人神)이 서로 다름이 물과 불이 서로 받아들이지 못함과 같소. 내 이제 상공의 얼굴을 보니 귀신에게 홀린 것이 분명하고 이미 몸에 음기가 어리었으니 수일 후면 병이 골수에 막혀 목숨을 구하지 못할까 두렵소이다. 나중에 위태로이 되고 나서야 관상 보는 이가 제대로 말하지 않았다고 원망치 마시오."

두 진인이 말에 한림이 내심으로,

'두 선생의 말이 신기하기는 하나, 장 여랑이 나와 더불어 길이 즐겁도록 지낼 것을 굳게 맹세하였고 서로 사랑하는 정이 날로 더해 가는데 어찌 그가 나를 해칠 것인가.'

하는 생각에서 말을 내쳐 두 선생에게 대답하였다.

"사람의 오래 살고 일찍 죽는 것이야 다 태어날 때부터 하늘이 정한 것이거늘, 내게 진실로 정승에 오를 상(相)과 부귀(富貴)할 상이 보인다면 요사한 귀신이 감히 어찌 감히 나를 범하겠소?"

한림의 말에 두 진인은,

"죽고 사는 것이 다 상공에게 달린 일이요, 나와는 이제 상관없는 일이니 그만 가겠소. 이제 내 알 바 아니오."

하고 소매를 떨치며 가니, 한림도 또한 만류치 아니하였다.

이에 정생이 위로하였다.

"양 형은 본디 길한 사람이라 신명(神明)이 필연 도우실터이니 어찌 귀신을 두려워할 것이오? 술객(術客)들이란 이따금 허튼 소리로 사람을 놀라게 하니 가증한 노릇이오."

곧 술상이 나오자 종일토록 크게 취한 후 서로 헤어졌다.

한림이 이날 밤 술이 깬 후 향을 피우고 고요히 앉아서 여랑이 오기를 기다리나 끝내 종적이 없기에, 한림이 책상을 차며 말하였다.

"밝은 샛별이 빛나거늘 아직도 미인이 오지 않는구나."

한림이 촛불을 끄고 자려 하는데, 갑자기 창 밖에서 울며 호소하는 소리가 들렸다.

"낭군께서 요사한 도사(道士)의 부적을 머리 위에 감추어 두었기에 첩이 감히 가까이 가지 못하옵니다. 이것이 비록 낭군의 뜻이 아닌 것을 첩이 알긴 하오나 이것도 역시 우리의 인연이 끝났다는 뜻이라 할 것입니다. 요사한 것들이 날뛰오니, 부디 엎드려 바라건대 낭군 몸을 돌보소서. 첩은 이제 물러가오니 다시는 못볼 듯싶습니다."

하니 그 소리에 한림이 크게 놀라며 문을 열고 보니 온데간데 없고 단지 한 조각 글발만이 돌 위에 놓여 있었다.

한림이 곧 떼어보니 여랑이 지은 글이다.

읊기를,

옛적 아름다운 기약을 찾아 채색 구름을 밟았고

다시 맑은 술 한 잔 황폐한 무덤에 부었더라.
깊은 정성 본받지 못하고 은혜 먼저 끊어졌으니
낭군을 원망치 아니하고 정군을 원망하노라.

한림이 글을 한 번 읊고는 서러워하였다. 한편 생각하면 괴이쩍고도 이상한 일이라, 머리를 어루만져 보니 무엇인가 상투에 있기에 내어보았더니 바로 귀신을 쫓는 부적이었다.

"요사스러운 사람이 내 일을 그르쳤도다!"

분연히 꾸짖고는, 그 부적을 찢고 다시 여랑이 남긴 글을 잡고 읊어보니 깨달은 바가 있었다.

"여랑이 정생을 원망하는 것을 보니 이것이 분명 정십랑의 짓이로구나! 기실은 나쁘라고 한 일이 아니나 좋은 일을 짓궂게 훼방한 것이로다. 이것이 두 진인의 술법이 아니고 정생이 한 짓이니, 내 반드시 갚아 주리라!"

하고는, 여랑의 글을 차운(次韻)하여 글 한 수를 지어 주머니 속에 감추고는 탄식하기를,

"글은 비록 되었으나, 누구를 주어야 읽어 줄 것인가?"

한림이 읊기를,

찬기운 바람을 몰아 신통한 구름 위에 올라가니
꽃다운 넋이 외로운 무덤에 이끌림을 말하지 말라.
동산 속에 백 가지 꽃이요, 꽃 밑에는 달이거늘
고인이 어디 있은들 그대를 생각지 않으리오.

하였으니, 글의 뜻이 간절하고 비창하였다.

　이튿날 한림이 작정을 하고 정생의 집에 가 그를 찾았으나 없었고 삼일 동안 연달아 그의 집을 찾았으나 나갔다 하며 한 번도 만나지 못하였다. 또한 여랑의 그림자도 묘연하여 다시는 볼 수 없으니 자각정에 올라가서 찾고자 하였으나 산 사람이 신령과 접촉하기 어려우니 속수무책이었다. 자나 깨나 여랑을 잊지 못하고 먹고 마시는 것이 점점 줄어들었다.

　하루는 정 사도 내외가 술과 안주를 갖추어 한림을 맞아들여 한담을 나누며 술을 권하였다.

　정 사도 말하기를,

　"양 군 요즈음 어찌하여 얼굴색이 좋지 않은가?"

　한림이 대답하기를,

　"십삼랑 군과 더불어 연일 심하게 마셨더니 아마도 그로 인한 것이 아닌가 하옵니다."

　이때 정생이 득달같이 나타났으나 양 한림은 그를 한 번 흘겨보고는 말을 걸지 아니하였다. 정생이 먼저 입을 열어 한림에게 묻기를,

　"형이 근래에 벼슬살이에 골몰하여 심사가 불편하신가? 혹은 고향 생각이 간절하여 병이 난 것인가? 어찌하여 그토록 얼굴이 초췌하고 정신이 쓸쓸하오?"

하자 한림이 마지못하여 대답하였다.

　"부평초(浮萍草) 같은 사람이 어찌 그렇지 않겠소?"

　사도가 이때 말을 꺼냈다.

"우리 집 비복들이 말하기를 '양 한림이 어떠한 여인과 함께 화원에서 어울려 수작을 하더라' 하니, 이 말이 맞는가?"

"화원이 깊은데 어찌 여자가 들어왔겠사옵니까."

정생이 말하기를,

"도량이 넓은 형이 설마 여자와 만나 정 나눈 일을 부끄러워 말하지 않는 겐가? 일전 형이 거친 말로 두 진인을 물리쳤으나 내, 형의 기색을 보니 짐작이 가는 바가 있는지라, 소제가 형을 위해 두 진인의 귀신 쫓는 부적을 형이 머릿속에 감추었소. 그날 형이 많이 취하여 전혀 알지 못하기에, 소제가 그날 밤에 동산 수풀 속에 몸을 숨기고 숨어 엿보았더니 어떤 여자 귀신이 형의 침방 밖에서 울며 하직하고 곧 사라지더이다. 이로 미루어보더라도 두 진인의 말이 영험하고 소제의 정성이 극진하거늘 고맙단 말 한마디 하지 아니하고 도리어 노여움을 품고 있음은 어찌 된 일이오?"

한림이 아무래도 감추기 어려운 줄을 알고 사도를 향하여 사죄하였다.

"소서(小壻)[7]가 겪은 일이 조금 해괴한 일이나 장인께 자세히 사뢰겠습니다."

이에 곧 여랑과의 일을 전후 사실을 들어 낱낱이 아뢰고 말하였다.

"십삼랑 형이 나를 위하여 한 일인 줄은 알겠사옵니다. 하나 여랑이 귀신이라고 하지만 기질이 씩씩하고 마음이 바르고 넓어서 요사스럽지 아니하여 결코 사람에게 해를 끼치지 않을 것이며, 소서가 비록 잔망하고 용렬

<hr>

7. **소서(小壻)** 사위가 자신을 낮추어 부르는 말.

하오나 그렇다고 귀신에게 홀릴 바 아니었거늘 정 형이 부적으로 여랑의 출입을 끊었으니 마음에 걸리는 바가 없지 않사옵니다."

이를 모두 들은 사도는 박장대소하였다.

"양 한림의 운치(韻致)와 풍채가 옛날의 송옥(宋玉)[8]과 흡사하니 신녀(神女) 부르는 법이 없겠느냐! 내 양생을 놀리려 하는 말이 아니라, 내가 소시에 우연히 이인(異人)을 만나 귀신 부르는 법을 배웠으니, 이제 사위를 위하여 장 여랑의 혼령을 불러들여 당장에 사죄케 하고 사위의 마음을 위로하려고 하나, 그대의 생각은 모를 일이니 그대의 의향이 어떠한가?"

한림이 대답하였다.

"소옹(小翁)[9]이 비록 이 부인(李夫人)[10]의 혼을 불렀으나 그 법이 전해오지 못한 지 이미 오래옵니다. 소저는 그 말씀을 믿지 못하겠나이다."

"양 형은 한 마디의 수고도 허비하지 아니하고 장 여랑의 혼을 불렀고, 소제는 또한 겨우 한 조각 부적으로 이를 쫓아냈소. 이로 미루어 보면 귀신은 어지간히 부릴 수 있을 터인데 형은 무슨 의심을 하는가?"

정생이 이리 말하자 사도 또한 더하여 말하였다.

"믿지 못하겠거든 이것을 보게."

하고는 드디어 부채를 들어 병풍을 치며 불렀다.

---

[8] **송옥(宋玉)** 초의 문학가. 굴원의 제자로서, 스승이 방축(放逐)된 것을 슬퍼하여 구변(九辨)을 짓고, 또 신녀(神女)·고당(高唐)등 부(賦)를 지음.

[9] **소옹(小翁)** 한 무제 때 방술을 행했던 방사(方士)의 이름.

[10] **이 부인(李夫人)** 한 무제의 부인. 얼굴이 뛰어나게 아름답고 춤을 잘 추었으나 요절하여, 무제가 그 얼굴을 그려 궁에 붙이고 혼을 불러내게 하여 만났음.

"장 여랑, 어디에 있느냐?"

홀연히 한 여인이 병풍 뒤로부터 웃음을 머금고 음전한 모습으로 나와 부인 뒤로 천연히 서기에 한림이 눈을 들어보니 분명히 장 여랑이었다. 심신이 황홀하여 사도와 정십삼랑을 물끄러미 바라보며 물었다.

"이것은 진실로 사람이오, 귀신이요? 그렇지 아니하면 꿈이요, 생시요?"

사도와 부인은 슬며시 웃고 정생은 허리를 잡고 웃다가 제대로 일어나지도 못하였다. 좌우의 시비들도 웃느라 허리를 펴지 못하였다.

사도가 나서서 말하기를,

"이제야 사위를 위하여 그 경위를 바로 말하게 되었네. 이 아이는 신선도 아니요, 귀신도 아니요, 바로 내 집에 머무는 춘운이라는 아이니, 근래에 양 한림이 화원 별당에 홀로 있는 것이 심히 적막하겠기에 내 이 아이를 사위에게 보내어 객지의 무료함을 위로케 하였던 것이네. 한데 젊은 것들이 중간에서 속임수로 그대를 희롱하여 괴롭혔으니 어찌 우습지 않겠는가?"

정생이 바야흐로 웃음을 그치고 이르기를,

"미인을 두 번이나 만난 것은 다 소제가 중매한 힘이거늘 그 은혜는 감사하지 아니하고 도리어 원수같이 여기니 형은 아마도 배은망덕한 사람인가 보오."

하고는 다시 웃음을 참지 못하여 말을 잇지 못하니, 한림도 따라 웃으며 이르기를,

"장인이 보내시는 것을 중간에서 정 형이 조롱하였거늘 무슨 은덕을 베풀었다 하오?"

정생이 이에 대답하여 덧붙였다.

"조롱한 책망은 소제가 달갑게 들으려니와 그 계책을 꾸며 지시한 사람이야 따로 있으니, 그것은 어찌 소제의 죄라 하겠소?"

한림이 돌아보며,

"정 형이 꾸미지 않았으면 누가 이런 장난을 능히 하였겠소?"

하고 정생에게 말하자 정생이 웃으며 대답하였다.

"성인의 말씀에, '너에게서 나간 것은 너에게로 돌아온다'[11] 하셨으니, 형은 깊이 한번 생각해 보시구려. 남자가 여자로 변할 수 있다면 하물며 속인이 신선이 되고 신선이 귀신으로 변하는 것이 어찌 그리 괴이하다 하겠소?"

이에 이르자 한림이 크게 깨닫고 한바탕 웃으며 사도를 향해 여쭈었다.

"맞습니다! 소서 일찍이 소저에게 죄를 지은 적이 있었사온데 소저가 필시 그 원망을 잊지 아니하고 그 값을 하는 것이로군요."

사도와 부인은 웃을 따름이요 대답치는 아니하였다. 한림이 춘운을 돌아보며 이르기를,

"춘낭아, 네 실로 영민하고 영리하구나! 그러나 사람을 섬기고자 하면서 먼저 그 사람을 속이는 것이 어찌 부녀자의 도리라 하겠느냐?"

---

[11]. **너에게서 나간 것은 너에게로 돌아온다** 계지계지 출호이자 반호이자야(戒之戒之 出乎爾者 返乎爾者也) 『맹자』의 일구.

춘운이 꿇어앉아 대답하였다.

"첩은 자못 장군의 영만 들었을 뿐, 천자의 조서(詔書)를 듣지 못하였나이다."

한림이 춘운의 말에 탄복하여 말하였다.

"옛날에 양왕(養王)은 무산(巫山)의 선녀를 만났을 때 아침에 구름이 되고 저녁에 비가 됨을 분별치 못했다 하더니, 이제 나는 춘낭이 신선도 되고 귀신도 된 것을 분별치 못하였으니, 참사람이 어찌 구름과 비와 더불어 이야기를 나눌 것인가? 생각건대 천변만화의 술법이 이로 말미암아 얻어지는 것이리라. 내 들으니 강한 장수에 약한 군사 없다 하였으니, 그의 비장(裨將)이 이와 같으니 대장은 친히 보지 아니하여도 족히 지략이 많음을 알겠구나!"

좌중이 한바탕 다 웃고 다시 술과 안주를 가득 차려 종일토록 취하니, 춘운 또한 새로이 사람으로서 말석에 참여하였다가 밤이 이슥하여 촛불을 잡고 한림을 모셔 화원에 이르렀다. 한림은 취흥을 이기지 못하여 춘운의 손을 잡고 희롱하였다.

"너는 참말로 선녀냐, 귀신이냐? 내 선녀도 사랑하고 귀신도 사랑하였거늘 하물며 참 미인을 사랑치 못할 것이냐! 그러나 너로 하여금 신선도 되게 하고 귀신도 되게 한 사람이 장차 월궁에 항아(姮娥)[12]가 될까, 남악에 진인(眞人)[13]이 될까?"

---

[12] **항아(姮娥)** 달에 산다는 옛 선녀의 이름. 상아(嫦娥)라고도 함.
[13] **진인(眞人)** 도교의 진의를 닦는 사람.

춘운이 교태를 머금고 대답하기를,

"천한 이 몸이 외람된 일을 저질러 상공을 기망한 죄가 많사오니, 엎드려 상공의 용서를 비나이다."

하자 한림이 웃으며 이르기를,

"네 변화를 일으켜 귀신이 될 때도 꺼리지 않았거늘 이제 무엇을 허물로 삼겠느냐?"

이에 춘운이 일어나 사례하였다.

앞서 양소유가 과거한 후 정 사도 집 사위가 되기로 작정하였을 때에 그 해 가을에 고향으로 내려가 모친을 황성으로 모시고 올라와 성례하기로 하였으나, 또 한림원(翰林院)에 들어간 후 벼슬에 매어 아직 근친(覲親)을 못하였다.

한림이 이즈음 여가를 내어 시골로 내려가려 하니 때마침 나라에 일이 많이 일어났다. 토번(吐藩)[14]이 자주 변방을 침노하고 하북 지방의 모든 절도사들은 연왕(燕王)이니 혹은 조왕(趙王)이니 혹은 위왕(魏王)이니 자칭하고 강한 이웃과 연락하여 군사를 일으켜 난을 일으키므로, 천자께서 근심하시고 장차 군사를 내어 치려고 할 때, 문무 제신(諸臣)을 모으시고 의견을 물으시는데 의논이 분분하여 서로 맞는 것이 없으므로, 한림학사 양소유가 출반주(出班奏)[15]하였다.

---

14. **토번(吐藩)** 티베트족.

"옛날 한 무제께서는 남월왕(南越王)을 불러 알아듣도록 타이르시는 조서를 내려 항복을 받아내셨으니 그처럼 급히 조서를 내리시어 화와 복으로써 효유[16]하옵시고, 그래도 결국 귀순하지 아니하거든 군사를 내어 치는 것이 허술함이 없는 계책인 줄로 아뢰오."

천자가 그 말을 좇아 소유로 하여금 어전에서 조서를 초[17]해내도록 하시니 소유가 엎드려 명을 받잡고 즉시 지어 올리니, 읽어 보시고 천자가 크게 기꺼워하시며 하교하셨다.

"전중엄절(典重嚴截)할 은덕과 위엄을 두루 말하여 효유하는 뜻이니, 미친 도적이 읽고 스스로 감동하리라."

삼진(三鎭) 절도사에게 곧 조서를 내리시니, 조나라와 위나라는 곧바로 임금의 칭호를 버리고 조정의 명을 받들어 글을 올려 죄를 청하며 사신을 보내어 말 일만 필과 비단 일천 필을 공물로 바쳤다. 다만 오직 연왕만은 땅이 멀고 군사가 강함을 믿고 귀순치 아니하였다.

천자께서,

"양진(兩鎭)의 절도사가 항복한 것은 오로지 양소유의 공이다."

하시며 이에 조서를 내려 포상하셨다.

"하북땅 세 절도사가 각각 한 모퉁이씩 웅거하여 강함을 믿고 이웃과 손을 잡은 지 벌써 백 년이 되었다. 덕종황제께옵서 십만 대군을 일으키시어

---

15. **출반주(出班奏)** 여러 신하 가운데 홀로 앞으로 나아가 임금께 아뢰거나 뵈는 일.
16. **효유** 알아듣도록 타이르는 일.
17. **초** 시문 따위를 대강 초안을 잡음.

장수로 하여금 치셨으나 마침내 능히 그 강함을 꺾지 못하고 그 마음을 항복받지 못하였거늘, 이제 양소유의 한 장 글로써 두 진(鎭)의 항복을 받았으니 군사 하나도 수고치 아니하고 또한 한 사람도 죽지 아니하고 인군(仁君)의 위엄을 널리 만 리 밖에 떨치었다. 이에 짐이 심히 가상히 여겨 비단 삼백 필과 말 오천 필을 주어 포상하는 뜻을 보이노라."

하시고, 이어서 벼슬을 돋우고자 하시거늘 소유가 어전에 나아가 머리를 조아리고 받지 아니하며 상주[18]하였다.

"조서를 대신 초하는 것은 신하된 자의 직분이옵니다. 또 두 진이 귀순한 것은 성상의 위엄이오니 신이 무슨 공으로 이 중한 포상을 받겠사옵니까. 하물며 한 진이 아직도 항거하여 변방을 요란하게 하오니 신은 다만 칼을 들고 창을 잡아 나라의 수치를 능히 씻지 못함을 한탄할 따름이옵니다. 한데 더하여 벼슬을 올리라는 명을 어찌 따르오리까? 신하된 자가 충성을 다함은 직품이 높아지는데 간격이 없고 싸움에 이기고 패함은 군사의 다과(多寡)에 있지 아니하오니, 신 바라옵건대 한 무리의 군사를 주시면 조정의 위엄을 의지하여 나아가 연나라의 도적과 더불어 죽기로써 힘써 싸워 천은(天恩)의 만분의 일이라도 갚고자 하옵니다."

천자가 그 뜻을 장하게 여기시어 대신들에 하문하시니, 모두 엎드려 상주하기를,

"세 진이 정족지세(鼎足之勢)[19]이었으나 이제 두 진이 이미 항복하였으

---

18. **상주** 임금에게 말씀을 아룀.
19. **정족지세(鼎足之勢)** 솥의 세 개의 발처럼 세력이 맞서 있음.

므로, 조그마한 역적의 형세는 곧 솥에 든 고기의 형세요 구멍에 든 개미와 같사옵니다. 군사를 모두어 나가면 반드시 마른 것을 꺾고 썩은 것을 꺾는 것 같사옵니다. 또 천자의 군사는 먼저 꾀를 쓰고 나중에 뒤에 치는 것이 옳나니, 엎드려 바라옵건대 양소유를 보내어 이해(利害)로써 효유하다가 끝내 항복하지 아니하거든 뒤이어 군사를 보내는 것이 좋을 줄로 아뢰옵니다."

천자께서도 옳게 여기어 양소유에게 절월(節鉞)[20]을 내리시며,

"연나라에 가 도적을 효유하라." 하셨다.

소유기 천자의 명을 받잡고 절월을 가지고 떠나며 정 사도에게 하직인사를 하였더니, 사도가 만류하며 말하였다.

"변방은 인심이 모질고 억세어서 조령(朝令)을 거역하는 일이 무수히 일어나는 곳이다. 그대가 한낱 선비의 몸으로 위험한 땅에 들어가게 되었으니 만일에 뜻하지 않은 변이 생기면 이 늙은 것의 불행만이 아니라 한 나라의 수치가 될 것이다. 내, 몸이 늙어 그동안 조정공론에 참여치 아니하였으나 이번 일은 마땅히 한 장 글을 올려 간쟁(諫爭)[21]코자 한다."

한림이 사도의 말에 위로하며 말하였다.

"장인은 너무 염려 마옵소서, 변방 백성이 조정이 안정치 못한 것을 틈타 잠시 소란을 일으킨 일이옵니다. 천자께서 신무(神武)[22]하시고 조정이

---

20. **절월(節鉞)** 생살권(生殺權)을 부여하는 것.
21. **간쟁(諫爭)** 간경하게 간하여 임금이 잘못을 바로잡다.
22. **신무(神武)** 무덕(武德)이 뛰어남.

청명하여 조나라와 위나라, 두 강한 나라가 이미 귀순하였으니 작은 연나라쯤을 어찌 큰 근심하겠나이까?"

사도 다시 이르기를,

"성상의 명이 이미 내리셨고 그대의 뜻 또한 이미 굳게 정해졌으니 이 늙은 것이 다시 할 말이 없겠네. 오직 바라건대 모든 일에 조심하여 몸을 보중하고 군명을 욕되게 하지 말도록 유념하게."

부인이 눈물을 흘리며 작별하였다.

"현명한 선비를 얻은 후로 적이 늙은 마음을 위로할 수 있었는데, 양 공이 이제 먼 길을 떠나게 되니 내 가슴속이 어떠하겠는가? 다만 바라는 것은 먼 길을 빨리 돌아오도록 하시게."

양 한림이 물러가 화원 별당에 이르러 행장을 갖추어 곧 발행할 제, 춘운이 옷을 부여잡고 간절히 말하였다.

"상공께서 한림원에 입직하실 때 첩이 일찍 일어나 침구를 싸고 조복을 받들어 입혀드리면, 상공께서는 곁눈으로 첩을 보시고 항상 안타까이 여기시며 떠나기를 싫어하신 적이 많았사옵니다. 한데 이제 만 리 길을 떠나 이별하게 되었사온데 어찌하여 무어라 한마디 쓰라린 말씀이 없사옵니까?"

한림이 크게 웃으며 춘운에게 이르기를,

"대장부가 나랏일을 당하여 무거운 중책을 받았으니 생사 또한 돌아보지 못하겠거늘, 구구한 사정을 어찌 마음 가는 대로 의논하겠느냐? 춘낭은 부질없이 슬퍼하여 꽃 같은 얼굴을 상치 말고 삼가 소저를 받들어 한동안 잘 지내고 있으면, 내 성공한 후에 허리에 금인(金印)을 차고 호기 있게 돌아올 터이니 기다리도록 하여라."

하고는, 곧 문으로 나아가 수레를 타고 떠났다.

이윽고 낙양(洛陽)에 다다르니 옛날에 그가 지날 때 보았던 자취가 아직도 변치 아니하였다.

당시 지날 때에는 십육 세 나 어린 한낱 서생의 몸으로 작은 나귀를 타고 형색이 심히 초라하였는데 수년이 가지 않아 이제 절월(節鉞)을 세우고 사마(駟馬)를 타고 이르게 되었다.

낙양의 현령(縣令)이 나와 분주히 길을 닦고 하남 부윤(河南府尹)은 공순히 길을 인도하니, 광채가 온 길에 비치고 뭇 백성들은 다투어 구경하고 오가는 행인들은 우러러보며 부러워하니 이 어찌 장관이 아니겠는가.

한림은 낙양에 도착하자 먼저 동자를 시켜 계섬월의 소식을 알아오도록 하였다. 동자가 섬월의 집을 찾았더니 대문은 겹겹이 잠기고 사립문도 열지 않은 채요, 오직 앵두꽃만이 피어 있을 뿐이었다.

이웃 사람에게 물어보았더니 그 대답이 이러하였다.

"섬월이 상년 봄에 먼 고장에서 온 상공과 더불어 하룻밤 인연을 맺은 후로는 병이라 핑계하고 오는 손을 사절하며 관가 잔치에도 들어가지 아니하였더이다. 그리고는 얼마 안 가 미친 체하며 패물붙이를 다 떼어버리고 도사의 의복으로 바꿔 입고는 사방으로 두루 다니면서 산수(山水) 구경을 떠났사옵니다. 아직 돌아오지 아니하였사오니 지금 어느 산에 있는지 알지 못하옵니다."

동자가 돌아와 그 연유를 아뢰자 한림이 하염없이 실망하며 섬월의 집을 지나쳤다. 또한 옛 자취와 옛정을 그리워하여 눈물을 머금고 객사에 돌아와서도 밤에 잠을 이루지 못하였다. 이를 안 부윤이 한림을 즐거이 해주려 기생 수십 명을 보내었으니 모두가 일등명기라, 붉은 단장과 화려한 의복으로 고운 자태 다투고 아리따움을 자랑하며 모두 한림이 눈길 한번 주기를 바라 재주를 겨루었다. 하나 한림은 아무런 흥취가 없어 한 사람도 가까이하지 않고 이튿날 아침 일찍 낙양을 떠났다.

한림이 떠남에 앞서 벽상에 한 수의 시를 읊었으니 이러하다.

> 비가 천진을 지나가 버들빛이 새로우니,
> 아름다운 경치가 지난날 봄과 완연히 같더라.
> 가련하구나, 옥절[23] 앞세워 돌아온 땅에
> 술자리에 술 권하는 이를 볼 수 없으니.

한림은 곧 붓을 던지고 수레에 올라 앞길을 떠났다. 모든 기생들은 멀리 한림이 떠나는 모습을 먼발치에서 보고는 다만 부끄러워 할 뿐이었다. 기생들이 다투어 한림의 시를 베껴 부윤께 바치니 부윤이 기녀들을 꾸짖기를,

"만일 양 한림이 너희 중 하나를 한 번 눈여겨만 보았어도 그 이름을 틀림없이 백방에 드날렸을 것을, 곁눈질도 안 하였으니 낙양땅의 명성이 무

---

23. **옥절** 제후(諸侯) 사절(使節)의 일종. 옥으로 만들었음.

색하다."

이에 한림이 관심을 가진 사람의 이름을 알아내라 일러 사면에 방을 붙여 섬월의 거처를 찾아내고, 한림이 돌아오는 날을 기다렸다.

양 한림이 연나라에 이르니, 아득한 변방 사람들이 일찍 황성(皇城)의 위엄 있는 거동을 보지 못하였다가 한림의 몸차림을 보니 땅 위의 기린 같고 구름 속의 봉황 같은지라, 다투어 수레를 둘러싸고 길을 막으며 한 번만이라도 보기를 원치 않는 자가 없었다.

한림이 연왕과 함께 만나 담판을 지으려고 할 때 한림의 위엄은 우레 같고 은혜는 봄비 같았다. 변방 백성들이 모두 춤추고 노래하며 혀를 차고 서로 말하였다.

"성천자(聖天者)께서 장차 우리를 살리실 것이다."

한림이 연왕과 서로 만나 이야기를 나눌 때, 천자의 위엄과 처분을 자주 일컬으면서 '순역(順逆)[24]과 향배(向背)[25]의 도리'를 역설하니, 도도함이 바닷물이 이는 듯하고 늠름함이 추상같아서 감복하지 않을 수 없었다.

연왕이 황연히 놀라며 문득 깨닫고 땅에 꿇어앉아 한림 앞에 사죄하며 논한 말이,

"변방이 멀고 외진 곳이라 왕화(王化)[26]가 미치지 못하는 고로 방자히 조정의 명을 거역하고 밝은 곳을 향하여 귀순할 생각을 하지 못하였소. 한데

---

[24] **순역(順逆)** 순종과 거역.
[25] **향배(向背)** 복종과 배반.
[26] **왕화(王化)** 임금이 끼치는 덕화(德化).

이제 명교(名敎)를 듣자니 지금까지 지은 죄를 스스로 깨닫겠소이다. 이제부터는 불순한 마음을 길이 정제하고 신하된 자(者)의 직분을 부지런히 힘써 지킬 것이니, 엎드려 바라건대 천자의 사자시여, 돌아가 조정에 아뢰어 속국(屬國)으로 하여금 위태로움을 바꾸어 편안함을 얻게 하고, 화가 변하여 복이 되게 하시오."

연왕이 뒤이어 벽루궁에서 잔치를 베풀고 떠나는 한림을 전송하며 위로의 뜻으로 황금 백 근과 준마 열 필을 선물로 주었다. 한림이 일단 이를 물리치고 연나라 땅을 떠나서 길을 행한 지 십여 일만에 한단(邯鄲)땅에 이르렀다.

한단의 길을 가는 중 묘하게 생긴 한 소년이 말을 타고 한림의 일행 앞을 가다가 요란한 벽제(僻除)[27] 소리를 듣고 말에서 내려 길가에 내려섰다.

양 한림은 이를 바라보다가 무심코 혼자말을 하였다.

"저 어린 서생이 탄 말이 팔준마(八駿馬) 중 하나로구나!"

점차 가까이 다가가서 보니 소년이 피어나는 꽃과도 같고 솟아오르는 달과도 같아서 미묘한 태도와 청수한 광채가 사람의 눈을 쏘아 가히 똑바로 바라볼 수가 없었다.

양 한림이 다시 혼자말을 하기를,

"내 일찍이 경향 각지의 소년들을 많이 보았으나 저 같은 소년은 보느니 처음이라 이제야 보는구나."

---

27. **벽제(僻除)** 귀인의 행차에 지나는 사람들을 피하게 하는 소리.

하고 따르는 종자에게 이르기를,

"네 가서 저 소년을 불러오너라."

하고는 잠시 객사에 들어가 여장을 풀고 쉬었다.

잠시 후 소년이 객사에 다다랐기에, 사람을 시켜서 맞아들이자 소년이 들어와 엎드리며 인사하였다.

한림이 이를 사랑하여 말하기를,

"내 길에서 그대의 풍채를 사랑하여 일부러 사람을 보내어 청했으나 혹시 돌아보지 않을까 염려하였는데, 이제 왕림하여 합석하게 되니 기쁘기 이루 말로 다할 수 없소. 그대의 성명을 알고 싶소."

소년이 이에 대답하기를,

"소년은 북방 태생으로 적백란(狄百鸞)이라 부르옵니다. 궁벽한 시골에서 성장한 탓으로 훌륭한 스승과 어진 벗을 만나지 못하여 학업이 매우 얕아 글이나 칼을 깨우치지는 못하였사옵고, 그래도 한 조각 정성된 마음이 있으니 지기지우(知己之友)를 위하여 죽고자 하는 것이옵니다.

이제 상공께서 하북땅을 지나치실 때 , 그 위엄과 은덕이 아울러 떨치어 사람들이 모두 감동하니 상공을 우러러 사모하는 마음이 무궁하였사옵니다. 소생이 천루(賤陋)[28]함과 잔졸(屠拙)[29]함을 생각하지 아니하고 이 몸을 상공께 의탁하여 계명구도(鷄鳴狗盜)[30]의 천한 재주를 일깨워 보고자 하였

---

[28]. **천루(賤陋)** 됨됨이가 천박하고 언행이 비루함.

[29]. **잔졸(屠拙)** 잔약하고 졸망함.

[30]. **계명구도(鷄鳴狗盜)** 맹상군의 식객이 닭 울음소리와 좀도둑질로 맹상군을 구했다는 설화에서 유래한 말로 점잖은 사람이 배울 것이 못되는 재주.

는데, 상공께서 몸을 굽히시어 선비를 기다리시는 성덕을 베푸셨으니 황공무지로소이다. 옛말에 '같은 소리는 서로 응하고 같은 기운은 서로 합친다(同聲相應 同氣相合)' 하였으니 그와 같지 않을런지요."

한림이 서생의 말에 매우 기뻐하였다.

"이제 두 뜻이 서로 합하였으니 장히 쾌한 일이로다! 오늘부터는 그대와 더불어 말고삐를 나란히 하여 행하면서 밥상을 같이하여 먹고, 경치 좋은 곳을 지나면서 산수를 담론하고, 밝은 밤을 만나면 풍월을 읊조릴 것이니, 먼 길가는 괴로움을 잊어버리겠소."

적생과 함께 이어서 바로 출발하여 낙양 땅에 이르러 천진교를 지나게 되었다. 한림은 지난날 섬월을 만나며 나누었던 정이 눈앞에 선하여 주루를 바라보며 구슬픈 마음에 홀로 중얼거렸다.

"지난번에 내가 낙양을 지나다가 헛되이 들렀다 돌아간 것을 계낭(桂朗)이 알았더라면 필히 여기 와서 기다렸을 것이로다. 여관(女冠)이 되었다 하니 생각건대 그 종적이 도관(道觀)에 있지 아니하면 필연 이원(尼院)[31]에 있을 것이니 그 소식을 어찌 들을 수 있으리오? 슬프구나. 이번에 또 서로 보지 못하면 어느 세월에 다시 만날 수 있을 것인가?"

한림이 얼핏 눈을 들어 멀리 바라보니 한 미녀가 홀로 누각 위에 서서 주렴을 높이 걷어 올리고 마차와 말이 오는 것을 유심히 보고 있는데 자세히 보니, 이는 곧 계섬월이었다.

---

[31]. **이원(尼院)** 승방.

한림은 섬월 생각에 골몰하던 중에 낯익은 얼굴을 보게 되니 그 아리따움을 넉넉히 손으로 잡을 듯하여, 수레를 풍우같이 몰아 누각 앞을 지나가니 두 사람의 눈길이 마주치자 서로 보고 반기는 정은 말로써 이루 나타낼 수 없었다.

이윽고 객사에 이르니 섬월이 먼저 지름길로 달려와 객사 안에 들어가 옷깃을 여미고 반갑게 맞으니, 슬프고도 기쁜 마음이 아울러 서려 올라 눈물이 말보다 앞서 흘러내렸다.

이에 몸을 굽혀 하례하기를,

"황명(皇命)을 받아 말 타고 먼 길을 다니시는데 기체 안강(安康)하신 것을 뵈오니 사모하는 이내 마음에 족히 위로가 되옵니다. 천첩의 일은 들어 아실 듯하니 다시 말씀드릴 것이 없사오며 지난 봄에 상공의 소식을 전해 듣기로 조서를 받들고 이 길을 지나셨다 하거늘 길이 멀어 전송을 하지 못하고 눈물만 흘릴 뿐이었사옵니다. 현령이 상공을 위하여 몸소 이 몸을 찾아 객사의 벽에 써놓으신 글을 보여 주었사옵니다. 또 지나치게 공경하는 대접을 받았기로 스스로 전날에 난처했던 일을 사죄하고, '성 안으로 들어가 상공이 돌아오시기를 기다리라'고 간청하기에 즐거운 마음 누르지 못하고 옛집에 돌아왔사옵니다. 천첩도 이제야 상공께 이 몸이 소중한 줄을 스스로 깨달아 홀로 천진루에 서서 상공의 행차를 기다렸사옵니다. 그러니 성내에 가득한 사가(士家)의 처녀들과 오가는 행인들 중 누가 소첩이 귀히 된 것을 부러워하지 않겠나이까? 천첩이 아직 몰라 묻사오니, 상공께서는 영화와 부귀를 얻으셨는데 살림을 맡으실 부인을 이미 맞이하셨나이까? 흔쾌히 말씀해 주소서."

한림이 섬월의 긴 사연을 듣고 이르기를,

"이미 정 사도 집과 정혼하였으나 아직 성례는 아니하였네. 규수의 현숙함이 계낭의 말과 조금도 틀리지 않으니 좋은 중매를 선 은혜가 태산 같네, 그려."

하고 다시 옛정을 이었으니 한림이 차마 바로 떠나지 못하여 잇따라 수일을 머물렀다.

한림은 계낭과 함께 지내느라 오래도록 적생을 청하여 얼굴을 보지 못하였다.

하루는 동자가 급히 와서 아뢰기를,

"나으리께서 적생이 어진 사람이라 하셨는데 소복(小僕)이 보니 적생은 좋지 못한 사람이옵니다. 사람들이 많은 데서 계 낭자와 더불어 서로 희롱하고 있습니다."

"적생이 그렇게 무례할 리가 있겠느냐? 더욱이 계낭은 의심할 사람이 아니니 네 필시 잘못 본 듯하다."

한림이 이렇게 타이르자 동자가 흡족하지 못한 마음으로 물러가더니 이윽고 다시 와 고하였다.

"상공께서 좀전에 소복의 말이 그릇되었다 하시며 야단치셨으나 이제 그들 희롱질하는 것을 친히 보시면 그리 말씀하실 수 없을 것이옵니다."

동자가 서편 행랑(行廊)을 가리켜 보이며 한림을 인도하니, 한림이 나가 동자가 가리키는 쪽을 바라보았다.

두 사람이 낮은 담을 사이에 두고 서 있는데 웃으며 지껄이고 혹은 손목을 끌어당기며 희롱하고 있었다. 이에 한림이 그들이 하는 말을 들어볼까 하여 조용히 차츰 가까이 다가갔더니, 적생은 신 끄는 소리에 놀라 달아나 버렸다.

섬월이 뒤를 돌아보고 자못 어색한 태도를 보이는지라, 한림이 의아히 여겨 물었다.

"예전부터 적생과 아는 사인가?"

섬월이 이에 대답하기를,

"적생과는 연분이 없사옵니다. 다만 그의 누이와 인연이 있는 고로 그 안부를 주고받고 있었는데, 본시 천한 터라 자연히 남의 이목(耳目)을 생각 못하여 남자를 피할 줄 모르고서, 손을 잡고 희롱하고 입을 귀에 대고 가만히 귀엣말도 하였사옵니다. 모자란 언행으로 상공의 의심을 사게 하였으니 그 죄 죽어도 아까움이 없을 줄로 아뢰옵니다."

"내 자네를 의심하는 일이 없으니 자네는 조금도 꺼리지 말도록 하게."

섬월의 말에 한림이 선선히 대답을 한 후 이어서 돌이켜 생각을 하자니,

'적생은 아직도 어린 소년이라서 좀 전의 일로 내 눈에 띤 것을 꺼려함이 없지 않을 터이니, 불러 위로하는 것이 마땅할 것이다.'

하고는 동자를 시켜 불러 오라 하였으나 이미 간 곳이 없었다.

한림이 크게 후회하며,

"옛날의 초장왕(楚莊王)은 갓끈을 끊어 모든 신하의 마음을 편하게 하였거늘, 이제 나는 애매한 일을 살피지 못하여 아름다운 선비를 잃었으니 지

금에 와서 그 일을 부끄럽게 여기고 탄식한들 무엇 하겠는가."

하고는 곧 따르던 종들로 하여금 두루 찾게 하였다.

그날 밤 한림이 섬월을 데리고 옛일을 말하며 새로이 정을 두터이 하고 술자리를 벌여 즐겁게 놀다가 밤이 이슥하자 촛불을 물리치고 자리에 따뜻한 정을 나누며 누워 동침하였다.

동녘이 밝아 비로소 잠이 깬 한림이 눈을 들어보니 섬월이 벌써 일어나 거울에 마주 앉아 단장을 새로 하고 있어 정을 쏟아 눈여겨보았더니 섬월이 아닌지라.

깜짝 놀라 다시 본즉, 가는 눈썹과 밝은 눈이며 구름 같은 살결과 꽃 같은 뺨이며 가는 허리와 눈빛 같이 흰 살이 모두 섬월 같았으나 자세히 보니 아니었다. 놀랍고도 한편 의심이 났으나 한참이나 감히 묻지 못하였다.

한림이 낯선 미인을 향하여 물었다.

"낭자는 뉘시요?"

미인이 대답하기를,

"첩은 본디 파주(播州) 사람으로 적경홍이라 하옵니다. 어렸을 적에 계섬월과 의형제를 맺었사온데, 어젯밤에 계낭이 마침 병이 있어 상공을 모시지 못하겠다 하며 첩더러 대신 모셔 상공의 꾸지람을 면케 해달라 하기에, 첩이 감히 대신 모셨사오며 외람되이 이 자리에 있게 되었나이다."

경홍의 말이 채 끝기도 전에 섬월이 문을 열고 들어와 덧붙여 말하였다.

"상공, 상공께서 또 새사람을 얻으셨으니 첩, 삼가 치하 드리나이다. 첩이 일찍이 하북땅 적경홍을 상공께 천거한 적이 있었사온데 보니 과연 어떠하옵니까?"

한림이 대답하기를,

"자네 말로만 듣던 것보다 훨씬 더 아름답네그려."

하고 경홍의 모습을 다시 살펴보니 적생과 털끝만큼도 다르지 않았다.

이에 경홍에게,

"적백란은 적낭의 오라비인가? 내 어제 적생에게 잘못된 허물을 씌워 부끄럽게 되었는데 그가 지금 어디 있는가?"

하고 묻자 경홍이 더욱 웃으며 대답하였다.

"천첩은 본래 형제자매가 없사옵니다."

한림이 이 말에 경홍의 얼굴을 다시 한번 자세히 보고는 훤히 깨달아 덩달아 웃었다.

"한단 길가에서 나를 따라온 자가 본래 적낭이요, 어제 담 모퉁이에서 계낭과 더불어 희롱하던 자 또한 적낭일진대, 자네가 남자의 복색으로 나를 속인 것은 무슨 까닭인가?"

경홍이 대답하기를,

"천첩이 어찌 감히 상공을 기망하려 하였겠사옵니까? 첩이 비록 아리땁지 못하고 재주 없사오나 평생에 대인군자(大人君子)를 따르고자 마음먹고 있던 터에, 연왕이 첩의 이름을 듣고 구슬 한 섬으로 첩을 사서 궁중에 들였사옵니다. 비록 입에는 진수성찬(珍羞盛饌)을 넣고, 몸에는 능라주의(綾羅紬衣)를 둘렀으나 원하는 바가 아니고 금으로 만든 새장 안에 갇힌 앵무새같이 자유로이 다니지 못하는 것을 한스럽게 여기며 지내고 있었사온데 전일 연왕이 상공을 청하여 잔치를 베풀 때 첩이 창 틈으로 엿보았더니 상공께서 제가 평생 소원하던 분이었나이다."

"그러나 궁문이 아홉 겹이니 어찌 넘을 수 있을 것이며, 길이 만 리이니 어찌 뛰어갈 수 있겠나이까? 오만 가지 생각을 하여 겨우 한 가지 계책을 얻어 상공이 떠나시는 날, 몸을 빼어 뒤를 따르면 연왕이 필시 사람을 보내어 뒤쫓을 터이니 상공께서 떠나신 지 수일 후에 죽기를 무릅쓰고 연왕의 천리마(千里馬)를 몰래 끌어내어 타고 달렸사옵니다. 이틀만에 한단 땅에 다다라 상공을 따라 잡았더니 마침 상공께서 부르시더이다. 그때 이 모든 사실을 아뢸 것이었으나 사람들의 이목(耳目)이 너무 번거롭도록 많아 덮어둔 채 있었사옵니다."

"전일 남장을 한 것은 뒤쫓는 자를 피하려 함이고 어젯밤에 당희(唐嬉)의 옛일을 본받은 것은 계낭의 간청을 따른 것이옵니다. 모든 사정을 들으셨으니 비록 죄를 다 용서하실지라도 황송함은 오래도록 잊지 못하겠사옵니다. 상공께서 이 허물을 괘념치 않으시고, 이 비루함을 꺼리지 않으신다면 높은 나무의 그늘을 빌리시어 한 가지에 깃들임을 허용하여 주옵소서. 첩은 계낭과 더불어 거취(去就)를 같이하여, 상공이 현숙한 부인을 맞으신 후에 계낭과 더불어 댁에 나아가 하례하겠나이다."

한림이 적낭을 칭찬하여,

"적낭의 높은 의기가 양가(楊家)[1]의 집불기생(執拂妓生)[2]이라도 가히 따르지 못하겠으니, 내 이 위공(李偉公)[3]과 같은 장상(將相)의 재주가 없음이

---

1. **양가(楊家)** 중국 정사(情史)에 나오는 양소수(楊素守).
2. **집불기생(執拂妓生)** 양소수의 객인 이정(李靖)을 한번 보고 따라감.
3. **이 위공(李偉公)** 당의 병략가. 이름은 정(靖). 위공은 위국공(衛國公)의 준말.

부끄러울 따름이다. 이미 서로 좋게 지내자고 하였으니 무엇을 견주어 볼 것인가?"

하자 적낭이 사례하기를 그치지 아니하였다. 이에 섬월이 말하기를,

"적낭이 이미 첩의 몸을 대신하여 상공을 모셨으니, 첩이 또한 적낭을 대신하여 상공께 사례하는 것이 마땅하겠나이다."

하고 이어 일어나 꾸뻑꾸뻑 절을 거듭하였다.

이날 두 여인과 더불어 밤을 지새고 밝은 아침에 한림이 두 여인에게 이르기를,

"먼 길 가야 하고 남의 이목이 번거로워 동행하지 못하니, 내 혼례를 치르면 곧 맞으러 오겠노라."

하고 황성을 향하여 떠나갔다.

이리하여 양 한림이 황성에 돌아와 예궐(禮闕)[4]하여 엎드려 왕명을 받들 때 마침 연왕의 표문(表文)[5]과 공물로 바치는 금은비단이 당도하였다. 천자는 크게 기꺼워하며 그의 노고를 위로하고 공훈을 표창하며 장차 후(侯)에 봉하려 하시자, 한림이 크게 놀라 땅에 엎드려 머리를 조아리고 굳이 사양하였다. 성상은 그 뜻을 더욱 가상히 여겨 그 의론을 들어 다시 예부상서(禮部尙書) 겸 한림학사를 삼으시고, 많은 상급(賞給)을 내리고 예우를 융숭히 하시니 그 영광이 고금에 비추어 견줄 바가 없었다.

한림이 집에 돌아오니 정 사도 내외가 대청에 나와 맞아들이고 그 위험

---

[4] 예궐(禮闕) 궁궐에 들어감. 입궐.
[5] 표문(表文) 임금에게 올리는 글.

한 곳에서 성공한 것을 축하하고, 그 벼슬이 경재(卿宰)[6]에 오른 것을 기뻐하여 화기가 온 집안에 가득하였다.

양 상서가 화원으로 돌아와 춘낭과 더불어 이별 중의 회포를 풀며 새로운 즐거움을 나누니, 그 은근한 정은 이루 말로 다 나타낼 수 없었다.

천자께서는 양소유의 글재주를 매우 사랑하사 자주 편전(便殿)으로 불러들여 경서(經書)와 사기(史記)를 토론하시니 양 상서가 예궐하는 날이 잦아졌다.

하루는 밤늦도록 입시[7]하였다가 직소(直訴)[8]에 돌아오니 달빛이 명랑하여 그윽한 흥취를 일게 하니 잠을 제대로 이루지 못하였다. 홀로 높은 누각에 올라 난간을 의지하고 앉아 달을 대하여 글을 읊조리고 있는데 문득 바람결에 들리는 퉁소 소리가 멀리 구름 사이를 따라 점점 내려오는지라, 그 곡조는 자세히 알 수는 없으나 그 음색(音色)은 이 세상에서 듣지 못하던 것이었다.

상서가 아전을 불러 물어보기를,

"이 퉁소 소리가 대궐 밖에서 나는 것이냐, 혹은 궁중에서 나는 것이냐? 궁중 사람 가운데 이런 곡조를 불 수 있는 자가 있느냐?"

아전이 대답하기를,

"알지 못하겠나이다."

---

6. **경재(卿宰)** 재상(宰相).
7. **입시** 임금을 알현하는 일.
8. **직소(直訴)** 숙직하는 곳.

하고 물러가자, 이어 상서가 옥통소를 내어 두어 곡조를 부니 그 소리 또한 하늘에 흐르는 구름을 머무르게 하였다.

이때 홀연 청학 한 쌍이 대궐 안으로 날아 들어오더니 곡조에 맞추어 춤을 추는 것이 아닌가.

한림원의 모든 아전들이 신기하게 여겨 말하기를,

"왕자 진[9]도 이에는 미치지 못하리라." 하였다.

황태후(皇太后)에게는 자녀가 셋 있었는데, 성사와 월왕(越王)과 난양 공주(蘭楊公主)로 아들 둘과 딸 하나였다.

난양 공주가 탄생하실 적에 태후께서 선녀가 구슬을 받들어 태후의 품 속에다 넣어주는 꿈을 꾸시었다. 훗날 공주가 자라나시면서 지혜와 자질이 모두 예법에 맞아 조금도 속됨이 없고 문필과 침선(針線)이 또한 신기하고 절묘하여 태후께서 매우 사랑하시었다.

서역 대진국(西域大眞國)에서 백옥 통소를 조공으로 바쳤는데 백옥 통소의 모양이 극히 절묘하여 모두들 감탄하였다. 하나 악공으로 하여금 불어보게 하였으나 소리가 나지 않았다. 이 무렵 난양 공주는 어느 날 한 선녀가 나타나 곡조 하나를 가르쳐 주고 신묘함을 전하는 꿈을 꾸었다. 공주가 그 꿈에서 깬 후 대진국 옥통소를 시험 삼아 불어 보았더니 통소에서 나는 소리가 맑고도 신묘하여 음률에 절로 어울려 맞았다. 태후와 천자께

---

[9]. **진** 주영왕(周靈王)의 태자. 생(笙)을 불어서 봉(鳳)의 울음소리를 내어, 도사 후구공이 그를 이끌고 수련한 지 십 년 만에 큰 학을 타고 등선(登仙)하였음.

서 이를 들으시고 두 분 다 기이하게 여기시며 칭찬하시었다. 하지만 다른 사람은 어느 누구도 그 퉁소 부는 법을 알 수가 없었다.

공주가 선녀에게 배운 퉁소 곡조를 연주할 때면 그때마다 학들이 스스로 전각 앞에 모여들어 공주와 마주하여 춤을 추었는데, 태후께서 이 모습을 보시고 성상께 이르시기를,

"옛날에 진 목공(秦穆公)[10]의 딸 농옥(弄玉)이 옥퉁소를 잘 불었다 전하더니, 지금 들으니 난양 공주의 퉁소 한 곡조가 농옥에게 지지 않을 듯 하오. 그러니 난양의 소사(簫史)[11]가 있을 터이니, 내 반드시 소사 같은 사람이 아니면 공주를 하가(下嫁)[12] 시키지 않겠소."

이런 까닭으로 난양 공주가 이미 장성하였으나 부마(駙馬)를 간택하지 못하고 있었다.

이날 밤 난양 공주가 달을 바라보며 퉁소를 불었더니 이날도 역시 학이 날아와 춤을 추었다. 공주가 곡조를 다 마치고 난 후에도 청학은 돌아가지 않고 한림원을 향해 날아가더니 그 동산에서 춤을 추었던 것이다.

궁중안 사람들은 양 상서의 옥퉁소 소리에 학이 춤을 추었다고들 서로 말을 전하며 신기해 하였다.

천자가 이 말을 들으시고 신기하게 여기며 생각하시기를,

"공주의 인연이 필연 그 사람에게 있음이다!"

---

[10]. **진 목공(秦穆公)** 이름은 임호(任好). 서융(西戎)의 패왕(覇王)이 됨.
[11]. **소사(簫史)** 중국의 신선. 피리를 잘 불었다 함.
[12]. **하가(下嫁)** 공주·옹주가 귀족이나 신하에게 시집가는 것.

하고 태후에게 말씀하시니,

"양소유의 연기(年紀)[13]가 공주와 서로 맞고, 그 풍채와 재주는 만조(滿朝)에 당할 자가 없사오니 그를 부마로 간택하시기 바라나이다."

태후가 웃고 이르시기를,

"소화(簫和)의 배필로 마땅한 이가 아직 없어 항상 염려하였는데, 이제 그 말씀을 들으니 양소유가 난양 공주의 천생배필인 듯하오. 그러나 이 몸이 친히 보고 정하겠으니 상은 그리 아시오."

성상이 대답하시기를,

"어렵지 않은 일이옵니다. 일간 양소유를 별전으로 불러 글을 강론하겠사오니, 그 사람됨을 어람하소서." 하셨다.

난양 공주의 이름을 소화라 하였는데 이는 바로 그 옥통소에 소화(簫和)라는 두 글자가 새겨져 있으므로 이를 따른 것이었다.

날을 잡아 천자께서 봉래전에 정좌하시고 내시를 보내어 양소유를 부르셨다. 내시가 명을 받잡고 한림원에 가보니 이미 일이 끝나 집으로 돌아갔다 하여 정 사도 집에 가 물어보았으나 아직 돌아오지 않았다 하였다. 내시가 황망히 두루 찾아다니고 있던 그때에 양 상서는 정십삼랑과 더불어 장안 주루에서 주랑이라는 명기를 데리고 이미 대취하여 노래를 부르고 취흥이 도도하여 의기양양하고 있었다.

내시가 급히 달려가 입시하라는 어명을 전하자 정십삼랑은 기겁을 하여

---

13. **연기(年紀)** 나이.

뛰어나가고 상서는 취한 눈이 몽롱하여 내시가 벌써 누각에 오른 것도 알지 못하였다.

내시가 성화같이 재촉하니 상서는 기녀의 부축을 받으며 일어나 조복을 입고 내시를 따라 대궐로 들어가 뵈었다.

성상이 앉으라 명하시고 역대 제왕의 치란흥망(治亂興亡)을 논의하셨더니 상서의 대답이 명쾌하였다. 상이 매우 즐거워하시며 다시 묻기를,

"글을 잘 짓는 것이 비록 제왕의 본분은 아니라 할지라도 우리 조종(祖宗)에서는 진작부터 이에 마음을 써왔다. 선왕들께서 지으신 시문이 더러는 전파되어 오늘에까지 이르기도 하였으니, 경은 시험 삼아 성제명왕(聖帝明王)들의 문장을 논의하여 보라. 남의 시편이라 꺼리지 말고 논평하여 그 우열을 정하되 위로는 제왕의 글 중 누가 으뜸이며 아래로는 신하의 글 중 누가 가장 나으냐?"

양 상서가 엎드려 대답하였다.

"군신(君臣)이 글로써 서로 부르고 화답함은 요순(堯舜)시대에서부터 비롯한 것이니 아직 이를 논의할 계제는 아니온 듯하옵니다. 한고조[14]의 대풍가(大風歌)와 위태조(魏太祖)[15]의 월명성희(月明星稀)는 제왕의 시사의 으뜸이옵고, 서경(西京)의 이릉(李陵),[16] 업도(鄴都)의 조자건(曹子建)[17]과

---

14. **한고조** 유방(劉邦).
15. **위태조(魏太祖)** 조조(曹操).
16. **이릉(李陵)** 한의 명장. 군사 5천을 거느리고 흉노족을 치다가 패해서 항복함.
17. **조자건(曹子建)** 조조의 셋째 아들. 이름은 식(植).

남조(南朝)의 도연명(陶淵明)[18], 사령운(謝靈運)[19]의 네 사람이 가장 드러난 자들이옵니다. 예로부터 문장의 성함이 우리 국조(國朝)만한 시대가 없었사오며, 국조 중에서도 개원(開元), 천보(天寶) 연간처럼 많은 재사가 속출한 때는 없었사온데, 제왕의 문장으로서는 현종황제(玄宗皇帝)가 천고에 빛나시며 신하의 재주로서는 천하에 이태백을 당할 사람이 없다 사료되옵니다."

"경의 뜻이 실로 짐의 생각과 같구나. 짐이 늘상 이태백의 청평사(清平詞)와 행락사(行樂詞)를 보며 그와 한 시절에 있지 못함을 한스럽게 여겼는데, 이제 경을 얻었으니 어찌 이태백을 부러워하겠는가. 짐이 옛 법을 좇아 궁녀 십여 인으로 하여금 학문을 맡게 하였으니 곧 여중서(女中書)라, 글에 자못 재주가 있고 또 볼 만한 자가 있으니, 짐이 이백이 취하여 글 짓던 모습을 다시 돌이켜 보고자 하니 경은 궁녀들의 바라는 정성을 저버리지 말도록 하라."

이에 궁녀를 시켜 어전에 유리 벼룻집과 백옥 필상(筆床)과 황옥 연적을 옮겨놓도록 하셨다.

모든 궁녀들이 이미 글을 받으라는 어명을 들었으므로 각기 비단 수건과 비단 부채를 펴 들고 상서 앞에 나오는지라, 상서가 취흥이 도도하고 글 생각이 저절로 솟아나므로 고운 붓을 들어 차례로 쓰니, 풍운이 일고

---

[18] **도연명(陶淵明)** 진의 문학가, 선비. 안빈낙도(安貧樂道)로 일생을 보냄. 청절선생(清節先生)으로 불렸음.
[19] **사령운(謝靈運)** 진의 문학가. 서화 · 시문에 뛰어남.

번개같이 날려 해 그림자가 옮기지도 아니하여 앞에 그득했던 부채 등속에 이미 글이 다하였다.

궁녀들이 차례로 꿇어앉아 상께 드리자, 상께서 하나하나 들추어보셨더니 모두가 주옥같은 글이라 칭찬하여 마지않으며 궁녀를 불러 이르시되,

"오늘 밤 한림이 수고하였으니 특별히 좋은 술을 가져오라." 하셨다.

모든 궁녀가 더러는 황금 쟁반을 받들고 더러는 앵무 술잔을 잡아 맑은 술을 가득히 내오는데, 몇몇은 꿇어 안고 몇몇은 서서 다투어 절하고 또 다투어 잔을 권하므로 상서가 어전에서 좌우 두 손으로 잡아 차례로 마셨더니 십여 배에 얼굴이 봄빛을 띠며 눈에 안개가 어렸다.

이를 본 상이 명하여 술을 물리고 이르시되,

"한림의 글 한 귀가 천금을 준다하여도 싼 값이니 가히 무가지보(無價之寶)이다. 너희는 무엇으로 예폐(禮幣)를 주려 하느냐?"

궁녀들 중에는 몇은 금비녀를 빼고 몇은 옥패를 떼어 어지러이 던지자, 금비녀는 쨍그랑 소리 내고 옥패는 그 빛을 떨쳤다.

상께서 내관에게 명하시어 상서가 썼던 지필연묵(紙筆硯墨) 등속과 궁녀들의 예폐를 거두어서 한림을 따라가 그 집에 전하라 하셨다. 상서가 사은하고 일어나다가 다시 그 자리에 쓰러지고 말았더니 내관이 부축하여 남문에 이르자 거느리는 종들이 옹위하여 말에 올렸다.

양 상서가 돌아와 화원에 도착하자 춘운이 붙들어 올려 조복을 벗기고 묻기를,

"상공이 어느 집에서 이토록 취하셨사옵니까?"

상서는 취기가 심하여 머리만 끄덕이고, 이윽고 하인이 천자께서 내리신 필연과 비녀, 팔지, 가락지, 등등의 패물을 받들어 마루에 쌓아놓자, 상서가 이로써 춘운을 희롱하였다.

"이 물건이 다 천자께서 춘낭에게 상급하신 것이니, 내 소득이 동방삭(東方朔)[20]과 비하여 어떠할까?"

춘운이 다시 물으려 하였으나 상서는 이미 정신없이 쓰러져 자는데 그 코고는 소리가 마치 우레와 같았다.

이튿날 상서가 늦게 일어나 세수를 하는데 문 지키는 자가 급히 달려와 아뢰기를,

"월왕(越王)께서 오시었나이다."

이에 상서가 놀라,

"월왕이 왕림(枉臨)하시니 필연 무슨 일이 있는 것이다."

대꾸하고는 급히 나아가 상좌에 맞아들이고 공손히 하례하였다. 월왕은 나이 대략 이십 세로, 그 풍채가 청수하여 한 점의 속태(俗態)도 없었다.

상서가 꿇어 앉아 월왕에게 묻기를,

"이 누추한 곳에 오신 것은 무슨 가르침이 있어서이옵니까?"

월왕이 대답하기를,

"과인이 경의 성화를 은근히 사모하였으나 출입하는 길이 달라 한번도 그대의 맑은 말은 듣지 못하다가 이제 황상(皇上)의 명을 받들고 와서 칙

---

[20]. **동방삭(東方朔)** 전한의 문학가, 풍자가. 무제를 섬겼으며, 해학 · 방술(方術) · 기행(奇行) · 풍자로 유명함.

교(勅敎)를 전하러 왔네. 난양 공주가 꽃다운 연기를 당하여 바야흐로 부마를 간택하려 하셨는데, 황상이 상서의 재주와 덕을 매우 사랑하사 이미 간택을 정하시고 과인으로 하여금 먼저 이 일을 통기(通寄)하라 하셨으니, 장차 조칙(詔勅)을 내리실 것이라네.”

이 말에 상서가 놀라 엎드려 아뢰기를,

“천은(天恩)을 소신에게 내리시니 복이 과하면 재앙이 생긴다는 말이 있사옵니다. 그 말의 진위야 이미 말할 나위도 없는 바이며, 신은 이미 정 사도의 여식과 정혼하여 납채한 지 벌써 한 해를 거듭했사옵니다. 엎드려 바라거니와 대왕은 이 뜻을 황상께 아뢰어 주소서.”

월왕이 대답하기를,

“과인이 돌아가 그대로 품달(稟達)하겠네. 아깝도다! 황상께서 미덥게 여기시던 뜻이 허사로 돌아갔구나.”

양 상서가 여쭈기를,

“이는 인륜대사이오니 가히 경솔히 못할 일이 아니오니 신도 마땅히 궐문 밖에 엎드려 죄를 청하겠나이다.”

월왕은 곧 작별하고 돌아갔다.

상서가 들어가 정 사도를 뵙고 월왕이 전한 말을 아뢰었다. 그때는 이미 춘운이 부인에게 이 일을 고한 후라 온 집안이 어찌할 바를 모르고 사도는 근심구름이 눈썹위에 가득하여 능히 말도 못하고 있었다.

상서가 이에 위로하여 말하였다.

“장인어른, 염려하지 마십시오. 천자께서는 성총(聖聰)이 밝으시어 법과 예(禮)를 중히 여기시니 필경에는 신하의 윤기(倫紀)를 어지럽히지 아니하실 것이옵니다. 소서 비록 불민하오나 맹세코 송홍(宋弘)[21]의 죄인은 되지 아니할 것이옵니다."

지난번에 태후께서는 봉래전에 친히 왕림하시어 주렴 사이로 양소유를 보시고 마음에 흡족히 여겨 황상께 당부하셨다.

"상서는 실로 난양의 배필이오. 무슨 별다른 할 말은 없소."

이에 월왕을 보내시고 천자께서도 바야흐로 양 상서를 불러 친히 이르고자 하셨다. 이때 상께서 별전에 계시다가 어제 양소유가 쓴 글을 다시 보시려고 내관으로 하여금 여중서(女中書) 등이 받아 간 글을 거둬오라 하셨다.

다른 궁녀들은 글을 깊이 잘 보관하여 두었으나 오직 한 궁녀만은 글이 씌어진 부채를 가지고 홀로 처소에 돌아가 품속에 넣고는 밤새도록 슬피 울며 침식을 전폐하였다.

이 궁녀가 곧 진채봉이다. 화주땅 진 어사(秦御使)의 딸로, 진 어사가 비명으로 참사를 당하고 채봉은 잡혀 황성으로 올라와 대궐 나인으로 들어오게 되었다. 궁녀들이 모두 진녀의 아리따움을 말하자 상이 부르시고 첩여(捷好)[22]를 봉하고자 하셨는데 황후께서 이를 꺼리시어 상을 불러 말씀하셨다.

"진녀의 아름다움이 가히 총애하실 만하시나, 폐하께서 그 아비를 죽이

---

[21] **송홍(宋弘)** '조광지처' 이야기의 주인공. 가난했을 적 아내를 지키고 공주의 청혼을 거절함.
[22] **첩여(捷好)** 한의 여관(女官) 이름.

시고 그 딸을 가까이하시는 것은 옛날 밝은 인군이 색을 멀리하고 형벌을 세우던 바에 어긋날까 염려되옵니다."

상이 황후의 말을 옳게 여겨 받아들이시고는 이에 채봉을 불러 물으시기를,

"네가 글을 아느냐?"

채봉이 대답하기를,

"글자를 약간 알고 있사옵니다."

상이 이에 명하여 여중서로 삼아 글을 맡게 하여 황태후궁으로 나아가 난양 공주를 모시고 글도 읽고 글씨도 익히게 하셨는데, 공주가 진녀를 지극히 사랑하여 잠시도 서로 떨어지지 아니하였다.

진녀가 이날 태후를 모시고 봉래전에 나아가 황상의 명을 받자와 여중서들과 더불어 양 상서의 글을 받는데 양 상서는 곧 자나 깨나 잊지 못하던 옛날의 양생이었다. 바로 지척에 있으니 어찌 알지 못하겠는가. 채봉은 상서를 한 번 보자 마음이 타는 듯 살이 녹는 듯, 설움을 감추고 쓰라림을 숨겨 다른 사람이 혹시 수상히 여길까 두려워하면서도 옛정이 통하지 못하는 것을 안타까워하였다. 진녀가 처소로 돌아와 조용한 틈을 타서 부채를 들고 읊으며 차마 놓지 못하였다.

집부채가 둥글둥글 밝은 달 같아서
가인의 옥수로 밝고 맑음을 다투더라.
오현금 속에 훈풍이 많으니
품속으로 드나들며 쉴 새가 없더라.

집부채가 둥글둥글 달 한 덩이니
가인의 옥수가 정히 서로 따르더라.
길이 없어 꽃 같은 얼굴 가리어 물리치니
봄빛이 인간세상에 도무지 알지 못하더라.

진시녀가 첫째 글을 읊조리며 탄식하였다.

"양공은 내 마음을 알지 못하는구나. 비록 몸은 궁중에 있으나 내 어찌 황상을 모시겠는가?"

또 둘째 글을 읊조리며 탄식하였다.

"내 얼굴을 알아보지 못하니 양공은 필연 맘에 두지 아니하였겠구나. 글 뜻이 이 같으니 실로 지척이 천 리로다."

그리고는 집에서 양류사(楊柳詞)로 서로 화답하던 일을 생각하며 슬픔을 억제하지 못하여 눈물이 옷깃을 적셨다. 곧 붓을 들어 글을 지어 부채에 잇대어 쓰고 이어서 읊으면서 탄식하는데, 문득 들으니 내관이 상의 명으로 상서가 글 쓴 부채를 찾는다는 소리가 나는지라, 깜짝 놀라 벌벌 떨며 중얼거렸다.

"이를 어찌할까? 이제 나는 죽었다, 이제 나는 죽었다."

진채봉과 심효연

내관이 진씨에게 와 말하기를,

"황상께서 부채에 쓴 양 상서의 글을 다시 보시려 하오."

하자, 진씨가 울면서 말하였다.

"이 기박한 사람이 우연히 화답하는 글을 그 아래에 써서 스스로 죽을 죄를 범하였소. 황상께서 보시면 필시 죽이라 명하실 터이니 법에 걸리어 죽는 것보다는 차라리 자결하는 것이 시원할 듯하니 지금 내 손으로 자결하겠소. 이 몸이 죽은 다음의 엄토(掩土)¹는 그대를 믿겠으니, 바라건대 그대는 이 몸이 까마귀밥이 되지 않게 해주오."

내관이 이에 대답하기를,

"여중서는 어찌 그런 말씀을 하는가? 황상께서는 인자하시고 관후하시니 큰 죄는 아니 주실 것이오. 설혹 진노하실지라

----

¹ **엄토(掩土)** 겨우 흙이나 덮어서 지내는 초라한 장사.

도 내 마땅히 힘써 구할 터이니 여중서는 나를 따라오오."

진씨가 내관을 따라가자 문 밖에 세우고 홀로 들어가 모든 글을 상께 바쳤다. 상이 차례로 어람하시다가 진씨 부채에 이르러 양 상서의 글 아래에 또 다른 글이 있으므로 상이 의아히 여겨 내관에게 하문하시자, 내관이 아뢰었다.

"진씨가 신에게 이르기를 황상이 다시 찾지 아니하시리라 여겨 외람되게도 글을 지어 그 아래에 썼으니, 필연 죽을 죄를 면치 못하겠다 하고 이어 자결하려 하기에 신이 타일러 데리고 왔나이다."

상께서 글을 읽었더니 거기 씌어 있기를,

> 깁부채 둥글기가 가을 달 같으니
> 예전 누각에서의 부끄러운 만남을 생각하겠네.
> 처음 지척에서 서로 알지 못할 줄 알았던들
> 문득 그대 자세히 본 것을 뉘우치리로다.

상이 다 보시고 이르시기를,

"진씨가 필연 사연이 있구나. 도무지 모를 일이로다. 어느 곳에서 누구와 서로 만났기에 글 뜻이 이 같을까? 그 재주가 가히 아깝고 또한 가히 권장할 만하구나."

하시고는, 내관에게 명하여 진씨를 부르셨다.

진씨가 뜰에 엎드려 죄를 청하자, 상께서 이르시기를,

"사실을 그대로 말하였으니 네 죄를 사하노라. 네 어떤 사람으로 더불어 사사로운 정이 있었느냐?"

진씨 머리를 조아리고 여쭈기를,

"신첩이 어찌 감히 은휘(隱諱)하겠나이까? 전에 양소유가 과거 보러 가는 길에 마침 누각 앞을 홀로 지나다가 우연히 서로 보고 양류사(楊柳詞)로 화답하였사옵니다. 신첩의 유모를 보내어 정혼 언약을 맺었사온데 신첩의 집이 패망하여 서로 만날 길이 끊어졌사옵니다. 일전 봉래전에 입시하였을 적에 신첩은 보고 양소유임을 능히 알았으나 양소유는 알아보지 못하는 것을 보고 옛일을 슬피 느껴 난잡히 글자를 그렸사옵니다. 황상께서 이를 보셨사오니 죄 마땅히 죽어도 아깝지 않나이다."

상이 그 뜻을 불쌍히 여기어 이르시기를,

"그러면 혼인을 정하였던 그 양류사를 모두 기억하겠느냐?"

진씨가 즉시 양류사를 써 올리니 상이 윤허(允許)하시기를,

"네 죄가 무겁기는 하나 네 재주가 가히 아깝고 또 난양 공주가 너를 심히 사랑하는 고로 특히 용서하노라. 네 정성을 다하여 공주를 섬기고 네 본심을 저버리지 말지어다."

하시고 즉시 부채를 내리셨다.

진씨는 황공하여 사은하고 물러갔다.

월왕이 정 사도 집에서 돌아와 양소유가 이미 납채한 사실과 전한 말을 황태후께 아뢰자, 태후가 낯을 찌푸리며 이르시기를,

"양소유가 벼슬이 상서에 이르렀으니 마땅히 조정 돌아가는 모든 일을 알만하거늘 그 고집이 어찌 이 같을까?"

상이 대답하기를,

"납채한 것은 성례한 것과는 다르니 친히 효유하면 아니 듣지는 못할 것
이옵니다."

하시고, 이튿날 양소유를 불러들여 이르시기를,

"짐에게 누이 하나가 있는데 자태가 비범하여 경이 아니면 배필 될 자가
없다. 하여 짐이 월왕으로 하여금 뜻을 알렸거늘, 경이 납채함을 빙자하여
청을 거절하였다 하니 경의 생각이 너무나 짧구나. 옛적 인군들이 부마를
간택할 때 간혹 정처(正妻)를 내쫓는지라 왕헌지(王獻之)[2]는 늙어 죽도록
후회하였고, 오직 송홍(宋弘)만 임금의 명을 받지 아니하였다. 그대가 짐
의 뜻을 거역하였으니 그 예의에 어긋남이 어찌 이보다 더하겠느냐? 경이
아직 성례하지 않았으니 경이 정씨와의 혼인을 물릴지라도 정녀(鄭女)는
달리 갈 곳이 있을 것이다. 이러하니 무슨 윤기(倫紀)를 해침이 있겠느
냐?"

상서는 머리를 조아리고 아뢰기를,

"성상께옵서 죄를 주지 않으실 뿐 아니라 도리어 순순히 효유하시어 부
자지간같이 대하시오니 감축하여 다시 아뢰올 말씀이 없사옵니다. 그러나
신의 사정이 다른 사람들과는 다르오니, 신이 시골에서 올라온 서생(書生)
으로 황성에 오던 날 의탁할 곳이 없었는데 정 사도의 후한 환대로 정 사
도의 여식에게 이미 납폐했을 뿐이 아니오라 정 사도와는 이미 사위와 장

---

[2] **왕헌지(王獻之)** 진(晉)의 서예가. 성격이 고매하고 풍류가 당시의 으뜸이었음.

인으로서의 정을 나누었사옵니다. 또 남녀간에 이미 서로 얼굴을 보았으니 완연히 지아비와 지어미의 정의가 이미 있사옵니다. 다만 아직 성례치 않은 것은 국가에 큰일이 많아 모친을 모셔올 겨를이 없었기 때문이온데, 이제 다행히 변방이 귀화하고 또한 변경에 근심이 없사오니 바야흐로 여가를 얻어 시골집에 돌아가 노모를 데려온 후 택일하여 성례코자 하였사옵니다. 다만 천만 뜻밖에 황상께서 소신에게 명을 내리시니 황공무지하와 어찌할 바를 모르겠나이다. 신이 만일 죄를 두려워하여 명을 순순히 받들면 정녀는 죽기를 무릅쓰고 다른 곳에 혼례하지 않으려 할 것이오니, 불쌍한 한 지어미의 길을 빼앗아 왕화(王化)에 흠이 되는 일을 어찌 하겠사옵니까?"

상이 이르시길,

"경의 정리는 딱하나 경은 국가의 주석지신(柱石之臣)이요 동량지재(棟梁之材)라, 짐의 뜻에 합당할 뿐만 아니라 황태후께서 이미 경의 용모와 덕기(德氣)를 어여삐 보시어 친히 혼례를 주장하시니 굳이 사양하지 못할 것이네. 그러나 혼인은 일륜대사라 가히 경솔히 못할 일이니 경은 짐과 더불어 바둑을 두며 생각을 깊이 하세."

하고, 내관에게 명하여 바둑판을 들이게 하였다.

군신(君臣) 사이에 서로 승부를 겨루다가 날이 저물어서야 물리고, 양 상서가 정 사도의 집으로 돌아갔다.

돌아가니 정 사도가 만면에 비창한 빛을 띠고 눈물을 씻으며 말하기를,

"오늘 황태후께서 조칙을 내리시어 자네의 예폐(禮幣)를 물리라 하셨네.

내 이미 춘운에게 일러 모두 내어 화원 별당에 두라 하였네. 이제 내 딸아이의 신세를 생각하니 우리 내외의 심회가 어떠하겠는가? 나는 겨우 마음을 달랠 수 있겠으나 나이든 아내가 심히 근심한 탓으로 방금 혼절하여 인사불성이 되었네."

하기에, 상서가 대경실색하며 한동안 생각에 잠기더니 아뢰었다.

"이 일의 불가함을 들어 소서가 상소하여 다투면 조정에서도 공론이 있지 않겠습니까?"

사도가 양 상서의 손을 두드리며 만류하였다.

"양랑이 황명을 거역함이 벌써 여러 번 있었던 터에, 이제 또 상소하면 어찌 황송하지 않겠는가? 반드시 중한 죄책을 내리실 터이니 어명을 그저 따르지 않음만 못하네. 또 오늘 이후로 내 집 화원에서 거처하는 것도 체면에 대단히 불안한 일이니 이렇듯 창졸간에 서로 헤어지는 것이 심히 서운하기는 하나 다른 곳으로 옮겨가는 것이 합당할 것이네."

상서는 이에 대답하지 아니하고 화원으로 들어갔다. 춘운이 방구석에서 웅크리고 흐느껴 울다가 양 상서의 예폐를 받들어드리면서 말하였다.

"천첩이 정 소저의 명을 받아 상공을 모신 지 오래인데, 그 동안 각별히 은애(恩愛)를 입어 항상 감격하였사옵니다. 한데 이제 귀신이 시기하고 사람이 투기하여 일이 이렇듯 잘못되어, 소저의 혼사는 여망(餘望)[3]이 없게 되었사오니 천첩도 또한 상공께 작별을 고하고 돌아가 소저를 모시겠나이

---

[3] **여망(餘望)** 앞날의 희망.

다. 오호, 천지신명이시여! 너무도 가혹하시나이다.”

춘운이 흐느껴 우는데 그 소리를 차마 들을 수 없어 상서가 말하였다.

“내, 곧 상소하여 간절히 간(諫)할 것이다. 또한 여자가 한 번 몸을 사내에게 허락하였으니 지아비를 따르는 것이 예법에 맞거늘, 네가 어이하여 나를 배반하려 하느냐?”

춘낭이 의연히 대답하였다.

“천첩이 비록 불민하오나 삼종(三從)의 도리[4]는 아옵니다. 하나 천첩의 사정이 남과 다른 것이 첩이 어릴 적부터 소저와 더불어 자라며 귀천(貴賤)의 구분 없이 커왔고 사생(死生)을 같이하기로 맹세하였기로, 궂은 일이나 좋은 일이나 항상 한 몸과 다름없이 하기로 언약하였사옵니다. 이 몸이 소저 따르기를 마치 그림자가 몸을 따르듯 하여왔사오니, 몸이 벌써 갔으니 어찌 그림자만 홀로 남아 있겠사옵니까?”

상서가 다시 타이르기를,

“네가 주인을 위하는 정성은 극진하다 하겠으나, 너는 소저와는 다르니라. 소저는 동서남북에 뜻대로 가려니와 너는 소저의 뜻을 좇아 타인을 섬기는 것이 여자의 예절에 아무런 방해가 없으리라.”

춘운이 다시 대답하되,

“상공의 말씀은 소저와 첩의 마음을 알지 못하신다 하겠나이다. 소저께서는 결심하기를, 길이 부모님 슬하에 계시다가 두 분 백년해로하신 후에

---

[4] **삼종(三從)의 도리** 삼종지도(三從之道), 부인유삼종지도의 무진제지도 고미가종부 기가종부 부사종자 (婦人有三從之道義 無專制之道 故未嫁從父 旣嫁從夫 父死從子) 「의례(儀禮)」의 일 구.

절간으로 들어가서 머리를 깎고 중이 되어, 부처님께 발원하여 후생(後生)에는 절대로 여자의 몸이 되지 않기를 굳게 맹세하였사온데 천첩도 처신을 그와 같이 할 따름이오니, 상공이 만일 춘운을 다시 보려 하시오면 상공의 예폐가 다시금 소저의 방안으로 들어간 다음이라야 논의할 터이요, 그렇지 않으면 오늘이 곧 생리사별(生離死別)이오니, 다만 바라옵건대 후세에 상공의 집 개나 말이 되어서 주인을 위하는 정성을 본받으려 하오니 부디 옥체를 보중하옵소서."

하고는, 돌아앉아서 느껴 울기를 반나절이나 하다가 몸을 일으켜 뜰에 내려가 재배하고는 내당으로 들어가더라.

양 상서가 화원에서 춘운을 보낸 후에는 오장이 타는 듯하여 무슨 일에나 마음이 내키지 않아서, 푸른 하늘을 우러러 길이 한숨쉬며 손을 어루만지며 자꾸 탄식하기를,

"내 마땅히 극진히 상소해야 할 것이라."

하고, 이에 붓을 드니 연사가 심히 적절하더라.

그 상소문에 씌었으되,

예부상서 신 양소유는 돈수백배[5] 하옵고 황상폐하께 말씀을 올리나이다. 엎드려 아뢰건대, 윤기(倫紀)는 왕정(王政)의 근본이요, 혼인은 인륜의 초시이니, 그 근본을 한 번 잃으면 덕화(德化)는 크게 무너져 나라가 어지럽고 그 비롯함을 삼가지 아니 하면 그 끝도 이루지 못하고 그 집이 망하나니 가문과 국가의 흥망과 성쇠에도 관련됨이 어찌 현저치 아니 하리이까?

---

5. **돈수백배** 머리를 조아려 절함.

성인 군자와 인군명주(仁君名主)는 미상불 이에 유의하여, 그 나라를 다스리고 자 하매 반드시 그 기강을 바로잡고 그 집을 바로잡고자 함에는 혼인을 바르게 함으로써 으뜸으로 삼사옵니다.

이제 신이 이미 예폐를 정녀에게 보내고 또 거처를 정가(鄭家)에 의탁하였사 온즉 이미 혼처를 정한 것이거늘, 뜻밖에 이제 부마로 간택하시는 은명을 함당 치 못한 소신에게 내리시니 황송무지하와 성상의 하교와 조정의 처분이 과연 예의에 맞아드는 줄 알지 못하겠나이다.

신이 설령 정혼치 아니하였을지라도 문벌이 미천하고 재주가 짧고 학식이 열 은 몸이온즉 부마간택이 합당치 못하옵거늘, 하물며 정녀와 짝이 되고 정 사도 와 더불어 장인과 사위가 되기로 정하였거늘 아직 육례(六禮)⁶를 끝내지 못하 였다 하여 이를 다시 거론치는 못할 것이옵니다.

이러하온대 어찌 귀한 몸이신 공주로 하여 금필부(匹夫)나 다름없는 천신에게 하가케 하시려 하시나이까? 어찌 예법에 합불함을 묻지 아니하시고, 구차한 기롱(譏弄)⁷을 무릅써 예 아닌 예를 행코자 하시나이까? 또한 밀지(密旨)를 내리사 이미 행한 예를 파기케 하시니 신은 예부(禮部)의 책임을 맡고 있으므 로 그윽이 위하여 취할 수 없나이다.

신이 두려워하옵기는 신으로 말미암아 왕정이 어지럽고, 인륜이 무너져서 성 상의 덕을 손상하고 아래로 가도(家道)를 무너뜨려 마침내 큰 화를 면치 못할 까 우려하는 것이오니, 엎드려 빌건대 성상께옵서는 예의 근본을 중히 하옵시 고 풍화(風化)⁸의 비롯함을 바르게 하사 빨리 조명을 거두시어 그로 하여금 천 분(賤分)을 평안케 하소서.

상이 다 읽으시고 태후께 아뢰시니, 태후께서 대노하여 양소유를 옥에

---

6. **육례(六禮)** 혼인에 있어서의 여섯 가지 의식으로, 납채(納采)·문명(問名)·납길(納吉)·납폐(納幣)·청 기(請期)·친영(親迎) 등의 총칭. 곧 정식 결혼을 뜻함.
7. **기롱(譏弄)** 남을 업신여기어 실없는 말로 희롱함.
8. **풍화(風化)** 풍습을 교화시킴.

가두라 하시자 조정 대신들이 모두 함께 힘써 한림을 위하여 극간하였다.

이를 들은 상이 이르시기를,

"짐도 그 벌이 과한 듯 하나, 태후께서 지금 진노하시니 짐도 감히 거역하기 어렵도다."

하고 하옥하라 명하셨다.

결국 양소유는 옥에 갇히고 정 사도 또한 송구한 마음으로 스스로 문을 걸어 잠그고 객을 물리치고 집에 들이지 않았다.

이 무렵에 토번(吐藩)이 강성하여 십만 대군을 거느리고 변방 고을을 잇따라 함락시키고, 그 선봉이 위교(渭橋)에 다다르자 황성이 소란해졌다. 이에 상이 모든 만조백관을 불러 모아 논의하시자 모든 신하들이 상께 아뢰기를,

"황성에 있는 군사는 불과 수만에 지나지 못하옵니다. 또한 외방 구원병은 아직 미처 오지 못하였으니, 상께서는 잠시 황성을 떠나 관도로 나아가 순행하시고 각도(各道)의 군사를 불러들여 그들로 하여금 기세를 회복하심이 옳을 줄로 아뢰오."

상이 머뭇거리며 결단을 내리지 못하다가 이르시되,

"모든 신하들 중에 오직 양소유만이 지모(智謀)와 방략(方略)이 많고 결단을 잘하여 짐이 그를 그릇[器]이라 여겼으며, 전날 삼진(三鎭)에게 항복을 받은 것이 다 양소유의 공이다."

하고, 양소유를 불러 올려 계교를 물으시자 양소유는 아뢰기를,

"황성은 종묘를 모신 곳이고 궁궐이 있는 곳이거늘 만일 지금 떠나시면

백성의 인심이 따라서 동요할 것이며, 또 강한 도적이 웅거하면 바로 기세를 회복하기란 어려운 줄로 아뢰옵니다. 전에 대종(代宗)[9] 때에 토번이 회흘(回紇)[10]과 더불어 힘을 합하여 백만 대군을 몰고 황성을 범하였을 때, 그때 군사의 힘이 지금보다 약하였으나 분양왕(汾陽王)에 봉한 곽자의(郭子義)[11]가 필마(匹馬)[12]로써 물리쳤사옵니다. 신의 재주와 방략이 비록 곽자의의 만분의 일에도 미치지 못하나 바라건대 수천 명 군사를 얻으면 이 도적을 토평하여 신의 재생지은(再生之恩)[13]을 갚을까 하나이다."

상이 크게 기뻐하여 그날로 바로 양 상서를 대장군으로 삼으시고 경영문(京營門)의 군사 삼만 병을 거느리고 토번을 치라 명하셨다. 상서는 하직하고 물러나와 군사를 지휘하여 위교에 진을 치고 도적의 선봉을 쳐서 토번의 좌현왕(左賢王)을 사로잡으니 도적의 군세가 크게 꺾여 도망치기에 바빴다. 상서가 쫓아가 세 번 싸워 모두 이기고 군사 삼만을 베어 죽였으며 말 팔천 필을 얻어서 승전을 전하는 첩서(捷書)를 올렸다. 상이 크게 기꺼워하며 군사를 돌이키라 하시고, 모든 장수의 공을 논의하여 차례로 상을 내리시자, 상서가 아직 군진에 남아 상소하였다.

신이 듣자니 왕자(王者)의 군사는 만전(萬全)함이 귀하니 앉아서 기회를 잃으면 공을 가히 이루지 못할지라 하였고, 또 듣자오니 항상 이기는 군사는 대

---

[9] 대종(代宗) 당의 황제. 이름은 예(豫). 곽자의(郭子義)와 함께 서경을 수복하였음.
[10] 회흘(回紇) 터키계의 고대국가.
[11] 곽자의(郭子義) 중국 당 시대의 명장.
[12] 필마(匹馬) 한 필의 말.
[13] 재생지은(再生之恩) 죽게 된 목숨을 다시 살려준 은혜.

적(大敵)으로 더불어 염려하기 어렵고, 주리고 약한 때를 타서 치지 아니 하면 도적을 가히 피하지 못할지라 하였사웁니다.

이 도적의 형세가 강하지 않다고 말 할 수 없고 또 그 계략이 뛰어나지 않다고도 할 수 없사웁니다. 소인이 작은 공을 세운 것은 다만 도적의 형세가 날로 줄고 군사가 날로 약해진 것이 이유이니, 병법에 이르기를 용전 분투하였으나 이기지 못한 자는 양식이 뒤따르지 못하고 지형이 익숙지 못한 까닭이다 하였사웁니다. 한데 이제 도적의 형세가 이미 꺾이어 도망하는 중이라 도적의 굶주림이 극심할 것이고 우리에게는 이제 연도(沿道)의 각 읍이 다 군량과 마초(馬草)를 산같이 쌓아 두었으니 배를 주릴 근심이 없고, 평원 광야의 지형을 얻었으니 저들의 복병(伏兵)이 있을 수 없사오니 만약 날랜 군사로 하여금 그 뒤를 쫓으면 온전한 공을 이룰 것이옵니다.

지금 눈앞의 작은 승리를 다행으로 여겨 만전지책을 버리고 지레 짐작으로 회군하여 토평(討平)을 아니 하시면 이는 바른 계교라고 생각하기 어렵나이다. 엎드려 바라건대 폐하께서 조정의 공론을 널리 캐어 보시고 결단을 내리시어 신으로 하여금 군사를 몰아 멀리 엄습하여 굴혈(掘穴)을 소탕케 윤허 하시면, 신은 맹세코 도적들이 돌아가지 못하고, 단 한 번의 저항도 하지 못하게 하여 성상의 걱정을 덜도록 하겠나이다.

상께서 그 상소의 참뜻을 장하게 여기시고 벼슬을 돋우어 어사대부[14] 겸 병부상서[15] 정서대원수(征西大元帥)를 삼으시고, 상방참마검(尙方斬馬劍)과 동궁(彤弓)[16]과 적전(赤箭)[17]과 통천어대(通天御帶)와 백모황월(白矛黃鉞)[18]을 주시고 이에 조서를 내리시어 삭방(朔方)과 하동과 농서 지방의 병

[14] **어사대부** 관명. 주로 탄핵(彈劾)을 맡음.
[15] **병부상서** 군사에 관한 일을 맡아보는 관청.
[16] **동궁** 붉은 활.
[17] **적전(赤箭)** 붉은 화살.
[18] **백모황월(白矛黃鉞)** 흰 창과 누런 도끼.

마를 조발(調發)하여 군사의 기세를 도우라 하셨다.

양소유가 조서를 받들어 나와 대궐을 바라보며 절을 올려 은혜에 감사하고 택일하여 독(纛)[19]에 제사하고 길을 떠났다. 그의 병법은 육도(六韜)[20]의 기이한 꾀요, 그 진세는 팔괘(八卦)[21]의 변하는 법이라. 행오(行伍)를 정제하고 호령이 엄숙하니 병의 물 쏟듯 대나무를 깨치듯 공을 이루어 수개월 사이에 잃었던 고을 오십여 개를 회복하였다.

대군을 몰아 적설산(積雪山) 아래에 이르자 홀연 말 앞에 회오리바람이 일고 까마귀가 울며 진 한가운데를 뚫고 지나갔다. 원수가 점을 쳐보니 적병이 우리 진을 기습할 것이 분명하겠으나 나중에 길할 징조였다. 산 밑에다가 진을 치고 녹각(鹿角)[22]과 질려(蒺藜)[23]를 사면에 벌려 펴서 가지런하게 설비하고 적군을 기다렸다.

원수가 장막 가운데 앉아 촛불을 밝히고 병서(兵書)를 보는데 순라군이 이미 삼경을 알리는 소리가 들렸다. 이때 홀연 음산한 바람이 일어나더니 촛불이 꺼지고 한 여인이 공중에서 내려오더니 몸을 숨기려는 듯 장막 한가운데 섰다. 원수가 보니 그 여인의 손에는 서릿발 같은 비수 하나가 들려 있어 자객인 줄 알았으나 낯빛을 변치 아니하고 위의를 더욱 늠름히 하

---

[19] **독(纛)** 군기(軍旗). 출병할 때 이 독에 제사한다.
[20] **육도(六韜)** 중국 주나라 태공망이 지었다는 여섯 종류의 병서.
[21] **팔괘(八卦)** 건(乾) · 태(兌) · 리(離) · 진(震) · 손(巽) · 감(坎) · 간(艮) · 곤(坤)으로 주역(周易)에서 자연계와 인사계의 모든 현상을 음양을 겹치어서 여덟 가지의 상(象)으로 나타낸 것.
[22] **녹각(鹿角)** 적을 막기 위해 나무를 베어 둥글게 세운 방책.
[23] **질려** 적 방어용으로 좁은 길에 세우는 철책.

면서 천천히 물었다.

"어떤 여자이기에 한 밤에 진중(塵中)에 들어왔느냐? 무슨 연고냐?"

그 여인이 대답한 말이,

"첩은 토번국 찬보(贊普)[24]의 명을 받아 원수의 머리를 얻고자 하여 왔소이다."

하자 양 원수가 웃으며 대답하였다.

"대장부가 어찌 죽기를 두려워하겠는가?"

양 원수의 얼굴이 도리어 편안하자, 그 여자가 칼을 땅에 던지고 무릎을 꿇고 앉자 얼굴을 들어 말하였다.

"귀인(貴人)은 염려 마십시오. 귀인께 첩이 어찌 감히 경거망동할 수 있겠나이까?"

원수가 잡아 일으키면서 일렀다.

"그대가 비수를 들고 군중에 들어온 것으로 이미 품은 뜻을 알겠거늘 도리어 나를 해치지 않겠다 함은 어찌된 까닭인가?"

여인이 대답하기를,

"첩이 사연을 말씀드리고자 하옵니다. 하나 이렇듯 서서는 긴 사연을 이루 다할 수 없사옵니다."

원수가 자리를 내주며 앉기를 권하며 물었다.

"낭자가 위험을 무릅쓰고 나를 찾아와 만나기를 청하였으니 대체 무슨

24. 찬보(贊普) 토번국의 국장.

164 구운몽

사연이 있는가?"

여인이 대답하기를,

"첩이 비록 자객이란 이름은 가졌으나 사람을 해칠 마음은 없사옵니다. 심중에 있는 말을 모두 떳떳이 귀인께 토설하겠사옵니다."

여인은 일어나 다시 촛불을 켜고 원수 앞에 나아와 앉았다. 원수가 다시 여인을 살펴보니 구름 같은 머리에 금비녀를 높이 꽂고 몸에는 소매가 좁은 갑옷을 둘렀는데 그 곁에는 석죽화(石竹花)를 그려져 있었다. 봉미목화(鳳尾木靴)를 신고 허리에 용천검(龍泉劍)를 비껴 찼는데 얼굴빛이 천연히 이슬에 젖은 해당화 같았다.

여인이 앵두 같은 입술을 천천히 열어 꾀꼬리 울음 같은 목소리로 말하였다.

"첩은 본디 양주(揚州) 고을 사람으로 여러 대에 걸쳐 당나라의 백성이었사옵니다. 어려서 부모를 여의고 검술이 매우 신묘한 한 여도사를 따라가 스승으로 모시고 제자로 있었사옵니다. 스승께는 제자가 세 사람 있었는데, 그 셋의 이름은 각각 진해월, 김채홍, 심효연으로, 그중 첩이 바로 심효연이옵니다. 제가 검술을 배운 지 삼 년에 능히 변화하는 법을 터득하여 바람을 타고 번개를 따라 순식간에 천 여리를 달리게 되었습니다. 우리 세 사람의 검술은 우열을 가릴 길이 없었사온데, 스승이 원수를 갚으라 하거나 혹은 악한 사람을 없애라 하시면서 반드시 채홍과 해월의 두 제자만 보내고 첩은 한번도 보내지 아니하였사옵니다. 하여 첩이 분함을 이기지 못하여 스승께 여쭈기를, '우리 세 사람이 스승의 가르치심을 함께 받았으나 첩 홀로 스승의 은혜를 갚지 못하였사옵니다. 혹여 첩의 재주가 용렬(庸劣)하여 스승께서 한 번도 부리지 아니하신 것입니까?' 하자, 스승이 이르기를 '너는 우리들과 다르다. 훗날 바른 도를 얻어 마침내 뜻을 펴게 되는 것이 마땅하거늘, 네가 저 두 사람과 같이 인명을 해치면 네게 해로울 터이다. 그리하여 너를 부리지 아니한 것이다' 하기에, 첩이 또 여쭈기를, '만일 그러하시다면 첩의 검술은 장차 어디에 쓰게 되리이까?' 하자, 스승이 또 타이르기를, '네 전생(前生)의 연분은 당나라에 있고 그는 대인(大人)이다. 네가 지금 타국에 있어 그를 만날 도리가 없으니 내 너를 위하여 검술을 가르친 까닭은 너로 하여금 그 재주를 인연으로 귀인을 만나도록 하려함이니 훗날 백만 군중에 들어가 검극(劍戟) 사이에서 좋은 인연을 이루는 것이 마땅하리라' 하고, 다시 금년 봄에 첩에게 이르기를 '천자가 대장군으로 하여금 토번을 치게 하셨으니 찬보가 방을 붙여 자객을 불러 대장군을 해치려 할 터이다. 네 이 기회를 잃지 말고 산에서 내려가 토번국에 가서 모든 자객들과 더불어 검술을 겨루어, 자객들을 없애어 당장 급한 화를 면하는 한편 전생의 좋은 연분을 찾아 다시 인연을 맺으라' 하셨습니다.

토번국에 가서 성문에 붙인 방을 떼어 성안에 들어가 보니, 찬보가 사람들을 불러 먼저 여러 자객들과 더불어 재주를 견주게 하기에 첩이 검술을 부려 그중 으뜸이 되었사옵니다. 찬보가 크게 기꺼워하며 첩을 귀인의 진중에 보내면서, '네 당나라 장수의 머리를 베어 돌아오면 내 너를 귀비로 삼겠노라' 하고 말하더이다. 하나 이제 장군을 만나뵈니 과연 스승의 말씀이 맞는 듯하오니, 청하건대 첩을 귀인의 시비 반열에 올려주시면 장군의 옆에서 모시고자 하옵니다. 장군께옵서는 과연 허락해 주시겠나이까?"

원수가 크게 기뻐하며,

"낭자가 이미 죽게 된 나의 목숨을 구하고 또한 아리따운 몸으로써 나를 섬기고자 하니 이 은혜를 어찌 다 갚겠소? 그대와 백년해로하는 것이 실로 내 뜻이오."

말하고 이어서 여자와 동침하니 창검의 빛으로 화촉을 대신하고 부딪치는 칼소리로 거문고를 대신하니 비록 군막 속일지라도 호탕한 정이 높은 산과 같고, 또한 넓은 바다와 같았더라.

이때부터 원수가 심효연에게 빠져 장졸을 돌보지 않은 지 연 사흘이 지나자 심효연이 문득 하직하며 말하였다.

"진중(陣中)은 아녀자가 거할 곳이 아닐 뿐더러 저로 인하여 군병의 사기가 발양치 못할까 두렵나이다."

하고 일어나 곧 돌아가려 하자, 원수가 심낭을 만류하며 부탁하였다.

"낭자는 범상한 여자와는 그 계책을 견줄 바 아니니 나에게 기모(奇謨)와 비계(秘計)를 가르쳐 주면 도적에게 써 볼까 하오. 한데 어찌 나를 버릴 생각을 하시오?"

"첩이 이번에 찾아뵌 것은 스승의 명으로 말미암은 것이나 아직 스승께 하직인사를 드리지 않은지라, 지금은 돌아가 스승을 모시고 있다가 장군께서 군사를 돌이켜 황성으로 들어가심을 기다려 저도 황성으로 찾아가 뵙겠나이다. 또 토번에 자객이 많긴 하나 첩의 적수가 될 자가 없으니 첩이 귀순한 것을 알면 대인을 해하려는 마음을 가질 자가 없을 터이오니 아무 염려 마시옵소서."

하더니, 곧 손으로 허리를 더듬더니 구슬 한 개를 꺼내어 보이며 말하였다.

"이 구슬은 묘아완(妙雅琓)이라 하는 것으로 찬보의 머리에 꽂았던 것이옵니다. 장군께서는 사자에게 이 구슬을 들려 보내는 것으로 첩이 다시 돌아갈 뜻이 없다는 것을 알게 하십시오. 또, 길을 가다보면 장군께서는 반사곡(蟠蛇谷)[25]이라는 긴 골짜기를 지나가게 되실 것이옵니다. 그곳을 지나다 보면 먹을 물이 떨어질 것이오나 걱정하지 마시고 샘을 파 군사를 먹이시는 것이 좋을 듯하옵니다."

심낭이 말을 마치자마자 곧 구슬을 던져 원수에게 주었다. 원수가 또 다른 계교를 묻고자 했으나 심낭이 한 번 뛰어 공중으로 오르자 곧 그 거처를 알 수 없었다.

원수가 여러 장수들을 불러 모아 심효연과의 말하자 제장 군졸이 말하기를,

"대원수께서 매우 신통하셔서 자객조차 두렵게 하였으니 필연 천신이 와서 도우신 것입니다." 하였다.

25. **반사곡(蟠蛇谷)** 긴 뱀처럼 생긴 골짜기.

　양 원수는 즉시 사람을 적진으로 보내어 묘아완을 찬보에게 전달하도록 시킨 후, 곧 행군을 시작하여 태산 밑에 이르렀는데 골짜기가 폭이 매우 좁아 말 한 필이 겨우 지나갈 형편이었다.

　군사들이 석벽을 붙잡고 시냇가를 따라 행군하여 수백 리를 지나자 비로소 너른 평지가 나와 그곳에서 유진(留陣)하고 군사를 쉬게 하였다. 군사들이 피곤하고 목이 타 물을 찾았으나 쉽게 찾지를 못하다가 산 밑에 큰 연못이 있는 것을 보고 앞 다투어 마시더니 곧 모두들 온몸이 푸른빛으로 변하고 괴로워하며 말을 못하더니 숨소리가 멀어지며 금방이라도 죽을 듯 하였다.

　원수가 괴이하게 여겨 몸소 가보았더니 물빛이 심히 푸른데 그 깊이를 측량할 길이 없고 흐르는 냉기가 가을 서리 같았다.

원수가 그제야 비로소 깨달으며 이르기를,

"이것이 필시 심효연이 말하던 반사곡이로다."

하고 병에 걸리지 않은 성한 군사들을 재촉하여 우물을 파게 하였다.

모든 군사들이 수백여 곳에 십여 길씩이나 파보았으나 물이 솟는 곳은 하나도 없었다. 원수가 이를 매우 민망히 여겨 다른 곳으로 옮겨 진을 치라 하고 있는데, 갑자기 산 뒤로부터 북소리가 나더니 땅과 하늘이 뒤흔들리는 듯 산과 골짜기에 울려 퍼지니 이는 적병이 험한 곳에 숨어 있다가 원수의 군사가 돌아갈 길을 끊으려 함이었다.

군사들은 피곤하고 목은 말라 힘든데 앞뒤 길은 막히고 곧 다급한 곤경에 빠져들자, 원수는 앞으로 도적을 물리칠 계교를 생각하며 장막 안에 앉아있다 피곤하여 잠시 졸고 있었다.

홀연 기이한 향내가 장막에 가득 차며 계집아이 둘이 원수 앞으로 나아와 서는데, 그 용모가 신선 같기도 하고 귀신 같기도 하였다. 계집아이들이 원수에게 아뢴 말은,

"우리 낭자의 말씀을 귀인께 아뢰옵니다. 바라건대 귀인은 누추하지만 꺼리지 마시고 한 번 들러 시간을 아끼지 마시옵소서."

이에 원수가 묻기를,

"그 댁 낭자가 대체 뉘며, 또 지금 있는 곳이 어디냐?"

계집아이가 대답하기를,

"저희 댁 낭자는 동정용왕(洞庭龍王)의 작은따님으로 요즘 잠시 궁중을 떠나 이곳에 와서 머무르고 계시나이다."

하자 원수가 다시 말하기를,

"용왕이 사는 곳은 수부(水府)이고, 나로 말하면 인간계의 사람인데 무슨 술법으로 내 몸을 수궁에 가게 하겠느냐?"

계집아이가 원수의 말에 대답하였다.

"신마(神馬)를 이미 문 밖에 매어 놓았사옵니다. 귀인께서 말에 오르시면 자연 수궁에 이르게 될 것이옵니다."

계집아이를 따라 진문 밖에 나가자 뒤따르는 종들이 있었는데 옷차림이 다 이상하였다. 종들이 원수를 거들어 말에 오르도록 도왔다. 달리는 말의 걸음은 마치 물이 흐르듯 부드러웠고 말굽에서는 전혀 먼지가 일지 않았다.

이윽고 수부에 다다라 보니 호화롭게 꾸민 궁궐이 매우 화려하여 임금 계신 곳인 듯하고, 문 지키는 군사가 모두 물고기 머리에 새우 수염을 하고 있었다. 계집아이 여럿이 안으로부터 나와 문을 열더니 원수를 인도하여 당상에 오르게 하였다.

전각 가운데는 백옥의 교의(交椅)가 남쪽을 향하여 놓여 있었는데, 시녀가 원수에게 청하여 그 위에 앉게 하고 비단자리를 깔아놓고 곧 내전으로 들어갔다. 그 후 얼마 안돼 시녀 십여 인이 월랑(月廊)으로부터 낭자 한 사람을 인도하여 왼편 전각 앞에 이르렀는데 보니, 그 자태가 매우 아름답고 입은 옷이 매우 산뜻하여 가히 형언할 수 없었다.

시녀 하나가 앞으로 나아와 청하기를,

"동정용왕의 여식이, 원수께 뵙기를 청하나이다."

원수가 놀라 그 자리를 피하고자 하였으나 옆에 섰던 시녀가 만류하여 자리에서 내려오지 못하게 하였다. 곧 용녀가 교의 앞에 와서 원수를 향하여 서자 아름다운 향기가 코를 찔렀다. 원수가 답례로 전상에 오르기를 권하였으나 용녀는 사양하며 작은 돗자리를 펴고 교의 아래에 앉았다.

원수가 황송하여 말하기를,

"저로 말하면 인간계의 천한 몸이요, 낭자는 수부의 용녀이신대 어찌하여 저를 대하는 예법이 이토록 지나치게 공손하시옵니까?"

하자 용녀가 대답하였다.

"첩은 동정용왕의 막내딸로 백능파(白凌波)라 하옵니다. 갓 태어났을 때 아버지 되시는 용왕께서 옥황상제께 저를 보이셨는데 장진인(張眞人)[1]이 첩의 사주로 점괘를 뽑아보고 이리 말하였다 하옵니다. '이 낭자는 전생에 신녀였는데 죄를 범하고 귀양을 와서 용왕의 딸이 되었으나, 결국에는 다시 사람의 모습을 얻어 인간 세상으로 돌아가 귀인의 첩이 되어 부귀와 영화를 누리고 마침내는 부처님께로 돌아가서 큰 중이 되리라' 우리 용의 무리는 수족(水族)의 조종(祖宗)으로서, 원래 사람의 모습으로 변하는 것을 영광으로 알고 있사옵니다. 신선과 부처님께 대하여 말하자면 앙망(仰望)하는 바가 더욱 크옵니다."

"첩의 만형은 처음에 경수(涇水) 용궁의 며느리가 되었으나 내외가 서로 화합하지 못하더니 마침내 두 집 사이가 틀어진 후, 곧 유진군(柳眞君)[2]에

---

[1] **장진인(張眞人)** 장정상(張正常), 장도릉(張道陵)의 42대 손으로 홍무제(洪武帝) 때 정일개교진인(正一開敎眞人)의 호를 받음.

개가하였는데 모든 친척들이 형을 높이 받들고 온 집안사람이 곤경하옵니다. 부왕께서는 첩이 장차 바른 인연을 찾아서 일신의 영귀(榮貴)함이 필시 맏형보다는 더 나을 것이라는 진인의 말씀을 들으신 후로 첩을 각별히 사랑하시고 궁중의 대소 시녀들도 하늘 위의 신선같이 대접하였나이다."

"제가 차츰 자라나 남해 용왕의 아들 오현(五賢)이 첩에게 다소 자색이 있다는 말을 듣고 부왕께 통혼하였는데, 우리 동정(洞庭)은 남해 용왕의 아래 관원인 까닭에 부친은 감히 앉아서 거절하지 못하고 몸소 남해로 가서 장 진인의 사주 이야기를 아뢰고 명에 기꺼이 따르지 않으셨사옵니다. 이에 남해 용왕은 교만한 아들을 탓하지 않고 도리어 부친께 '허망한 말에 홀렸다' 하고 준절하게 책망하여 혼담이 급히 이루어져 가기에 첩이 스스로 헤아리기를 '만일 부모 슬하에 있으면 필연 몸에 욕이 미칠 것이다' 여겨 몰래 부모님의 슬하를 빠져 나와 도망을 하였사옵니다.

지금까지 가시덤불을 헤쳐 집을 짓고 홀로 변방에 숨어서 구차히 세월을 보냈사오나, 남해의 핍박이 더욱 심해지기에, 부모께서 남해왕에게 말하기를 '딸아이는 사람 따르기를 원치 아니하고 멀리 도망하여 깊이 숨어 홀로 세월을 보냅니다' 하였사옵니다. 이 말을 전해들은 남해 용자가 첩의 외로운 신세를 업신여겨 몸소 군사를 이끌고 와서 첩을 핍박코자 하였으나, 첩의 간절한 소원에 천지신명이 감동하시어 깊은 못의 물이 갑자기 차기가 얼음 같고 어둡기가 지옥 같이 변하여서 타국의 군사는 쉽게 들어오니

2. 유진군(柳眞君) 중국의 소설 유의전에 나오는 인물, 유의(柳毅).

못하게 되었사옵니다. 첩은 천지신명의 도움을 빌어 지금까지 온전하고 또한 위태로운 목숨을 보존하였사옵니다.

첩이 오늘 당돌하게 귀인을 청하여 와 누추한 곳에 왕림하시게 한 까닭은 첩의 전후사정을 아뢰고자 함이 다가 아니옵니다. 지금 천자의 군사가 어려움에 빠진 지 오래 되었고 우물에서는 물이 나지 않고 흙을 파고 땅을 뚫는 수고를 하였으나 능히 물을 얻지 못하니 원수께서는 군사의 힘을 지탱하지 못할 것입니다. 본디는 이 물을 청수담(淸水潭)이라 하였으나 첩이 와서 거한 후로는 물맛이 심히 흉악하게 변하여 마시는 사람마다 모두 병이 나는 까닭으로 사람들이 백룡담(白龍潭)이라 고쳐 부르게 되었나이다. 이제 귀인이 오셔서 첩이 의지할 곳을 얻었으니 귀인의 근심이 곧 천첩의 근심이라. 감히 미련한 소견이나마 어찌 의를 다하여 군공(軍功)을 돕지 않겠나이까? 이제부터는 물맛이 예전과 다름없이 달 것이니 군사들로 하여금 마시게 하여도 해가 없고 이 물을 마시면 병난 군사들도 또한 쾌차할 것입니다."

모든 말을 다 들은 후 원수가,

"이제 낭자의 말을 들으니 우리는 하늘이 정한 연분이라 월로(月老)[3]의 언약을 나누어 봄직도 한데, 낭자의 뜻이 나와 같으신지요?"

하고 말하자 용녀가 이에 대답하였다.

"첩이 비록 몸을 낭군께 허락키로 하였사오나 지금 성급히 낭군을 모시

---

[3] 월로(月老) 월하노인(月下老人). 남녀의 인연을 주관한다고 함.

고 인연을 맺는 것이 가당치 않은 이유가 셋 있사옵니다. 첫째는 부모에게 고하지 않은 까닭이요, 둘째는 환골탈태(換骨奪胎)⁴한 후에야 귀인을 모시는 것이 당연하거늘 아직 비늘 껍질과 비린 냄새가 나는 지느러미와 갈기를 지닌 누추한 몸으로 귀인의 자리를 더럽힐 수 없는 까닭이요, 셋째는 남해 용자가 매일 이 근처로 종을 보내어 가만히 더듬어 살피는데 만일 그가 알게 되면 필연 한바탕 풍파를 일으킬 터인즉 그의 노여움을 불러일으키는 것은 해로운 일이라 두려워하는 마음이옵니다. 원수께서는 모름지기 속히 진으로 돌아가 군사를 바로잡고 도적을 멸하시어 큰 공을 이뤄 개가(凱歌)를 부르고 상경하시는 것이 마땅하옵니다. 그리하면 첩이 치마를 걷고 물을 건너 귀인을 따라 장안(長安) 댁으로 가겠습니다."

원수가 말하되,

"낭자의 말이 비록 가상하기는 하나, 내가 생각하기로는 낭자가 이곳에 와 머무는 것이 다만 낭자의 뜻을 지키려는 것뿐만이 아니라 용왕이 낭자로 하여금 이곳에 머물다가 내가 오기를 기다려 인연을 맺어 하늘을 따르게 하려한 것 아니겠소. 그러니 오늘부터 서로 짝을 이루는 것이 어찌 부모의 뜻이 아니라 하겠소? 또한 낭자는 신명한 후신(後身)이요 신명한 성품이라 사람과 귀신 사이를 넘나드니 가는 곳마다 옳지 않음이 없는데, 어찌 비늘과 지느러미와 갈기 때문에 그대를 꺼려하겠소? 이 소유는 비록 재주 없으나 천자의 명을 받자와 백만 대병을 거느리고 비렴(飛廉)⁵으로 길

---

⁴ **환골탈태(換骨奪胎)** 환골은 범골(凡骨)이 선골(仙骨)로 바뀜. 탈태는 옛 제도를 새로운 것으로 개조함.
⁵ **비렴(飛廉)** 풍신(風神).

잡이를 삼고 해약(海若)⁶으로 후진을 삼으니, 저 남해 용자를 모기나 개미 같이 볼 따름이오. 이제 그가 만일 스스로 잘못을 헤아리지 못하고 망령되이 항거코자 하면 내 칼을 더럽힐 따름이오. 다행히 오늘 밤 서로 만났는데 어찌 좋은 때를 헛되이 보내며 아름다운 기약을 쉽사리 저버려서야 될 말이오?"

하고는 용녀를 이끌고 자리에 드니 그 즐거움은 꿈인지 생신지 도무지 분간할 수 없는 것이었다.

이튿날 새벽녘에 우레 같은 소리가 잇따라 일어나 수정궁(水晶宮)을 흔들었다. 용녀가 깜짝 놀라 일어나 나가자, 궁녀가 급히 달려와 아뢰었다.

"남해 태자가 무수한 군병을 거느리고 와서 산 밑에 진을 치고 양 원수와 승부를 내기를 청하나이다."

원수가 대노하여 소리쳤다.

"미치지 않았다면 어찌 감히 이러겠는가?"

양 원수가 소매를 떨치며 벌떡 일어나 물가로 걸어 나아가 보니, 남해 군사는 이미 백룡담을 에워쌌는데 군사들이 떠드는 소리가 지축을 크게 흔들고 살기가 사면에 뻗쳤다.

이른바 남해 태자라 하는 자는 말을 달려 진의 선두에 나아와 크게 소리쳐 꾸짖기를,

"네가 어떤 사람이기에 남의 아내를 빼앗아 가느냐? 맹세코 너와 더불

---

⁶. **해약(海若)** 해신(海神).

어 승부를 내어 천지간에 함께 살지는 아니할 것이다."

하자, 원수가 태자 앞에 말을 세우고는 크게 비웃었다.

"동정 용녀가 나와 더불어 맺은 연분은 천궁(天宮)에 이미 다 기록된 터고 진인(眞人)이 아는 바이다. 나는 다만 천명을 준수할 뿐이거늘 요망한 물고기 새끼가 무뢰하기가 어찌 이와 같단 말이냐?"

이어서 군사를 지휘하여 싸움을 재촉하니, 태자가 대노하여 천만 가지의 물고기들에게 영을 내리니 이제독(鯉提督)과 별참군(鼈參軍)[7]이 기운을 돋우고 용맹을 내어 걸어나왔다.

이에 원수가 한번 지휘하여 목을 다 베고 백옥 채찍을 들어 한 번 휘두르니 백만 군병이 짓밟히며 삽시간에 부스러진 비늘과 깨어진 껍질이 땅에 지저분하게 널렸고, 태자는 몸 여러 곳을 창에 찔려 능히 변화를 일으키지 못하고 마침내 원수의 군사에게 잡히게 되었다.

군사들이 태자를 결박하여 원수의 말 앞에 바치자, 원수는 크게 기꺼워하며 징을 쳐서 신호하여 군사를 되돌려 갔다.

수문군이 원수에게 아뢰기를,

"백룡담 낭자가 몸소 진 앞에 나아와 원수께서 승전하신 것을 치하하고 술 백 석과 소 백 마리로써 군사를 위로하였으니 모든 군사들이 배불리 먹고 즐거워하며 춤추고 노래하옵니다. 이제 사기의 충천함이 전보다 백 배는 더하옵니다."

---

[7]. **이제독(鯉提督)과 별참군(鼈參軍)** 제독은 무직(武職)의 최고관, 참군은 참모군의 준칭.

원수가 용녀와 더불어 한자리에 앉아서 남해 태자를 잡아들여 소리를 높여 꾸짖었다.

"내 천자의 명을 받아서 사방의 도적을 치니 귀신조차도 감히 내 명을 거역하는 자가 없거늘, 네 한낱 작은 아이로서 천명을 알지 못하고 감히 대군을 거역하니 이는 스스로 죽기를 재촉함이렷다."

"여기에 보검이 한 자루 있다. 이것은 위징(魏徵)[8] 승상이 경하(涇河)의 용을 베었던 매우 잘 드는 칼이다. 내 마땅히 이 칼로 네 머리를 베어 우리 군사의 위엄을 떨칠 것이로되, 너의 집이 남해를 진정시켜 인간계에 비를 널리 내려 만민에게 덕을 베푸는 고로 각별히 용서하겠다. 지금부터 전의 행실을 고쳐 다시는 낭자께 죄를 짓지 말렷다!"

그리고 곧 사람을 시켜 끌어 내치자, 남해 태자는 숨도 크게 못 쉬고 쥐 죽은 듯 돌아갔다.

홀연 서기가 동남으로부터 일더니 붉은 놀이 영롱하고 산에 어린 구름이 찬란히 빛나고, 기치와 절월이 공중으로부터 내려오더니 붉은 옷 입은 사자가 종종걸음으로 나아와 이르기를,

"동정 용왕이 양 원수께서 남해군을 격파하고 공주의 위급을 구하심을 아시고 친히 진문 앞에 나아와 치하코자 하셨으나 몸이 정사(政事)에 매어 감히 마음대로 다니지 못하시는 지라, 바야흐로 별전에 대연(大宴)[9]을 베풀고자 원수께 청하오니 원수께서는 잠시 왕림하소서. 대왕께서 또한 소

---

8. **위징(魏徵)** 당의 정치가.
9. **대연(大宴)** 큰 잔치 자리.

신으로 하여금 이르시기를 공주를 함께 모시고 돌아오라 하시더이다."

하자 원수가 이에 답례하여 일렀다.

"적군이 비록 물러가긴 하였으나 적이 친 진이 아직 남아 있다. 또 동정호가 만 리 밖에 있어 오고 가는 사이에 날짜가 오래 걸릴 터인데, 군사를 거느리는 자가 어찌 감히 멀리 나가겠는가?"

사자가 다시 말하기를,

"이미 여덟 마리 용으로 수레에 멍에를 갖추었으니 반나절이면 족히 다녀 오리이다."

난양 공주의 방문

양 원수가 용녀와 더불어 용거(龍車)에 오르자 이상한 바람이 바퀴를 굴려 공중으로 올라가니 다만 흰 구름이 일어 일산(日傘)[1]처럼 온 세계를 덮을 따름이었다. 다시 차츰 내려가니 바로 동정호에 이르고 용왕이 멀리까지 나아와 맞으며 주객의 예의를 차리고 장인과 사위의 정을 펼쳤다. 서로 허리 굽혀 절하고 위층 건각에 오른 다음 잔치를 베풀어 정성껏 대접하였다.

용왕이 친히 술잔을 전하면서 사례하기를,

"과인이 덕이 없어 딸자식 하나를 집에서 떠나 있게 하고 또한 떠나 머무는 곳에서조차 편하게 해주지 못했는데, 이제 원수의 엄숙한 위세로 남해의 미친 아이를 사로잡고 딸아이를 구하였으니 그 은혜가 하늘보다 높고 땅보다 두

---

[1]. **일산(日傘)** 햇빛을 가리는 큰 양산.

텁도다."

하자, 원수가 답하기를,

"이는 다 대왕의 위령(威令)이 미친 바이니 소유에게 무슨 공이 있겠사옵니까?"

하고 술이 취하니, 용왕이 분부를 내려 여러 가지 풍악을 들려주니 그 음률이 융융하여[2] 들으면 절조(節條)가 있으나 시속의 풍악과 사뭇 달랐다.

장사 천여 명이 전각 좌우로 늘어서서 각기 칼과 창을 버리고 큰북을 울리며 나오고, 여섯 쌍의 미인들이 부용의(芙蓉衣)를 입고 명월패(明月牌)를 차고 한삼소매를 가볍게 날리며 쌍쌍이 마주 보며 춤을 추니 보기에 참으로 장관이었다.

양 원수사 수부(水府)의 풍악을 듣다가 문득 궁금히 여겨 물었다.

"이것이 무슨 곡조이옵니까?"

이에 용왕이 대답하기를,

"옛날에는 수부에 이 곡조가 없었다. 지난날 과인의 맏딸이 경하왕(涇河王)의 세자비가 되었는데, 그곳에서 이루 말할 수 없는 고생을 겪었다. 그걸 안 유생이 모진 어려움을 겪는 가운데도 글을 전하여 큰 아이의 곤함을 알리니 과인의 아우 전당군(錢塘君)이 진노하여 쳐들어가 경하왕과 더불어 싸워 크게 무찌르고 큰딸아이를 데려왔지. 그때 궁중 사람들이 이 풍악을 짓고 춤을 추며 불렀는데 이름하여 '전당군 파진악(破陣樂)'이니 '귀주

---

[2] **융융하여** 화평한 기운이 있어.

환궁악(貴主還宮樂)'이라 일컬으며 궁중 잔치에서 때때로 연주하게 되었다. 한데 이제 원수가 남해 용왕을 격파하여 우리 부녀가 서로 만나게 하니 전당군의 옛일과 흡사한 고로, 그 이름을 고쳐 '원수 파군악(破軍樂)'이라 하여야겠다."

하자 원수가 다시 물었다.

"유생은 어디 있사옵니까, 또 서로 만날 수 있겠는지요?"

"유생은 이제는 영주(瀛州)의 선관이 되어 늘 그 마을에 있으니 어찌 쉽게 만날 수 있겠나?"

술이 아홉 순배 돌자 원수가 하직인사를 올렸다.

"군중(軍中)에 일이 많아 오래 머무르지 못하옵니다. 바라건대 대왕은 만수무강하소서."

또 용녀를 돌아보며 당부하여 이르기를,

"낭자는 뒷기약을 잊지 마시오."

하니, 용왕이 대신 대답하였다.

"그것은 염려를 말라. 마땅히 언약대로 할 것이다."

원수가 떠날 때 용왕과 용녀가 궁문 밖에 나아가 전송하였다. 원수가 얼핏 보니 앞에 산이 우뚝 높은데 다섯 봉우리가 구름 사이로 솟아올라 유람할 만한 경개가 있는지라,

이에 용왕께 묻기를,

"저 산이 무슨 산이옵니까? 소유가 천하명산을 두루 구경하였으나 다만 형산(衡山)과 파산(巴山)은 아직 보지 못하였나이다."

용왕이 이르기를,

"그대는 저 산의 이름을 알지 못하느냐? 곧 남악 형산이니 신기하고도 이상한 산으로 유명하거늘 어찌 알아보지 못하는 것이냐?"

원수가 이에 용왕에게 간청하였다.

"어찌하면 저 산에 오를 수 있사옵니까?"

이에 용왕이 대답하기를,

"오늘 해가 아직 기울지 아니하였으니 잠깐 구경하고 돌아가도 저물지는 않을 것이다."

원수는 용왕에게 절하여 사례하였다.

원수가 수레에 오르자마자 벌써 형산 아래 다다른지라, 한 길을 찾아 한 언덕을 넘고 한 구렁을 건너니 산이 더욱 높고 지경이 점점 그윽하며 일만 가지 경개가 널려 있어 한번에 다 구경할 수 없었으니, 이른바 '일천의 높은 봉우리가 다투어 솟아 있고, 일만의 깊은 골짜기가 다투어 흘러가는 도다' 의 경치였다.

원수가 사면을 둘러보니 그윽한 생각이 절로 떠올라 자신도 모르게 탄식하며 홀로 되뇌었다.

"오랜 전쟁으로 몸은 시달리고 정신은 고달프니 이 몸의 속세 인연이 무에 그리 중요할까? 공을 이루고 물러가 초연하게 만물 밖의 사람이 되리로다."

원수 홀로 생각하고 있자니 문득 경종(警鐘)소리가 수목 사이로 울리더니 원수가 있는 곳까지 들렸다.

"필시 절간이 멀지 않은 것이다."

하고 언덕에 올라보았더니 절이 하나 있는데, 전각이 깊숙하여 아늑하게 보이고 여러 중들이 모여 있는 자리에 노승 하나가 높이 앉아 천천히 경문을 외며 설법하고 있었다. 노승은 눈썹이 길고 희며 골격이 맑고 파리하여 나이가 제법 많이 들었음을 능히 짐작할 수 있었다.

노승이 원수가 들어오는 것을 보고는 제자들을 거느리고 당에서 내려가 맞아 들였다.

"산 속에 거하는 사람으로 듣는 바 없어 대원수께서 행차하심을 전혀 알지 못하여 문 밖에 나아가 영접치 못하였소이다. 청컨대 원수는 이를 용서하시오. 그러나 아직 이곳에 오실 때가 아니오니 모름지기 전각에 올라 불전에 합장배례하고 곧 돌아가소서."

원수는 곧 부처님 앞에 나아가 향을 피워 재배하고 전각에서 내려오려고 곧 몸을 돌리다가 그만 발을 헛딛고 말았다.

그 서슬에 놀라 정신이 번쩍 들어 보니, 몸은 여전히 진의 한가운데 군막에서 책상을 의지하고 앉아 있고 군막 너머를 보자 동녘이 이미 밝았는지라, 원수는 이상히 여겨 여러 장수들을 불러들여 물었다.

"제공들도 나와 같은 꿈을 꾸었는가?"

장수들이 일제히 대답하기를,

"그러하옵니다. 소장(小將)들 역시 꿈에 원수를 따라 신병귀졸(神兵鬼卒)과 더불어 크게 싸워서 이를 격파하고 그 대장을 사로잡아 돌아왔으니, 이는 실로 도적을 격파하고 수괴(首魁)를 사로잡을 길조로소이다."

원수가 꿈에 겪은 일을 낱낱이 말한 후 장수들을 거느리고 백룡담에 올라가 보니, 부스러진 비늘과 깨어진 껍질이 땅에 가득 하고 흐르는 피가 내를 이루고 있었다.

원수가 곧 백룡담에 다가가 몸소 표주박을 들고 물을 떠서 먼저 맛을 보고 병든 군사들을 먹이자 그 병이 곧 깨끗이 나았다. 이 말을 전해들은 도적들이 몹시 두려워하여 곧 항복하고자 청하였다.

양 원수가 출전 이후로 승전을 알리는 첩보(捷報)를 잇따라 올리자 천자가 매우 기뻐하시고, 하루는 태후께 문안드리며 양소유의 공을 칭찬하시기를,

"오늘의 양소유가 옛날의 곽분양(郭汾陽)[3]과 같습니다. 그가 돌아오기를 기다려 즉시 승상(丞相)의 벼슬을 내려 세상에 드문 이 공을 갚을까 하옵니다. 그러하오나 공주의 혼사 문제를 아직 확정치 못했사오니 양소유가 마음을 돌려 명을 순순히 따르면 다행이거니와, 만일 또 고집을 부려 따르지 아니하면 큰 일이옵니다. 그 뜻을 꺾는 일이 아무래도 어려울 터요, 그렇다고 공신을 죄주지 못할 것이니, 실로 적당히 조처할 도리를 찾기 어려우니 극히 민망하옵니다."

"정 사도의 딸아이가 실로 아름답다 하고, 또한 소유와 더불어 기왕에 서로 보았다 하니, 소유가 어찌 즐겨 정혼한 여자를 버리겠는가? 소유가 변방에 나간 이 틈을 타서 조서를 내려 정녀로 하여금 다른 사람과 혼인케

---

3. **곽분양(郭汾陽)** 곽자의.

하면 소유의 소망도 끊길 터이니, 그때서야 어찌 군명(君命)을 따르지 않겠는가?"

상이 오래도록 대답치 아니하시더니 이윽고 말없이 일어나 나가셨다.

이때 난양 공주가 태후 곁에 앉아 있다가 이 말을 듣고 태후께 여쭈기를,

"태후마마의 하교는 사리에 크게 어긋나나이다. 정녀의 혼인 여부는 곧 그 집안의 일인데, 어찌 조정에서 이래라 저래라 할 수 있겠나이까?"

"이 일은 네게는 아주 중하고도 어려운 일이거니와 또한 나라의 큰 예절이기도 하다. 내 너와 함께 의논하였으면 한다."

"병부상서 양소유는 풍채와 문장이 만조 제신 중에서 가장 뛰어날 뿐 아니라 지난날 연주한 통소를 들은즉 너와 천생 연분인 것이 분명하다. 그러니 양소유 말고 다른 사람을 얻어 혼사를 할 생각은 말거라. 이제 소유가 돌아오거든 혼례를 먼저 치르고 소유로 하여금 정녀에게 다시 장가들어 첩으로 삼게 하면 소유도 감히 사양치 못할 것이다. 내 생각은 이러한데 너의 의향은 어떠하냐? 네 심중을 알지 못하여 이렇듯 주저하느니라."

이에 공주가 다시 여쭈기를,

"소녀는 살면서 지금까지 투기가 무엇인지 알지 못하옵니다. 그러니 어찌 정녀를 꺼려하겠습니까, 다만 양 상서가 정녀와 더불어 먼저 납채하였으니 이후에 첩으로 삼는다는 것은 예가 아닌 듯 하옵니다. 또한 정 사도는 누대(累代)의 재상이요, 명문거족인데, 이제 그의 여식으로 하여금 남의 집 첩살이를 하게 하는 것도 역시 어찌 억울하다 하지 않을 수 있겠사

옵니까? 이 또한 옳지 않은 듯하나이다."

그러자 태후가 물으셨다.

"그러면 네 생각으로는 어찌하면 옳은 듯하냐?"

공주가 대답하기를,

"국법에 정하기를 제후는 부인을 셋 둘 수 있다 하였사옵니다. 이제 양 상서가 공을 세우고 돌아오면 공이 크면 왕이요, 적어도 공후(公侯)는 될 것이옵니다. 하면 두 부인을 두는 것이 별로 분수에 넘치는 바는 아니오니, 그때 정녀에게 정실(正室)로써 장가들게 하심이 어떠하나이까?"

태후가 말씀하시기를,

"그것은 실로 안 될 말이다. 너는 선제(先帝)께서 매우 사랑하신 딸이요, 금상(今上)이 위하는 누이다. 실로 귀중하고 지위 또한 높은 몸이거늘 어찌 가당치 않게 여염집 여자와 더불어 어깨를 견주며 한 사람을 섬기겠느냐?"

공주가 이에 대답하기를,

"옛날의 성주(聖主)나 명군(明君)들도 어진 사람을 높이고 선비를 공경하여, 스스로 몸의 존귀함을 잊고 오직 그 덕을 사랑하여 만승(萬乘)[4] 천자의 몸으로서 필부를 벗 삼으셨사옵니다. 한데 어찌 제가 귀천을 가릴 수 있겠나이까?"

"소녀가 들으니 정녀의 용모와 절행이 뛰어나 비록 고금의 손꼽히는 열

---

4. **만승(萬乘)** 1만 대의 병거(兵車).

녀라 하여도 정녀에 미치지 못하리라 하더이다. 과연 이 말이 사실이라면 저와 같이 어깨를 견주어 한 낭군을 모시는 것은 오히려 소녀에게 다행한 일이요, 욕은 아닐 것이옵니다. 다만 사람들의 입에 오르내리는 말이란 틀리기 쉬워 그 허실을 믿기 어렵사오니 소녀가 되도록 몸소 정녀를 보고 그 용모와 재덕이 소녀보다 과연 나으면 우러러 섬길 것이요, 만일 그렇지가 못하면 첩을 삼게 하거나 시비로 삼게 하여도 개의치 않을 것이옵니다."

태후가 탄식하며 말하였다.

"재주를 시기하고 아리따움을 질투하는 것이 여자의 상정이거늘 내 딸아이는 남의 재주 사랑하기를 제 몸에 있는 것 같이 하고, 남의 덕행 공경하기를 목마른 사람이 물 찾듯 하니, 어미 된 사람으로 어찌 기쁜 마음이 없겠느냐. 네가 정녀를 한 번 보고 싶어 하니 내일 당장 정 사도에게 조서를 내려 보게 해주겠다."

공주가 여쭙기를,

"비록 마마의 명이 있어도 필연 정녀는 병을 칭하고 들어오지 아니할 것이옵니다. 그렇다고 재상가의 여자를 함부로 협박하여 부리시지는 못할 터이니, 도관(道觀)과 니원(尼院)에게 분부를 내리셔서 미리 정녀가 분향하는 날을 알아내시면 한 번 만나보기란 어렵지 않을 듯하나이다."

하자 태후께서,

"네 말이 그럴 듯하구나."

하시고 내시를 시켜 근처 도관에 두루 알아보시었다.

"우리 절에서 정 사도 댁의 불공을 올리긴 하오나 그 소저는 본디 절간

엔 왕래하지 아니하옵니다. 다만 삼일 전에 소저의 시비인 춘운이 소저의 명을 받고 발원하는 글을 부처님께 바치고 갔사오니, 바라건대 내관은 이 글을 가지고 태후 낭랑께 복명함이 어떠하시나이까?"

정혜원(定惠院)의 여승이 내시에게 이렇게 말하고 발원서를 주자 내시는 이를 응낙하고 돌아와 그 연유를 아뢰었다.

내시가 정 소저의 발원서를 올리자, 태후가 이르시기를,

"진실로 이 같을진대 정녀의 얼굴을 보기 어려울 것 같구나"

하시고 공주와 함께 그 발원서를 보시었다.

제자 정경패 삼가 백배하고 여러 부처님 앞에 비오며 비자(婢子) 춘운을 목욕 재계시켜 보내옵니다.

제자 경패는 죄악이 매우 무겁고 업장(業障)이 미진하여 여자의 몸으로 세상에 태어났으며, 또 형제의 즐거움조차 없사옵니다. 다만 제자가 전일에 이미 양씨의 남채를 받았기로 장차 몸을 양씨 문중에 맡기고자 하였사온데, 양랑이 부마 간택에 뽑히어 군명이 지엄하시니 제자는 양씨와 더불어 장차 어찌하오리까?

다만 하늘의 뜻과 사람의 일이 서로 어긋남을 한탄하며 기박한 이 몸이 여망(餘望)이 없사옵니다.

제자가 비록 몸은 허락지 아니하였으나 마음은 이미 허락하였사오며 아직은 부모 슬하에 의지함으로써 남은 세월을 보내고자 하였사온데, 이 몹시 궁박한 신세로 말미암아 일이 이렇게 되었사오니 일신의 한가함을 얻은 고로 이에 감히 부처님 앞에 정성을 올려 제자의 심정을 아뢰옵니다.

엎드려 바라옵건대 여러 부처님께서는 이를 통촉하시와 자비지심(慈悲之心)을 베푸셔서 제자의 늙은 부모로 하여금 상수(上壽)를 누리게 하시고, 제자의 몸으로 하여금 질병과 재앙이 없이 부모 앞에서 고운 색옷을 입고 자식을 길러

희롱하는 즐거움을 다하게 하옵소서. 부모가 백년해로를 하시고 돌아가신 다음에는 맹세코 부처님께로 돌아와 세속 인연을 끊고 경계하는 말씀을 복종하여 마음에 재계하고, 경문을 외며 몸을 정결히 하여 부처님 앞에 예배하여 부처님의 두터운 은혜를 갚을 것이옵니다.

또한 춘운이 본래 경패와 더불어 크게 인연이 있사와 겉으로는 비록 종과 상전이오나 정의는 형제와 같사오니 그가 일찍이 주인의 명으로서 양씨의 소실이 되었사온데, 일이 마음과 어긋나 아름다운 인연을 보존치 못하고 영원히 양씨와 하직하고 다시 주인에게 돌아왔사오니, 아무래도 사생고락을 같이 하겠사오니, 여러 부처님께서는 제자 두 사람의 가슴속을 굽어 살피시고 세세생생(世世生生)에 다시 여자로 태어나는 업을 벗어나게 하시와, 전생의 죄를 소멸하고 후세의 복을 주시며 좋은 땅에 환생(還生)하여 유쾌한 환락을 길이 누리게 하옵소서.

공주가 이를 보고 나서 눈썹을 찡그리며 이르기를,

"한 사람의 혼사로 말미암아 두 사람의 신세를 그르치게 하는 것이니, 이는 음덕(蔭德)에 크게 해로울 것이다."

이 말을 들으신 태후는 아무런 대꾸가 없으셨다.

이 무렵 정 소저는 부모를 모시고 조금도 자신의 신세를 원망하는 일없이 평안한 마음으로 보내고 있었다. 다만 최 부인이 매양 소저를 볼 때마다 슬프고도 섭섭한 마음을 이기지 못하고, 춘운 또한 소저를 모시고 문필과 기예(技藝)를 힘써 익히며 수심을 억제하고 세월을 보내자고 하였으나 저절로 마음이 타고 간장이 녹아서 점점 초초해 하여, 소저는 위로는 부모를 생각하고 아래로 춘운을 불쌍히 여겨 자못 심회가 산란하여 스스로 편안치 못하였으나 남들은 알지 못하였다.

소저가 모친의 답답한 마음을 위로하려고 풍악과 여러 구경거리를 구하여 수시로 받들어 노모를 즐겁게 하였다.

하루는 한 계집아이가 찾아와 수놓은 족자를 팔려고 하였다. 춘운이 받아 펴 보니 한 폭은 꽃 사이에 공작새가 있고, 다른 하나는 대숲에 자고새가 있었다. 춘운이 그 수놓은 솜씨를 보고 감탄하여 그 계집아이에게 기다리라 이르고는 족자를 들고 부인과 소저께 찾아갔다.

"아가씨는 늘상 제가 수놓은 것을 칭찬하셨는데, 시험 삼아 이 족자를 한번 보십시오. 이것이 선녀의 틀 위에서 나오지 않았으면 필연 귀신의 손으로 된 것이 아닌가 하옵니다."

정 소저가 부인 앞에서 족자를 펴보고는 몹시 놀라며 하는 말이,

"이즈음 사람으로는 이토록 공교한 솜씨가 없는데, 염색과 꾸밈새가 매우 산뜻한 것으로 보아 옛것도 아닌 것이 이상하구나."

곧 춘운을 시켜 그 계집아이에게 출처를 물어보니 아이가 대답하기를,

"우리집 아가씨께서 수놓은 것인데, 아가씨께서 요즘 객지에 계시므로 급한 용처가 생기셔서 값의 많고 적음은 따지지 않고 팔려 하시나이다."

춘운이 아이에게,

"너의 아가씨는 뉘댁 아가씨며, 또 무슨 일로 객지에 머물러 계시느냐?"

"우리 아가씬 이 통판(通判)[5]의 손아래 누이옵니다. 통판 어른은 대부인을 모시고, 절동(浙東) 고을에 벼슬을 사시러 가셨으나 아가씨는 병환이

---

5. **통판(通判)** 관직명.

있어 따라가지 못하옵고 외숙인 장 별가(別駕)[6] 댁에 머무르고 계셨사옵니다. 한데 별가 댁에 근일 사소한 연고가 있어 길 건너 연지점(嚥脂店) 사삼낭(謝三娘) 집을 빌려 임시로 거처하시면서 절동 고을에서 맞으러 오기를 기다리고 계시나이다."

춘운이 들어가 들은 말을 그대로 아뢰자 소저는 비녀와 가락지와 그 밖의 패물 등속으로 값을 넉넉히 주어 족자를 샀다. 소저는 산 족자를 대청에 높이 걸어놓고 날이 저물도록 바라보며 칭찬을 아끼지 않았다.

계집아이는 족자를 판 것이 인연이 되어 이 이후로 정 사도의 저택에 줄곧 출입하며 비복들과도 사귀게 되었다.

어느 날 소저가 춘운을 불렀다.

"이씨 여자의 수놓는 재주가 이처럼 뛰어나니 필연 비범한 사람일 듯하구나. 내가 시녀 하나를 보내어 계집아이를 따라가 그 소저의 용모를 보고 오라 하면 좋겠다."

하고는 곧이어 영리한 비자를 가려 뽑아 계집아이를 따라 가도록 하였다.

비자가 계집아이를 따라가 보니 몹시 협소한 여염집이라 아예 내외하는 법이 없었다. 이 소저는 정씨 댁 비자임을 알고는 음식을 마련하여 먹여 보냈다.

비자가 돌아와 춘운에게 말하기를,

"그 아가씨의 고운 태도와 아리따운 용모가 우리 아가씨와 아주 흡사하

---

6. **별가(別駕)** 관직명.

더이다."

하자 춘운은 이 말을 믿을 수 없어 몹시 나무랐다.

"수놓은 솜씨를 보아하니 결코 노둔(魯鈍)한 재질은 아니겠지만 어찌 그렇듯 지나치게 과한 말을 하느냐? 이 세상에 우리 아가씨와 흡사한 분이 있다는 말은 내 실로 믿지 못하겠다."

이 말에 비자가 대답하기를,

"가(賈) 유인(孺人)[7]이 정말 내 말이 의심스럽다면 딴 사람을 보내보시면 내 말의 진실함을 알 수 있을 것이오."

춘운이 달리 사람 하나를 보내어 알아보라 하였더니 그가 돌아와 말하였다.

"괴이하다, 괴이하다! 그 아가씨는 바로 천상선녀입니다. 먼저 사람이 한 말이 정말 옳으니 가 유인이 내 말도 의심스럽거든 몸소 가보심이 좋을 듯하오."

춘운이 시중드는 시비에게 말하기를,

"두 사람의 말이 다 허망하다. 두 눈이 없는 겐가?"

하고는, 서로 소리 내어 웃어대었다.

그로부터 수일이 지나자 연지점에 사는 사삼낭이 정씨 댁에 와서 부인을 뵈었다.

"요즈음 이 통판 댁 소저가 이 늙은 것의 집을 빌려 거처하시온데 그 소

---

7. **유인(孺人)** 생전에 벼슬하지 못한 사람의 아내를 높여 부르는 말.

저의 고운 용모와 묘한 재주가 실로 처음 보는 바이옵니다. 그 소저가 정 소저의 현숙한 절행을 깊이 사모하여 서로 한 번 만나 말씀을 듣고자 하나 부끄럽고, 또한 매우 어려운 일이오라 선뜻 말씀을 못하였사옵니다. 한데 이 늙은 것이 부인께 자주 나와 뵙는 것을 알고는 부인께 아뢰어보라 하시기에 이렇듯 와서 아뢰나이다."

부인이 즉시 정 소저를 불러 사삼낭이 전한 이 소저의 뜻을 말하였다. 소저가 여쭙기를,

"소녀의 몸이 다른 사람과는 달라 얼굴을 들고 남과 대면하는 일을 않고자 하였사오나, 듣자하니 이 소저의 사람됨과 범절(凡節)이 모두 그 수놓은 솜씨와 같다 하니 역시 한 번 만나보고자 하옵니다."

이 말을 전해들은 사삼낭 노파가 기쁨을 이기지 못하고 돌아갔다.

이튿날이 이 소저가 비자를 보내어 온다는 말을 먼저 알리고, 느직하여 휘장을 드리운 소옥교(小玉轎)를 타고 시비 몇 사람을 거느리고 정 사도 저택에 이르렀다. 정 소저가 침방(針房)으로 맞아들여 정 소저와 이 소저, 주객이 동서로 마주앉아 보니 서로에게서 광채가 나 방안이 찬란하여 둘 다 몹시 놀라지 않을 수 없었다.

정 소저가 먼저 말하기를,

"지난번에 시비들의 인연으로 이 근처에 계시다는 말씀을 들었사옵니다. 하나 이 몸이 신세가 기구한 사람이라 인사를 전폐하고 있기에 문후치 못하더니, 이제 소저께서 욕되이 왕림하시니 감격하고 죄송하여 사례할 바를 알지 못하겠습니다."

하자, 이 소저가 대답하였다.

"소매(小妹)는 우둔한 사람이라, 부친을 일찍 여의고 모친이 편벽되게 사랑하여 평생에 배운 것이 없사오며, 또한 아무런 재주도 가려낼 것이 없사옵니다. 하여 스스로 한탄하기를 '남자는 뜻을 사방에 두어서 어진 벗을 사귀어 서로 배우고 서로 타일러주는 일이 있거니와, 여자는 집안 식구와 비복 외에는 다시 대하는 사람이 없으니 규중이 막혔도다' 하고 지냈더이다."

"제가 공손히 듣자니 저저(姐姐)[8]께서는 반소(班昭)[9]의 문장에다 맹광(孟光)[10]의 덕행을 겸하여 몸을 중문 밖에 나지 아니하시고도 그 이름이 이미 구중궁궐에 들리셨다 하더이다. 소매가 이러한 연고로써 스스로의 비루함을 헤아리지 못하고 성덕의 광채를 접하고자 원하였더니, 이제 소저께서 버리지 않으시어 은혜를 입었사오니 족히 소매의 평생의 소원을 이루게 되었습니다."

정 소저가 답사하기를,

"저저 말씀이 바로 소매의 마음속에 있던 바입니다. 규중에 매인 몸이라 출입에 걸림이 있고 이목에 가림이 많으므로, 본디 창해(蒼海)의 물과 무산(巫山)의 구름을 알지 못하는 것, 이 또한 옅고 짧은 지식의 탓인데, 어찌 이를 괴이하다 하겠습니까? 이는 바로 형산(荊山)의 옥이 광채를 묻고

---

[8]. **저저(姐姐)** 여형(女兄).
[9]. **반소(班昭)** 동한(東漢)의 여류 문학가.
[10]. **맹광(孟光)** 동한(東漢)의 여인으로 용모가 누추하고 볼품이 없었음. 거안제미(擧案齊眉)의 고사의 주인공.

자랑하기를 부끄러워하며, 늙은 조개 속의 구슬이 고운 빛을 감추어 스스로 보배가 되는 것과 같습니다. 그러나 소매 같이 고루한 사람이 어찌 감히 저저의 과분하신 칭찬을 받겠습니까?"

하고 이어서 다과를 내어놓고 환담을 주고받았다.

이 소저가 말하기를,

"소문에 듣자오니 댁내에 가 유인(孺人)이란 사람이 있다 하오니, 어떻게 한 번 볼 수 없겠습니까?"

하자, 정 소저가 이에 대답하였다.

"소매도 역시 저저께 뵙게 하려 했습니다."

이에 춘운을 불러 이 소저를 뵈라 부르자, 이 소저가 일어나 춘운을 맞는데 이 소저를 본 춘운이 놀라며 탄복하여 마음속으로 말하였다.

'전날의 두 사람 말이 과연 옳구나! 하늘이 이미 우리 소저를 내시고도 또다시 이 소저를 내셨으니, 참으로 하늘의 뜻은 측량할 수 없도다.'

이 소저 또한 속으로 헤아리기를,

'가녀(賈女)의 소문은 익히 들었으나 직접 보니 그 사람됨이 소문보다 월등하니 양 상서가 어찌 아끼며 사랑하지 않겠는가? 마땅히 진 중서(秦中書)와 더불어 어깨를 견줄 만하니, 만일에 가녀로 하여금 진녀를 본받게 하면 어찌 윤 부인(尹夫人)의 울음을 본받지 않을 수 있으리오? 대저 상전과 종의 자색이 이렇듯 빼어나고 재주 또한 뛰어나니, 양 상서가 어찌 놓을 수 있겠는가?'

곧 춘운과 더불어 가슴속을 털어놓고 이야기하게 되니, 그 정다운 마음이 정 소저와나 다를 바 없었다.

이윽고 이 소저가 작별 인사를 하며 말하기를,

"날이 이미 늦었으므로 더 많은 이야기를 하지 못하겠습니다. 소매가 거하는 집이 댁과 단지 길 하나를 사이에 두었을 뿐이니 한가한 틈을 타서 다시 찾아와 나머지 말씀을 듣는 것이 마땅한 듯하옵니다. 안타까우나 이만 일어나겠습니다."

정 소저가 이에 답사하기를,

"왕림하심을 오래 붙잡고 또한 좋은 말씀을 들었으니 마땅히 당 아래로 내려가 사례할 일이나 소매의 처신이 남과 다른 고로 감히 외람되게도 한 걸음도 문 밖으로 나서지 못하니, 바라건대 저저께서는 그 허물을 용서하시고 그 정을 받아 주십시오."

두 사람이 작별할 때 오직 섭섭함을 이기지 못하여 차마 서로 손을 놓지 못하고 망설였다.

이 소저가 떠난 후 정 소저가 춘운한테 이르기를,

"보검(寶劍)이 비록 칼집 속에 감춰져 있어도 그 광채는 두우(斗牛)[11]를 쏘고 늙은 조개가 비록 바다에 잠겨있으나 기운이 누대(累代)를 이루거늘, 우리가 모두 다 같은 성안에 살면서 이 소저의 소문을 진작 듣지 못하였으니 심히 괴이하다."

춘운이 여쭈기를,

---

11. **두우(斗牛)** 28숙(宿) 중의 두성(斗星)과 우성(牛星).

"천첩의 마음에 의심이 한 가지 있사옵니다. 저에게 양 상서가 늘 말씀 하시기를 화주(華州) 진 어사(秦御使)의 딸과 더불어 누각 위에서 서로 얼 굴을 보고 객사에서 서로 글을 나누어 아름다운 언약을 맺었으나, 진 어사 댁의 환란으로 말미암아 일이 어긋났다 하셨습니다. 양 상서께서 진녀(秦 女)가 절세의 미인이라 칭찬하셨고, 첩이 양류사(楊柳詞)를 본 바로는 진 실로 재주 역시 있는 여자였사옵니다. 혹시 그 여자가 본 성명을 감추고 아가씨를 사귐으로써 전날의 인연을 이루고자 함이 아닐까요?"

정 소저가 말하기를,

"나도 역시 다른 길로 진씨의 아리따움을 들었다. 진녀의 집이 환란을 만나 궁녀가 되었다 하니 비록 이 소저와 비슷한 점이 있다 한들, 어찌 쉽 게 이곳에 올 수 있겠느냐?"

하고, 부인을 뵈러 들어갔다.

정 소저가 부인 앞에 앉아 이 소저를 칭찬하여 마지않자 부인이,

"나도 이 소저를 한 번 청하여 보았으면 하노라."

하고 청하였다.

수일 후 정 사도 댁에서 시비를 시켜 이 소저의 왕림을 청하자 이 소저 는 흔연히 응낙하고 정 사도 저택에 이르렀다. 부인이 이 소저를 맞을 때 섬돌에 내려가 맞아들이자 이 소저는 자질(子姪)[12]의 예로써 부인을 대하 였다.

---

[12] 자질(子姪) 자식과 조카.

부인이 이를 매우 사랑하여 방 안에 들이고 가까이 앉혔다.

"일전에 소저가 오로지 딸아이를 찾아 두터운 정을 드리우니 이 늙은 몸이 진심으로 감사하였으나 그때는 신병이 있어 제대로 접대하지 못하였다. 지금까지도 그것이 부끄러워 한탄하는 바이다."

이 소저가 엎드려 공손히 대답하였다.

"저저께서 천상의 선녀 같다하는 말을 듣고 이 몸이 사모하여 한 번 뵙고자 하였으나 멀리 내치실까 두려워하였사옵니다. 하나 저저께서 한 번 만나자 형제의 의로써 이 몸을 대접하시고 부인께서 또 자질의 예로 대하시니 이 몸의 소망에 과하옵니다. 이 몸이 다하도록 문하에 출입하며 친어머님같이 섬기려 하옵니다."

"나에게는 과분한 말이다."

부인은 두 번 세 번이나 거듭하여 말하였다. 정 소저는 이 소저와 더불어 반나절 넘어 부인을 모시고 앉아 정담을 나누다가 일어났다.

뒤이어 이 소저를 침방으로 청하여 춘운과 함께 세 사람이 마주 앉아 은은하고 부드럽게 울리는 목소리로 즐겁게 한담을 주고받으니, 마음이 서로 통하고 따뜻한 정 또한 서로 두텁게 들었다. 셋이 모여 고금의 문장을 평론하고 부녀자의 덕행을 논의하는 사이 햇볕이 이미 서창에 비끼는 줄도 깨닫지 못하는 듯하였다.

이 소저가 돌아간 다음에 부인이 소저와 춘운을 불러 말하였다.

"내게는 친정과 시댁의 친척이 매우 많아 거의 천을 헤아리는지라 어려서부터 아름다운 자색을 많이 보았으나 하나같이 다들 이 소저를 따르지 못하였다. 이 소저가 실로 우리 아이와 마찬가지로 견줄 만하니 의형제를 맺으면 정말 좋을 듯하구나."

소저가 부인의 말에 춘운과 이야기했던 바를 여쭈고 진씨녀의 이야기도 역시 아뢰었다.

"춘운이 아무래도 의심을 하지 않을 수 없다 하나 소녀의 소견은 춘운의 생각과는 다르옵니다. 이 소저는 자색 외에도 기상의 표일(飄逸)함과 몸차림의 단정함이 여염집이나 사대부집 부녀자들과는 각별 달랐사옵니다. 한데 어찌 진씨와 같다는 말로 비기겠습니까? 소녀가 듣자니 난양 공주의 용모와 마음씨가 아름답다 하니, 혹 감히 두려운 말씀이나 이 소저의 기상이 아마 난양 공주인 듯하옵니다."

"나도 역시 공주를 본 적이 없으니 함부로 억측은 하지 못하겠구나. 하나 공주가 비록 높은 자리에 있어 빛나는 이름은 얻었을 터이나, 어찌 이 소저와 같을 수 있단 말이냐?"

소저가 다시 부인에게 여쭈기를,

"이 소저의 종적(縱迹)에 다소 의심 가는 바가 있사오니, 훗날 춘운을 보내어 이 소저를 따라가서 그 동정을 살펴보라 하겠습니다."

이튿날 정 소저가 춘운과 더불어 바야흐로 이 일을 의논하려 할 때 이 소저의 계집종이 말을 전하러 정 사도 댁에 이르렀다.

"우리 아가씨께서 마침 절동으로 되돌아가는 배편을 얻어 내일 떠나려 하시옵니다. 하여, 오늘 댁에 들어와 부인과 소저께 작별 인사를 드리려 하시나이다."

정 소저가 중당(中堂)을 깨끗이 소재하고 기다리자 이윽고 이 소저가 당도하였다는 기별이 왔다. 이 소저는 부인과 정 소저를 만나보고 곧 서로 이별하는데 애틋한 정이 아득하여 마치 방탕한 남자가 미녀를 보내는 것과 같았다.

이 소저가 갑자기 일어나 재배하고 말하였다.

"소질(小姪)이 모친 슬하를 떠나 오라버님과도 이별한 지 이미 한 돌이 되옵니다. 돌아가고 싶은 마음이 화살 같사와 아무래도 더 머무르지 못할 듯하옵니다. 다만 부인께서 베푸신 은덕과 저저의 두터운 정의로 인하여 마음이 실과 같아 풀고자 하오나 다시 맺어지나이다."

"소질이 이에 드릴 말씀이 있습니다. 저저께 드릴 청이 하나 있사오니 혹여 들어주지 않으실까 두려워 먼저 부인께 여쭈나이다."

하고는 주저하며 말을 하기를 꺼려하며 아니하였다.

부인이 묻기를,

"낭자가 간청하고자 하는 것이 무엇이냐?"

이 소저가 대답하되,

"소질이 선친을 위하여 줄곧 남해대사(南海大使)의 화상을 수놓아 오다가 이제 겨우 마쳤사옵니다. 한데 오라버니는 절동 고을에 있고 소질은 여자의 몸이라 아직 글하는 사람의 화상찬(畵像讚)을 받지 못하였사옵니다. 하여 장차 수놓은 것이 허사가 되지 않을까 걱정이 되옵니다. 그 동안의 수고가 매우 아까운 고로, 소저의 두어 귀 글과 두어 줄 글씨를 받았으면 하옵니다. 다만 수의 폭(幅)이 매우 넓어서 펴고 접기에 어렵거니와 또 더럽힐까 염려되어 감히 가져오지 못하였사오니, 부득이 잠깐 저저를 모셔다가 글과 글씨를 얻어 소녀의 어버이를 위하는 효성을 완전케 하고 또한 그것으로써 먼 길 떠나 서로 이별하는 회포를 위로케 하였으면 하고 바라옵니다. 소저가 저저의 의향을 알지 못하여 감히 바로 청하지 못하옵고 부인께 우러러 사뢰나이다."

부인이 돌아보며 이르기를,

"네가 비록 가까운 친척의 집이라도 본래 왕래하지 아니하였으나 이제 이 소저가 청하는 바가 대체로 어버이를 위하는 지성에서 나온 것이고, 하

물며 낭자의 거처하는 집이 지척이니 잠시 갔다 온다 하여도 어려운 일이
아닐 듯하구나."

정 소저가 처음에는 어려운 기색이 있더니 다시 한번 돌려 생각하고는
곧 깨달아,

'이 소저의 갈 길이 바쁘니 아무래도 춘운을 보내지 못할 것이다. 내 이
기회를 틈 타 가서 그 종적을 탐지하리라.'

하고 이에 모친께 아뢰기를,

"이 소저의 청하는 바가 등한한 일이었다면 실로 허락하기 어려우나, 어
버이를 위하는 효성으로 하는 일이라 사람마다 감동하는 바이니 어찌 따
르지 아니하오리까? 그러나 날이 어둡거든 가볼까 하나이다."

이 소저가 매우 기뻐하며 사례하되,

"날이 저물면 글씨 쓰시기가 어려울 듯하옵니다. 저저께서 만일 길이 번
거로움을 꺼리어 그러신다면 소매가 타고 온 교자가 비록 누추하긴 하나
두 사람의 몸을 쉬이 용납할 터이오니, 함께 가셨다가 저녁에 돌아오심이
어떻습니까?"

정 소저가 대답하기를,

"저저의 말씀이 매우 합당합니다."

하기에, 이 소저는 부인께 엎드려 작별인사를 드리고 또 춘운의 손을 잡고
이별의 인사를 나누었다.

이 소저와 정 소저가 사도 댁의 시비 몇 사람을 뒤따르게 하고는 한 교
자를 타고 길을 떠났다.

정 소저가 이 소저의 침방에 와서 보니 벌여놓은 것이 그다지 번다치는[1] 아니하되 모두 훌륭한 물건들이요, 나오는 음식은 비록 간소하나 맛이 비길 데 없이 좋은지라, 유심히 보니 하나 같이 다 의심할 만하였다.

이 소저가 오래도록 글 받을 말을 꺼내지 아니하고 날이 점점 저물어가자 정 소저가 이에 묻기를,

"대사의 화상은 어느 곳에 봉안하였습니까? 소매는 급히 서둘러 물러나고자 합니다."

이 소저가 대답하기를,

"저저로 하여금 받들어 구경케 하는 것이 마땅한 일이지요."

말을 겨우 마치자마자 홀연 거마(車馬) 소리가 문 밖에 들리고 기치(旗幟)가 길 위에 널리자, 사도 댁 시비들이 놀라 황망히 아뢰었다.

"한 무리의 군병이 이 집을 에워싸옵니다. 낭자, 낭자. 장차 어찌 하리이까?"

정 소저는 이미 기미를 알고 태연히 앉아 아무 말이 없자 이 소저가 말하기를,

"저저께서는 안심하십시오. 소매는 다른 사람이 아니라 난양 공주 소화(簫和)이옵니다. 저저를 이리로 맞아온 것은 곧 황태후의 명입니다."

이에 정 소저가 자리를 피하며 대답하되,

"여염에 사는 미천한 소녀로 비록 높은 지식은 없으나 하늘이 내시는 귀

---

1. **번다하다** 번거롭게 많다.

골(貴骨)이 우리와는 다른 줄은 아옵니다. 공주께서 찾아오신 것은 천만뜻밖의 일이옵니다. 이미 존경하는 예를 갖추지 못하였고 또 무례히 행동한 죄 많사오니 엎드려 비옵니다. 공주께서는 어서 죄벌을 내리소서."

공주 미처 대답치 못하는데 시녀가 아뢰기를,

"태후마마께서는 설 상궁(薛尙宮)과 왕 상궁(王尙宮)과 화 상궁(和尙宮)을 명하여 보내셨사옵니다. 공주께 문안 여쭈나이다."

공주가 정 소저한테 이르기를,

"소저는 여기 잠깐 머물러 있으십시오."

하고, 곧 나아가 당상에 앉으니 세 상궁이 차례로 들어와 예(禮)를 마치고 엎드려 아뢰었다.

"공주께서 대내(大內)를 떠나신 지 이미 여러 날이 되오니 태후마마께서 뵙고 싶은 마음이 간절하시옵니다. 또한 황상폐하께서도 소녀들로 하여금 문후 여쭈게 하셨사옵니다. 오늘이 곧 공주께서 환궁하실 날인지라 거마(車馬)와 의장(儀仗)을 벌써 다 밖에 대령하였사옵니다. 황상께서 조 태감(趙太監)을 명하사 배행케 하셨나이다."

하고 세 상궁이 또 아뢰되,

"태후마마께서 하교하시기를, 공주께서는 정 낭자와 더불어 연을 타고 같이 궁에 들어오라 하시더이다."

공주가 세 상궁을 밖에 머무르게 하고 들어와 정 소저에게 이르기를,

"다른 말들은 조용한 때를 기다려 자세히 하려니와, 태후마마께서 보고자 하시어 지금 마루에 납시어 기다리신다 합니다. 소저는 사양치 말고 소

매와 함께 궁에 들어가 더불어 태후마마를 뵈는 것이 옳을까 합니다."

정 소저는 아무래도 피할 수 없는 것을 알고 대답하기를,

"소첩, 이미 공주께서 사랑하심을 입었사오나 여염의 여자로 일찍이 한 번도 지존(至尊)을 뵙지 못하였사오니 예의에 어긋남이 있을까 두렵나이다."

공주가 말하되,

"태후께서 소저를 보고자 하시는 마음이 어찌 소매가 소저를 보고자 하는 마음과 다르겠습니까? 소저는 조금도 의심 마십시오."

정 소저가 말하기를,

"공주께서 먼저 행차하시면 첩이 집에 돌아가 이 사연을 노모께 말하옵고 곧 뒤따라가는 것이 마땅할까 하옵니다."

공주가 말하기를,

"태후마마께서 이미 하교하시어 소매로 하여금 연을 같이 타라 하시었습니다. 그 말씀하시는 뜻이 정중하시니, 소저는 더 사양하지 마십시오."

정 소저가 다시 한번 사양하기를,

"소첩이 미천한 신하된 자로 어찌 감히 공주와 연을 함께 탈 수 있겠사옵니까?"

공주가 이에 타이르기를,

"강 태공(姜太公)²은 위수(渭水)의 어부였으나 주나라 문왕(文王)의 수레를 함께 탔고, 후영(侯嬴)³은 이문(夷門)의 문지기로되 신릉군(信陵君)⁴과 함께 말고삐를 잡았으니, 진실로 어진 이를 높이고자 할진대 어찌 감히 신

분의 귀함을 가리겠습니까? 또한 저저는 후백(侯伯)[5]의 대가요, 대신(大臣)의 집안 딸이니 어찌 소매와 더불어 연 타기를 어렵게 생각하겠습니까?"

하고 드디어 손을 끌어 같이 연에 올랐다.

정 소저는 시비 한 사람을 시켜서 돌아가 부인께 아뢰게 하고 시비 한 사람은 뒤를 따라 궁중으로 들어가게 하였다.

공주와 정 소저가 연에 동승하여 동화문(東華門)으로 들어가 겹겹이 싸인 아홉 문을 지나 협문 밖에 이르렀다. 공주가 연에서 내려 왕 상궁한테 이르기를,

"상궁은 소저를 모시고 잠깐 여기서 기다리라."

왕 상궁이 여쭈기를,

"태후마마의 명을 받들어 이미 정 소저의 막차(幕次)[6]를 배설하였나이다."

공주가 기뻐하며 정 소저에게 잠시 막차에서 머물러 있으라 하고는 안으로 들어가 태후를 뵈었다.

태후가 본디 처음에는 정씨에게 좋은 마음이 없었으나, 공주가 미복(微服)을 하고 정 사도 집 근처에서 임시 거처하면 한 폭 수족자가 인연이 되

---

2. **강 태공(姜太公)** 여상(呂尚). 주(周)의 정치가. 늙어서 낚시에 스스로 몸을 숨겼더니 문왕(文王)이 출렵하다가 위수에서 만나서 그를 스승으로 삼았으며, 무왕(武王)은 그를 높여서 사상부(師尚父)라 하였음.

3. **후영** 전국시대 위(魏)의 은사. 집이 가난하여 나이 70에 감자(監者)가 되었으며 신릉군(信陵君)이 후한 패물로 맞이하려 하였으나 거절하자 친히 가서 맞이했음.

4. **신릉군(信陵君)** 위(魏)의 왕자. 성품이 어질고 선비를 좋아하며 식객이 3천 명이나 되었음.

5. **후백(侯伯)** 대대로 높은 벼슬을 한 집안.

6. **막차(幕次)** 임시로 막을 지어 임금이나 귀족, 고관들이 머무르던 곳.

어 정씨와 인연을 맺어 사귀고 그 자색과 덕행을 공경하고 사모하며 뒤이어 정의가 친밀하여지고, 또 한편으로는 양 상서가 결국 정씨를 버리지 않을 것을 알고 서로 사랑하여 언약하고 형제의 의(義)를 맺고는 장차 한 집에서 한 사람을 섬기고자 하여 자주 글을 올려 태후께 극진히 간함으로써 마음을 돌리시게 되었다.

태후가 이에 크게 깨닫고 공주와 정녀가 양소유의 두 부인이 되는 것을 허락하고자 하고는 친히 그 용모를 보고자 하시어 공주를 시켜서 계책을 내어 데려오게 하셨던 것이다.

정 소저가 막차에서 잠깐 쉬는 차에, 궁녀 두 사람이 내전으로부터 옷이 담긴 함(函)을 받들고 나와서 태후의 명을 전하였다.

"정 소저가 대신의 딸로서 재상의 예폐(禮幣)를 받았는데도 불구하고 아직도 결혼하지 않은 처자의 옷을 입고 있으니, 아무래도 평복으로는 내게 조회하지 못할 것이므로 각별히 일품명부(一品命婦)[7]의 장복(章服)을 주노니 입고 입시하여라."

정 소저가 재배하고 대답하기를,

"소첩이 처자의 몸으로 어찌 감히 명부의 복장을 갖출 수 있겠사옵니까? 신첩이 입은 옷이 비록 간단하고 단정치 못하오나 부모 앞에서 입는 옷이옵니다. 태후마마께서는 곧 만민의 어버이가 되시니, 엎드려 비옵건대 부모를 만나는 의복으로써 들어가 조회하고 싶사옵니다."

---

[7]. **일품명부(一品命婦)** 일품 벼슬의 아내.

궁녀가 그대로 아뢰자 태후가 매우 기특하게 여기시고 곧 정씨를 불러 들여 보시니, 좌우의 궁녀들이 다투어 보고 흠모하여 탄식하기를,

"내 속으로 아름답고 고운 이는 우리 공주님뿐일 것이라 생각하였더니, 어찌 또 정씨가 있을 줄을 알았을까?" 하였다.

정 소저의 절이 끝나자 궁녀가 인도하여 전상에 오르도록 하였다. 태후가 앉으라 명하고는 하교하시기를,

"지난번 공주의 혼사일로 말미암아 조칙을 내려보내 양 상서의 예폐를 도로 거두어들이게 한 것은 나라 법을 좇아 공사를 분별하려 한 것으로, 과인의 뜻한 바는 아니었다. 공주가 '새 혼사로 말미암아 옛 언약을 저버리게 하는 것은 어진 임금으로서 인륜(人倫)을 바르게 하는 도리가 아니라' 하고 극진히 간하고, 또 너와 더불어 한가지로 양소유의 부인 되기를 원하기에 내 황상께 상의하여 공주의 뜻을 따르기로 하였다. 장차 양소유가 돌아오기를 기다려 다시 예폐를 원래대로 보내게 하고 너로 하여금 공주와 함께 그의 부인이 되도록 할 것이다. 예로부터 오늘에 이르기까지 이런 은전(恩典)은 전무후무하기로 이제 이를 너에게 일러둔다."

정씨 엎드려 사은하기를,

"은덕이 너무 융중(隆重)하시어 차마 신하된 자로서는 바라지 못할 일이옵고 또한 신첩의 우매한 천질(賤質)로는 도저히 보답하지 못할 일인 듯하나이다. 그러하오나 신첩은 신하의 딸이라 어찌 감히 공주와 더불어 같은 반열(班列)에 오르고 또한 그 위(位)를 가지런히 할 수 있겠나이까? 신첩이 설혹 명을 따르고자 할지라도 부모가 필연 죽기로써 조칙을 받지 아니할

것이옵니다."

태후가 이르시기를,

"비록 너의 겸손함이 가상하기는 하나 너의 집은 대를 거듭한 후백(侯伯)이요, 너의 부친 정 사도(司徒)는 선조(先祖)[8]의 노신이라 나라에서의 예우(禮遇)가 남과 다르다. 굳이 신자의 도리를 지키지 않더라도 되느니라."

소저가 대답하여 여쭈기를,

"신하된 자의 도리로 군명(君命)을 순수[9]하는 것은 만물이 스스로 때를 따르는 것과 같으니, 끌어올려 시녀를 삼으시건 내려서 비복을 삼으시건 어찌 천명을 거역할 수 있겠사옵니까마는, 양소유 또한 어찌 마음이 평온할 수 있겠나이까? 따르지 못하겠나이다. 신첩이 본래 다른 형제가 없고 또한 부모가 이미 많이 연로하였사오니, 신첩의 간절한 소원은 다만 정성을 다하여 부모를 공양(供養)하고 그로써 남은 세월을 마치려 할 따름이옵니다."

태후가 타이르되,

"너의 부모를 위하는 효성과 처신하는 도리는 가히 지극하다 할 것이나, 비록 물건 하나라 하여도 어찌 그 있을 곳을 얻지 못하게 하겠느냐? 하물며 너는 백 가지로 아름답고 흠도 찾기 어려우니, 어찌 양소유가 기꺼운 마음으로 너를 버리겠느냐? 공주 또한 양소유와 더불어 통소 한 곡조로써

---

[8]. **선조** 먼저 임금, 돌아가신 선왕.
[9]. **순수** 거스르지 않고 받아들임.

백년연분임을 증험하였으니 하늘이 정하는 바를 사람이 가히 폐하지 못할 것이 아니겠느냐?"

"또한 양소유는 일대호걸로, 만고에 다시없는 재사이니 두 부인에게 장가드는 것에 무슨 불가함이 있겠느냐? 과인에게 본래 딸 둘이 있었는데 난양 공주의 형이 열 살에 요절하여 난양의 외로움을 염려하였었다. 이제 너를 보니 죽은 내 딸을 본 듯한지라, 내 너를 양녀로 삼고 황상께 말씀드려 너의 위호(位號)를 정하고자 한다. 첫째는 내 딸을 사랑하는 정을 표하고, 둘째는 난양이 너를 사귀어 가까이하는 뜻을 이루게 하고, 셋째는 너로 하여금 난양과 더불어 한가지로 소유에게로 돌아가는데 난처한 일이 없게 하려함이다. 이에 네 뜻은 어떠하냐?"

소저가 머리를 조아리고 사양하기를,

"저에 대한 처분을 이렇듯 하시니 신첩이 복에 겨워 죽지 아니할까 염려되나이다. 다만 바라옵기는 곧 과한 처분을 도로 거두시어 그로써 신첩을 편케 하시기를 간청하옵니다."

태후가 이르시기를,

"내 황상께 주달[10]하여 곧 결정을 내릴 터이니 너는 지나치게 고집하지 말라."

하시고 공주를 불러들여 정 소저를 보게 하시었다.

공주가 장복[11]을 갖추고 위의를 보이며 와 앉아 정 소저와 더불어 서로

---

10. **주달** 왕에게 아룀.
11. **장복** 왕실과 관리들이 궁중에서 입던 관복.

대하자, 태후가 웃으시며 말씀하시기를,

"공주가 정 소저와 더불어 형제 되기를 원하더니 이제 참형제가 되었으니 뉘가 형인지 뉘가 아우인지 분별하지 못하겠구나. 공주는 마음에 이제 다른 한은 없느냐?"

하시고 뒤이어 정씨를 양녀로 삼으려는 뜻을 공주에게 말씀하시니,

공주가 매우 기뻐하며 일어나 사례하였다.

"마마의 처분이 지극하신 바입니다. 자나 깨나 바라던 소원을 성취하였으니 이 즐거움을 어찌 가히 다 아뢰올 수 있겠사옵니까?"

태후가 정씨를 대접함을 관곡(款曲)[12]히 하시고 옛날 문장을 논의하시다가 이에 정 소저에게 이르시기를,

"내 일찍이 공주에게 들으니 네가 음풍영월하는 재주가 있다고 하더구나. 이제 궁중의 일이 무사하고 봄 경치가 좋으니 한 번 읊어봄이 어떠하냐? 아끼지 말고 그로써 즐거움을 도우라. 옛사람 중에 칠보시(七步詩)[13]를 지은 자가 있었는데 너 또한 능히 하겠느냐?"

정 소저가 엎드려 사뢰기를,

"이미 명을 받들었으니 재주를 다 하여 한 번 웃으심을 자아내고자 하옵니다."

태후가 궁중에서 걸음 빠른 사람을 골라내어 전각 앞에 세우고 글제를 내어 정 소저를 시험하고자 하시자, 공주가 아뢰었다.

---

12. **관곡(款曲)** 정답고 친절함.
13. **칠보시(七步詩)** 일곱 걸음을 걷는 동안 짓는 시.

"저저에게 홀로 시를 짓게 하시는 것은 소녀의 마음이 미안하옵니다. 소녀 또한 저저와 더불어 시험을 치르는 것이 마땅하다고 여겨지나이다."

태후가 더욱 기꺼워하시며,

"공주의 뜻이 또한 옳도다. 그러나 맑고 새로운 글제를 얻은 연후에야 글 생각이 저절로 날 것이다."

하시고 바야흐로 옛글을 생각하시는데, 이때가 바로 늦은 봄이라 벽도화(碧桃花)가 난간 밖에 만발하였는지라, 갑자기 까치가 기쁘게 우짖으며 벽도화 나뭇가지 위에 앉았다.

태후가 까치를 가리키며 말씀하시기를,

"내 바야흐로 너희들의 혼인을 정하자 저 까치가 가지 위에서 기쁨을 알리며 우니 이는 분명 길조렷다. 벽도화 가지 위에서 까치의 즐거운 울음소리를 들은 것으로 글제를 삼아 각기 칠언절구 한 수를 짓되, 글 속에 반드시 정혼하는 뜻을 넣어라."

하고 곧 궁녀에게 명하시어 각각의 문방제구(文房諸具)를 벌여 놓으셨다.

공주와 정 소저가 붓을 잡자 전각 앞에 서있던 궁녀가 이미 발걸음을 옮기고 있었는데, 속마음에 혹시 자신의 일곱 걸음 안에 두 사람이 미처 글을 짓지 못할까 두 사람의 붓 놀리는 것을 돌아보고 다음 발걸음 띄기를 더디게 하나, 두 사람이 모두 붓의 빠르기가 바람과 소낙비 같아서 동시에 써서 바치니 궁녀가 겨우 다섯 걸음을 걸은 후였다.

태후가 먼저 정씨의 글을 보시니, 그 글을 읊기를,

궁궐 봄빛이 벽도에 취하였으니
교교한 좋은 새의 말이 어디서 오는가?
다락 머리에서 어기[14]가 새 곡조를 전하니
남극의 하늘꽃이 까치와 더불어 깃들이더라.

다시 공주의 글을 보시니, 읊었으되,

봄이 액정[15]에 깊어 백화가 번성하니,
신령스러운 까치가 날아와 기꺼운 말을 아뢰더라.
은하수에 다리를 놓으니 모름지기 노력하여
일시에 나란히 두 천손[16]이 건너가더라.

태후가 읊어보며 탄식하면서,

"내 두 딸아이는 여자 중에 청련(淸漣)[17]과 조자건(曹子建)[18]이로다. 만약 조정에서 여자를 진사로 뽑는다면 마땅히 감시장원(監試壯元)[19]과 탐화(探花)를 차지할 것이다."

하시고는 두 장을 바꿔 공주와 정씨에게 보이자 두 사람이 각기 서로를 공경하여 탄복하였다.

14. **어기** 궁중에 있는 기녀.
15. **액정** 궁중.
16. **천손** 난양 공주가 자기와 정 소저를 이름.
17. **청련(淸漣)** 이태백.
18. **조자건(曹子建)** 조조의 아들로 천재시인.
19. **감시장원(監試壯元)** 생원진사시, 조선시대 과거시험의 하나.

공주가 태후께 아뢰되,

"소녀가 비록 한 수를 채운긴 하였으나 그 글뜻이야 누가 능히 생각하지 못하였겠습니까, 저저의 글은 매우 정묘하여 소녀의 글에 미칠 바가 아니옵니다."

태후가 말씀하시기를,

"그러하다. 그러나 공주의 글도 적이 영민함이 사랑스럽도다." 하시었다.

승상이 된 양소유

이때 천자가 태후께 나아와 문안을 여쭈자, 태후가 공주와 정씨로 하여금 협방으로 피하게 하고 이르시기를,

"내 공주의 혼사를 위하여 정 사도에게 양소유의 예폐를 도로 보내라 하였는데, 돌이켜 보니 이 일이 결국 상의 덕화(德花)에 해를 끼치는 것이오. 정녀와 더불어 상이 함께 부인께 말씀하면 정 사도 집에서 감히 따르지 않겠다 하지는 못할 것이오. 정녀로 하여금 소유의 첩이 되게 하는 일은 매우 강박한 처사라 할 것이오. 내 오늘 정녀를 불러보니 아름답고 재주 또한 있어 족히 공주의 형제가 될 만하오. 이러하므로 내 정녀와 더불어 모녀지의(母女之義)를 맺고 공주와 함께 양소유에게 주어 돌아가게 하고자 하는데 상이 생각하기에 이 일이 과연 어떠하오?"

상이 매우 기뻐하며 하례하시되,

"이는 성덕이 하해(河海)와 같사오니, 자고로 두터운 혜

택이 태후께 견줄 사람이 없사옵니다."

태후가 곧 정씨를 불러 황상께 뵙게 하시자, 상이 명하시어 전상에 오르게 하였다.

정 소저를 본 후 황상이 태후께 말씀하시기를,

"정씨가 이미 황제의 누이가 되었거늘 아직도 평복을 입고 있음이 어찌된 일이옵니까?

태후가 이르시기를,

"황상의 조칙이 내리지 아니하였다고 굳이 장복을 사양한다오."

상이 여중서에게 명하시어 난봉문(鸞鳳紋)[1]의 홍금지(紅錦紙) 한 축을 가져오라 하셨다.

명을 받은 진채봉이 홍금지를 받들어 올리자, 황상이 붓을 들어 쓰려 하시다가 태후께 묻기를,

"정씨를 이미 공주로 봉하였으니 나라의 성을 줄까 하나이다."

태후가 말씀하시기를,

"나도 또한 그리할까 하는 마음이 있으나, 들으니 정 사도 내외의 나이 이미 연로하고 다른 자녀가 없다 하오. 내 노신의 성을 이어갈 사람이 없음을 민망히 여기니 그 본성대로 두는 것 역시 진념(軫念)[2]하는 뜻일 것이오."

상이 친필로 크게 써 이르시되,

---

[1] **난봉문(鸞鳳紋)** 난새와 봉황의 무늬. 난새와 봉황은 의좋은 부부, 친구를 뜻함.
[2] **진념(軫念)** 윗사람이 아랫사람의 사정을 생각하여 헤아려 줌.

'짐이 태후의 성지를 받들어 정씨로써 양녀로 봉하여 영양 공주(英陽公主)라 하겠노라.'

황제가 쓰기를 마치신 후 황제와 황후 양전궁(兩殿宮)이 어보(御寶)를 찍어 정씨에게 주시고 궁녀에게 분부하여 관복을 받들어 정씨를 입히도록 하셨다.

정씨가 전상에서 내려와 사은하자, 상이 난양 공주로 하여금 앉는 자리의 차례를 정하게 하실 때 영양(英陽)이 난양(蘭陽)보다 한 해 위가 되나 감히 윗자리에 앉지 못하였다.

이에 태후가 이르시되,

"영양 공주는 이제는 내 딸이다. 형이 위에 있고 아우가 아래 있음이 예에 합당하거늘 형제지간에 어찌 서로 겸양하겠느냐?"

영양이 머리를 조아리며 사양하되,

"오늘 좌차[3]가 곧 후일의 항렬이 될 것이오니 어찌 가히 처음에 삼가지 아니하겠사옵니까?"

난양 공주가 말하기를,

"춘추시대에 진나라 문공(文公)의 딸이 조쇠(趙衰)[4]의 아내가 되었으나 그 위(位)를 조쇠가 먼저 취한 적실(嫡室)에게 사양하였거늘, 하물며 저저는 소매의 형이니 다시 무슨 의심이 있을 수 있겠습니까?"

하나 정씨가 자못 오랫동안 사양하여 응하지 않자, 태후가 명하여 나이

---

[3] **좌차** 앉는 자리의 차례.

[4] **조쇠(趙衰)** 진의 정치가. 문공(文公)을 도와 패자(覇者)가 됨.

에 따라 자리를 정하시자 이후로 온 궁중에서 다 정 소저를 영양 공주라 일컬었다.

태후가 두 공주가 지은 글을 황상께 보이시자 상 또한 칭찬하시며,

"두 글이 모두 다 같이 묘미가 있으나, 영양의 글이 주시(周詩)의 뜻을 이끌어 덕을 후비(后妃)에게로 돌려보냈으니 매우 체례(體例)[5]를 얻었나이다."

태후가 또한 이르시되,

"상의 말씀이 옳소."

상이 다시 이르시되,

"태후께서 영양을 사랑하심이 이와 같으니 실로 전에 없던 바이옵니다. 신이 또한 태후께 우러러 청할 일이 한 가지 있사옵니다."

하고 이어 진 중서의 전후사실을 들어 아뢰었다.

"진채봉의 아비가 비록 죄를 지어 죽었사오나 그 조상이 두루 조정의 신하로 있었사오니 그 정상을 진념하여 공주를 좇아 양 상서에게 시집을 가게 하여 잉첩(剩妾)[6]으로 삼았으면 하옵니다. 태후께서는 이를 긍측(矜惻)[7]히 여기시고 허락하여 주소서."

태후가 두 공주를 돌아보시자 이에 난양이 아뢰기를,

"진씨가 일찍이 이 일로 소녀에게 말한 적이 있나이다. 소녀 이미 진씨

와 정의가 친밀하고 서로 떨어지고 싶지 않사오니, 마마의 처분이 아니 계실지라도 이미 제 마음에 있었사옵니다."

태후가 진채봉을 불러 하교하시되,

"공주가 너와 더불어 생사를 같이 할 뜻이 있는 고로 특별히 너로 하여 금 양 상서의 잉첩을 삼으니 이후로 더욱 정성을 다하여 두 공주의 은혜를 갚도록 하라."

진씨가 감격하여 눈물을 흘리며 은혜에 감사한 후에 태후가 또 하교하시기를,

"두 공주의 혼사를 쾌히 정하니 홀연 기쁜 까치가 와서 길조를 알리기에 내 두 공주에게 글을 지으라 하여 이미 보았느니라. 너도 또한 글을 지어 경사(慶事)를 같이 하여라."

진씨가 명을 받고 즉시 글을 지어드리니, 읊었으되,

> 기쁜 까치가 깍깍거리며 궁궐에 둘렸으니 (喜鵲查查繞紫宮)
> 봉선화 위에 춘풍이 이는구나. (鳳仙花上起春風)
> 편한 보금자리 정하여 남으로 날아가기 기다리지 않고 (安巢不待南飛去)
> 삼오성이 드문드문 바로 동녘에 있더라. (三五星稀正在東)

태후가 황상과 함께 어람하시고 매우 기꺼워하며 이르시기를,

"옛날에 설경(雪景)을 읊던 사녀(謝女)[8]도 이를 따르지는 못할 것이다. 이 글 속에 또한 주시를 이끌어 정실과 소실의 분의(分義)를 잘 지켰으니, 이것이 더욱 가상하다."

난양 공주가 이르되,

"본래 이 글제의 글 재료가 많지 않고 또한 이미 우리 형제가 글을 지었으니 떼어 올 글이 더 없었고, 또한 조맹덕(曹孟德)의 이른바 '나무로 세 겹을 둘렀으되, 가히 의지할 가지가 없다'는 것이 본디 길한 말이 아니라 그 구절을 끌어 쓰기가 매우 어렵거늘, 이 글에서 맹덕과 두자미(杜子美)[9]와 주시(周詩)를 섞어 끌어와 한 구를 지었으나 조금도 구차하거나 험한 데가 없으니, 실로 옛사람들이 진씨를 위하여 먼저 글을 지은 것이 아닌가 하옵니다.

태후가 이르시되,

"예로부터 여자로서 능히 글 짓는 자는 오직 반희(班姬)[10]와 채녀(蔡女)와 탁문군(卓文君)과 사도온(謝道蘊)이 넷뿐이더니 이제 뛰어난 재주를 지닌 여자 셋이 한자리에 모였으니 가히 보기 드문 일이라 하겠구나."

난양 공주가 또 말하기를,

"영양 공주의 시비 가춘운의 글재주 또한 신기하더이다."

라고 할 때 날이 점차 저물었다.

곧이어 상은 외전으로 환어하시고 공주도 또한 물러가 침전에 들었다.

이튿날 새벽에 닭이 첫 홰를 울자 영양이 태후께 들어가 문후 여쭙고 집에 돌아가기를 주청하였다.

8. **사녀(謝女)** 사도온(謝道蘊) 시를 잘 지었음.
9. **두자미(杜子美)** 두보(杜甫).
10. **반희(班姬)** 한무제의 시녀, 여류문학가.

"소녀가 궁중으로 들어올 때 필연 부모가 놀라고 황송하였을 것이옵니다. 오늘 돌아가 부모님을 뵙고 태후마마의 은덕과 소녀의 영광을 일문 친척에게 자랑하고자 하오니, 마마께서 허락하시기를 엎드려 비옵니다."

태후가 타이르시기를,

"딸아, 어찌 번거롭게 대내(大內)를 떠나겠느냐? 내 너의 친모와 상의할 일이 있다."

하고 전교를 내려 최 부인으로 하여금 입조(入朝)하라 하시었다.

이때 정 사도 내외는 아침에 딸아이의 비자가 전하는 말을 듣고 바야흐로 놀란 마음이 놓이며 태후의 은덕에 감축하여 마지않고 있었다.

정 사도의 내외가 갑자기 태후의 부르심을 받고 급히 내전으로 들어가니 태후가 접전하시고 이르시기를,

"내 부인의 여아를 데려온 것은 대체로 난양 공주의 혼사를 위함이오. 하나 정 소저의 얼굴을 한 번 본 후 사랑하는 마음을 이기지 못하여 마침내 양녀를 삼아 난양 공주의 형으로 삼았소. 영양 공주가 필시 과인의 전생 딸이라, 이 세상에서는 부인 집에 탄생한 것이 아닌가 하오. 영양이 이미 공주가 되었으니 마땅히 황상의 성을 줄 것로되, 내 부인에게 자식이 없음을 진념하여 성을 고치지 아니하였으니 부인은 오직 나의 지극한 정을 받아들이시오."

이에 최 부인이 머리를 조아리며 아뢰기를,

"신첩이 늦게서야 여식 하나를 낳아 매우 사랑하였더니, 혼사가 한 번 그릇되어 예폐를 돌려보내게 되어 죽고 싶기만 하였사옵니다. 이제 난양

공주께서 친히 누추한 제 집에 여러 번 왕림하시어 천한 딸아이를 사귀시고 뒤이어 함께 궁중으로 들어와 세상에 다시없는 은전을 입게 하셨으니, 마땅히 정성을 다하고 힘을 다하여 천은(天恩)의 만분의 일이라도 갚고자 할 따름이옵니다.

하오나, 신첩의 지아비가 나이 늙고 병들어 이미 벼슬을 하직한 지 오래고, 첩 또한 늙어 궁녀를 뒤따라 액정(掖庭)의 때를 지우는 일도 할 길이 없사오니, 천지와도 같은 은덕을 장차 무엇으로 갚으오리까? 오직 감격하여 눈물만 흘릴 뿐이옵니다."

이에 부인이 일어나 절하고 엎드려 우니 옷소매가 젖었다. 태후가 측은히 여기어 말씀하시기를,

"영양은 이미 내 딸이 되었으니 다시 데려가지는 못할 것이오."

최 부인이 엎드려 아뢰되,

"모녀가 단란하게 모여서 하늘 같은 은덕을 칭송하지 못하오니 다만 이것이 한이 되겠나이다."

태후가 적이 웃으며 이르기를,

"성혼한 후에는 난양도 또한 부인에게 부탁할 터이니, 내가 영양을 보듯하시오."

이어서 영양과 난양 두 공주를 불러 서로 만나게 하자 최 부인이 난양 공주에게 누누이 전날의 무례한 허물을 사죄하였다.

태후가 말씀하기를,

"내 들으니 부인 곁에 가춘운이라는 여자가 있다 하니 내 한 번 보기를

청하오. 같이 왔소이까?"

최 부인이 곧 춘운을 불러 와 전각 아래 서서 뵈오니, 태후가 그 아름다
움을 칭찬하며 앞으로 나오라 명한 다음 하교하시기를,

"난양의 말을 듣자하니 네게 글재주가 있다는데, 이제 글을 한 번 지어
보겠느냐?"

춘운이 엎드려 사뢰었다.

"어찌 신첩이 감히 지존 앞에서 당돌하게 글을 지을 수 있사오리까? 그
러하오나 시험 삼아 글제를 듣고자 하나이다."

태후가 지난번에 지은 세 사람의 글을 내리며 이르시기를,

"네 능히 이 글 뜻에 알맞게 지을 수 있겠느냐?"

하자, 춘운이 그 자리에서 글을 지어 올렸다.

> 기쁨을 알리는 작은 정성을 다만 스스로 알지니
> 마당에서 근심하다 다행히 봉황의 거동을 따를러라.
> 진루[11]의 봄빛 천 그루의 꽃나무에 세 겹이 둘렸으니
> 어찌 한 가지를 빌릴 수 없을까?

태후가 글을 다 읽으시고 두 공주에게 그 글을 보이며 이르시기를,

"가녀의 글재주가 이렇듯 뛰어날 줄은 짐작하지 못하였구나."

난양이 여쭈기를,

---

11. **진루** 봉대(鳳臺). 중국의 진성.

"이 글에서 까치로써 자신의 몸을 견주고 봉황으로써 저저(姐姐)를 견주었사오니 체례(體例)가 분명하옵고, 끝구에는 혹여 소녀가 허락지 아니할까 걱정하여 같은 가지에 깃들임을 빌고자 한 뜻을 옛 사람의 글을 모으고 시전(詩傳)의 뜻을 캐어 한 구절로 합하여 이루었사오니, 진실로 뜻이 정묘하고 수완이 민활하나이다. '나는 새가 사람을 의지하니 사람이 스스로 불쌍히 여긴다' 는 옛말이 가녀에게 합당하다 하겠사옵니다."

이어서 태후께서 춘운에게 물러가라 명하여 진씨와 더불어 상면케 할 때, 난양 공주가 소개하기를,

"이 여중서는 곧 화음현의 진씨 여자인데, 춘운과 더불어 해로할 사람이다."

춘운이 묻기를,

"그러하면 양류사를 지은 낭자이옵니까?"

이 말에 놀라 진씨가 되물었다.

"춘낭이 뉘로부터 양류사에 대해 들었습니까?"

춘운이 대답하되,

"양 상서께서 항시 낭자를 생각하시고 그 글을 외우시기로 얻어들었습니다."

진씨가 슬퍼하며 그리워 외치기를,

"양 상서께서 첩을 잊지 아니하였구나!"

춘낭이 말하기를,

"낭자, 어찌 그런 말을 하십니까? 양 상서가 항상 양류사를 몸에 지니시

고 보시며 눈물 흘리시고 자주 읊으시며 탄식하셨습니다."

진씨가 대답하기를,

"만일 상서께 첩에 대한 옛정이 남아 계시다면 첩이 비록 상서를 다시 못 뵙고 죽는다 하여도 한이 없습니다."

하고 이어서 비단 부채에 상서의 글 받았던 일을 말하였다.

춘낭이 또한 이르기를,

"첩이 몸에 지닌 보배는 다 상서께서 아는 것이니……."

하면서 다시 말을 이으려 할 때 궁인이 들어와 정 사도 부인이 곧 나가신 다 알렸다.

두 공주가 곧 들어가 최 부인을 모시고 앉자 태후가 최 부인에게 하교하 시기를,

"양소유가 미구에 돌아올 것이오. 전날의 예폐가 자연히 부인 집 문안으로 다시 들어가게 되었소 그려. 이제 영양은 내 딸이니 두 딸 아이의 혼례를 함께 거행코자 하니 부인은 허락하겠소?"

최 부인이 엎드려 사뢰기를,

"신첩, 오직 태후마마의 처분만 기다리옵니다."

태후가 웃으며 이르시기를,

"양 상서가 영양을 위하여 나라의 처분에 세 번 항거하였으니 이 몸 또한 그를 한번 속여보고자 하오. 사람들 하는 말에 흉즉길(凶則吉)이라 하였으니, 상서가 돌아온 후에 이리 말하시오. '정 소저가 우연히 병을 얻어 불행히도 세상을 떠났다' 하시오. 또 전날 상서가 올린 상소문에서 영양을

직접 보았다 하였으니 초례(醮禮)하는 날, 과연 상서가 그 모습을 아나 모르나 한번 시험해 봅시다."

최 부인이 분부를 받고 하직하고 돌아설 때, 영양이 전문(殿門) 밖에 나와 절하여 배웅하였다.

영양이 춘운을 불러 양 상서를 속일 계교를 조용히 일러주자, 춘운이 여쭈기를,

"첩이 신선도 되고 귀신도 되어 상서를 속인 일도 아직 마음에 걸리는데 또다시 계교를 거행하는 것은 너무 무례하고 단정치 못한 짓이 되지 않을까 합니다."

영양 공주가 말하기를,

"이것은 우리가 하는 짓이 아니라, 태후마마께서 명하시는 것이다."

이에 춘운은 웃음을 머금고 물러갔다.

이 무렵 양 원수는 용녀의 말대로 백룡담의 물을 군사들에게 먹이자 모든 군사들의 병이 씻은 듯이 나아 사기가 예전과 같아졌다. 모든 군사들이 한 번 싸우기를 원하므로 원수가 모든 장수를 불러 모아 군량을 정하고 큰 북소리를 내며 곧 진군하였다.

이때 찬보(贊普)는 마침 심효연(沈梟煙)이 보낸 구슬을 받은 후라서 양 원수의 군사가 이미 반사곡을 지날 줄을 알고서 크게 놀라 겁을 내고는 곧 나가 항복할 것을 부하들과 의논하자, 따르던 장수들이 찬보를 사로잡아 결박한 후 양 원수 진에 끌고 와 항복하였다.

양 원수는 다시 군사의 행오(行伍)를 가지런히 하고 적의 도성으로 들어

가 군사들의 노략질을 금하고 백성을 보살펴 위로하였다. 그리고 곤륜산(崑崙山)[12]에 올라가 돌비를 세워 당나라의 위엄과 덕망을 기록하고 즉시 군사를 돌려 승전가를 부르며 마침내 황성으로 향하게 되었다.

군사들이 진주(眞州)땅에 이르자 이미 가을이라 산천이 황량하고 천지가 쓸쓸하며 싸늘한 꽃잎은 애달픔을 빚어내고 날아가는 기러기는 슬픔을 자아내어 사람으로 하여금 객창의 외로움을 더욱 간절케 하는 것이었다.

원수가 밤에 객사에 들자 회포는 침울하고 기나긴 밤은 괴괴할 따름이라, 잠을 쉽게 이루지 못하다가 마음에 저도 모르게 떠오른 생각이,

"고향을 떠난 지 이미 삼 년이나 되었구나. 어머님의 근력이 옛날과 같지 아니하실 터이니 병구완은 뉘게 부탁하며 조석 문안은 어느 때에 하게 될까? 난리를 평정하여 오늘 뜻을 이루었으나 노모를 봉양할 뜻은 아직도 펴지 못하였으니 자식된 자로 사람의 도리가 아니로다. 더구나 수년 간 국사에 분주하여 아직도 아내를 두지 못하였고, 또한 정씨와의 혼인조차 앞날을 기약하기 어려울 것 같구나. 이제 내가 오천 리의 땅을 회복하고 백만의 적병을 진압하였으니, 천자께서는 반드시 이에 큰 벼슬을 상으로 내리시어 싸움터를 달렸던 이 몸의 수고를 갚으실 것이다. 내 그 벼슬을 도로 바치고 이 사정을 자세히 아뢰어 정씨와의 혼인을 허락하시도록 간청하면 어쩌면 허락하실 수도 있으리라."

생각이 이에 이르자 마음이 적이 풀려 베개를 베고 잠시 조는데, 꿈속에

---

[12]. **곤륜산(崑崙山)** 중국 최대의 산맥.

서 몸이 날아 하늘에 올라갔다. 하늘 칠보 궁궐은 단청이 찬란하고 주위의 오색구름은 영롱하였다.

이때 시녀 두 사람이 원수에게 아뢰기를,

"정 소저께서 원수를 청하나이다."

양 원수가 시녀를 따라 들어가니 넓은 뜰에는 꽃이 만발하였고 선녀 세 사람이 백옥루(白玉樓) 위에 모여 앉아 있었다. 선녀들이 갖춘 복색은 마치 후비(后妃)[13] 같았고 주옥같은 광채가 보는 이의 눈을 쏘았다. 그들은 한창 난간에 의지하여 꽃가지를 희롱하다가 원수가 들어가는 것을 보고 자리를 떠나 원수를 맞아들이고 모두 자리를 정하여 앉았다.

제일 윗자리의 선녀가 먼저 말을 걸기를,

"원수께서는 저와 이별한 후 무탈하십니까?"

원수가 자세히 살펴보니 그가 지난날 거문고의 곡조를 논의하던 정 소저였다. 원수가 놀랍고도 기꺼워 말을 건네고자 하였으나 도리어 말을 못하고 망설이자 선녀가 이르기를,

"이제는 제가 이미 인간계를 이별하고 천상에 와 있습니다. 옛일을 생각하니 슬프옵니다. 돌아가시어 소첩의 부모를 보시더라도 첩의 소식을 듣지는 못하실 것입니다."

하고 곁에 있는 두 선녀를 가리키며 이르기를,

"이분은 곧 직녀선군(織女仙君)입니다. 저분은 대향옥녀(戴香玉女)이구

---

13. **후비(后妃)** 임금의 아내.

요. 원수와 더불어 먼저 좋은 언약을 맺으시면 소첩이 또 의탁할 일이 있을 것입니다."

하자, 원수가 눈을 돌려 두 선녀를 바라보니 말석에 앉은 이의 낯이 조금 익은 듯하였으나 능히 기억할 수 없었다.

이러다 갑작스런 북 소리에 놀라 깨니 이는 바로 일장춘몽이렷다.

원수가 꿈속 일을 돌이켜 생각하니 하나같이 모두가 길조(吉兆)가 아니므로 이에 홀로,

"정 낭자가 필연 죽었나 보다. 계섬월의 천거와 두 연사의 중매가 다 월로(月老)의 뜻이 아니란 말인가? 가약을 이루지 못하고 이미 유명(幽明)을 달리 하였으니 명(命)이냐, 하늘이냐? '흉한 것이 도로 길하다' 하였으니 혹시 내 꿈을 이른 말인가?"

하고 탄식하였다.

이 일이 있은 후 시간은 흘러가서 앞서서 가던 군대는 이미 황성에 이르렀고 천자께서 몸소 위교(渭橋)에 납시어 원수를 맞아들이셨다.

양 원수는 봉계자금(鳳係紫金) 투구를 쓰고 황금쇄자(黃金鎖子)[14] 갑옷을 입고 천리 대완마(大宛馬)를 타고, 황제께서 내리신 백모황월(白矛黃鉞)과 용봉을 그린 깃발로 전후좌우를 호위하고 찬보를 가둔 죄인 수레를 진 앞에 세우고, 토번 삼십육 군의 임금들이 각기 진상한 물건을 가지고 진 뒤에 따르니, 그 위의의 당당함은 천고에 드문 일이더라.

---

[14] **황금쇄자(黃金鎖子)** 비올 때 신던 무관의 장화, 수혜자(水鞋子).

원수가 말에서 내려 머리를 조아리며 상을 뵙자 상이 친히 원수를 붙잡아 일으키고 그가 이룬 군공을 권장하시었다. 그리고 곧 조정에 조서를 내리시어, 곽분양(郭汾陽)의 옛일에 의거하여 땅을 내어주고 왕(王)으로 봉하여 상전(賞典)을 후히 내리시었다.

양 원수가 정성을 드러내어 힘써 사양하며 받지 아니하자, 상이 그 충성된 뜻을 좇아 칙지(勅旨)를 내려 양소유로 대승상으로 삼고 위국공(魏國公)에 봉하여 식읍(食邑) 삼만 호를 주시고 더하여 주신 그 밖의 상급은 차마 여기에 낱낱이 기록하지 못할 정도였다.

양 승상(楊丞相)이 황제가 타신 수레를 따라 궐내로 들어가 사은하자, 상이 곧 태평연(太平宴)을 베풀 것을 명하시고 예로써 대접하는 은전을 보이시고는, 양 승상의 화상을 기린각(麒麟閣)[15]에 그리라고 명하시었다.

승상이 대궐에서 물러나와 정 사도 집에 이르자, 정씨의 겨레붙이[16]가 모두들 나와 외당에 모여 서서 승상을 맞이하고 절하며 각기 치하하였다.

상이 하례하며 먼저 사도와 부인의 안부를 물으니 정십삼랑이 이에 대답하기를,

"숙부와 숙모는 비록 목숨은 부지하셨으나 누이의 상변(喪變)을 당하신 후로는 너무 애통하여 병이 나시었습니다. 기력이 노쇠하여 외당에 나와 승상을 대하기 쉽지 않으시오니, 청컨대 승상이 소생과 더불어 내당으로 들어가시는 것이 어떠하십니까?"

15. 기린각(麒麟閣) 한나라 선제(宣帝)가 지은 누각. 공신(功臣) 11명의 화상을 그려 이 누상에 걸었음.
16. 겨레붙이 겨레를 이룬 사람. 여기서는 일가붙이의 뜻.

승상은 갑작스런 이야기를 듣자 술에 취한 것도 같고 미친 것도 같아서 도저히 급히는 묻지도 못하고, 한 동안 생각에 잠기었다가 정십삼랑에게 물었다.

"장인이 어느 때에 따님의 상변을 보았는가?"

정생이 대답하되,

"숙부모의 단 하나밖에 없는 딸자식인데 천도(天道)가 무심하여 이 슬픈 지경에 이르셨으니 어찌 비통하지 않겠습니까? 들어가 보실 때에 승상은 슬픈 기색을 삼가시고 드러내지 마십시오."

이에 승상이 슬퍼하며 애통하여 눈물을 비같이 쏟아 옷깃을 적시자 정생이 위로하였다.

"승상의 혼약이 비록 금석 같기는 하나 집안의 운소가 불행하여 대사를 이미 그르쳤으니, 청컨대 오직 정리를 생각하시어 숙부모를 힘써 위로하십시오."

승상이 눈물을 뿌려 사례하며 정생과 더불어 내당으로 들어가서 사도 내외를 뵈니 오직 기뻐하며 승상을 치하할 따름이오, 소저가 요절한 이야기는 한 마디도 비추지 아니하였다.

승상이 사도 내외에게 이르기를,

"소서(小壻)가 다행히 나라의 위엄을 힘입어 외람되이 공(公)으로 봉하는 상전을 받았으니 사은하옵니다. 또 사사(私事)를 상달하여 황상의 의향을 돌리시게 하여 전날 맺은 언약을 이루고자 하였더니, 아침이슬이 벌써 먼저 말라 버리고 봄빛이 이미 저물어 버렸으니 어찌 생사에 대한 감회가 없겠사옵니까?"

정 사도가 눈썹을 한 번 찡그리며 정색한 후에 말하기를,

"오늘은 온 집안이 모여서 경사를 치하하는 날이니 비창한 이야기는 그만두도록 하게." 하였다.

옆에서 정생이 자꾸 승상께 눈짓을 하므로 승상은 말을 끝맺고 나가 화원으로 들어갔다. 춘운이 섬돌 아래로 달려 내려와 승상을 맞이하는데 승상은 춘운을 보자 소저를 만나는 것 같아서 슬픈 회포가 더욱 간절하여 눈물이 멎지 아니하였다.

춘운이 꿇어앉아 위로하기를,

"상공, 상공! 오늘이 어찌 상공께서 서러워하실 날이겠사옵니까? 엎드려 바라오니 상공은 마음을 돌리시어 눈물을 거두시고 굽어 살피시어 첩의 말씀을 들으소서. 우리 낭자는 본래 하늘의 신선으로 잠시 인간계에 귀양살이로 오신 것이옵니다. 낭자가 하늘에 오르시던 날 천첩에게 이르기를 '너도 몸소 양 상서와 인연을 끊고 다시 나를 따르거라. 내가 이미 인간계를 버렸거늘 네가 다시 양 상서께로 돌아갈 수 있겠느냐? 어찌 너와 내게 서로 떠날 수 있겠느냐?' 하셨나이다."

"또 이르시기를 '상서께서 조만간 돌아오실 터이니 만일 나를 생각하고 슬퍼하시거든 모름지기 내 말을 전하여 이르기를, 예폐를 이미 물렸으니 길 위에서 오다가다 부딪힌 사람들과 다름이 없고, 항차 전일 거문고를 들은 혐의가 있다 하여 지나치게 생각하고 너무 슬퍼하면 황상의 명을 거역하고 사사로운 정을 따르는 것이니, 이는 죽은 사람에게까지 누를 끼치는

것이니, 어찌 민망치 아니하겠는가? 또한 내 무덤에 제사를 지내거나 혹은 궤연[17]에서 곡을 하시면 이는 나를 행실 나쁜 여자로 대접하시는 것이니 지하에서라도 어찌 섭섭한 마음이 없겠는가? 그리고 황상이 상서의 돌아옴을 기다려 다시 공주와의 혼사를 의논하신다 하는데, 내 들으니 관저(關雎)[18]의 위엄과 덕망이 군자의 배필 되기에 합당하다 하니 국명을 준수하여 죄를 입지 아니하시는 것이 나의 바라는 바이라' 고 하시었나이다."

승상이 이 말을 들으니 더욱 서러워 이르기를,

"소저의 유언이 비록 그와 같으나 어찌 슬픔을 참을 수 있겠느냐? 열 번 죽어도 그 은덕은 갚기가 어렵겠구나."

하며 이어서 진중에서 있었던 꿈 이야기를 하자 춘운이 눈물을 흘리며 말하기를,

"소저는 필시 옥경(玉京)에 계실 것이오니, 어찌 천추만세(千秋萬歲) 후에 승상과 서로 만나실 기약이 없겠사옵니까? 너무 서러워하시다가 기체를 상치 마옵소서."

승상이 다시 물어보기를,

"이 밖에 소저의 다른 말씀이 없었느냐?"

이에 춘운이 대답하기를,

"혼자 하신 말씀이 있긴 있사오나 아무래도 춘운의 입으로는 말씀드리

---

17. **궤연** 신주(神主)를 모신 곳.
18. **관저(關雎)** 관관저구 재하지주(關關雎鳩 在河之州)의 준말. 즉 임금의 금슬이 좋으면 그 덕이 저절로 아랫사람에게 미침을 일컬음. 여기서는 난양 공주를 이름.

기 어렵나이다."

승상이 정색을 하며 이르기를,

"네 들은 바를 감추지 말고 낱낱이 아뢰렷다!"

춘운이 여쭈기를,

"소저께서 첩에게 이르시기를 '내 춘운과 더불어 한 몸이니, 상서가 만일 나를 잊지 못하시고 춘운 보기를 나로 여기시어 끝끝내 버리지 아니하시면, 내 몸은 비록 땅속으로 들어가나 직접 상서의 은덕을 받는 것과 같으리라' 하시었나이다."

승상이 더욱 슬퍼하며 말하기를,

"내 어찌 춘낭을 버릴 수 있겠느냐? 하물며 소저의 부탁이 있으니 비록 직녀(織女)로 아내를 삼고 복비(宓妃)[19]로 첩을 삼을지라도, 내 맹세코 춘낭을 저버리지는 않을 것이다." 하였다.

---

[19] **복비(宓妃)** 낙수(洛水)의 여신.

이튿날 천자가 양 승상을 불러들여 보시고, 하교하시기
를,

"지난번에 공주의 혼사로 말미암아 태후께서 특히 엄한
처분을 내리시어 짐의 마음이 또한 불안하였다. 하나 이제
는 정 소저가 죽었으니 달리 생각할 일이 없게 되었으므로
경이 돌아오기를 기다려 공주의 혼례를 거행하려 하였다.
다만 경이 아직도 나어린 소년으로, 당상에 대부인이 있으
니 제반 의식을 어찌 스스로 분별하겠는가. 항차 대승상
관부(官府)에 여군(女君)이 가히 없지 못할지며, 위국공(魏
國公)의 가묘(家廟)에 아헌(亞獻)[1]을 궐하지[2] 못할 것이다.
짐은 이미 승상부 공주궁을 짓고 성례할 날을 기다리고 있
을 따름이다. 경, 아직도 공주와의 혼인을 허락하지 아니

---

[1]. **아헌(亞獻)** 제사를 지낼 때 두 번째로 술잔을 올리는 일을 말함.
[2]. **궐하다** 적게 하다. 잃어버리다.

하겠는가?"

승상이 머리를 두드리며 아뢰되,

"신이 여러 차례 상의 명을 거역한 죄는 일만 번 죽어도 아까움이 없사옵니다. 칙교(勅敎)를 거듭 내리시며 하시는 말씀이 온후하시니 신, 실로 황감하여 죽고자 하나 죽을 데가 없나이다. 신이 실로 가진 기예(技藝)가 없사오며 분부가 합당치 못하나이다."

하고 사양하자, 상이 매우 기뻐하며 흠천감(欽天鑑)³에 조서를 내리시어 길일을 가려잡아 올리라 하셨다.

태사(太師)가 9월 15일이 길일이라 아뢰었는데 그날로부터 겨우 수십 일이 남아 있을 따름이었다.

상이 승상에게 다시 하교하시기를,

"전일에는 혼사를 완전히 정하지 못한 고로 경에게 미처 말하지 못한 일이 있다. 실은 짐에게 누이가 두 사람이 있으니 둘 다 그 현숙함이 비범하다. 다시 경 같은 사람을 구하고자 하였으나 가히 어느 곳에서 능히 구하겠는가? 그러므로 짐이 태후의 명을 받들어 경에게 두 누이를 하가(下嫁)케 하고자 한다."

승상이 문득 진주 객사에서의 꿈을 생각하고 마음에 매우 괴이쩍게 여겨져 엎드려 사뢰기를,

"신이 부마 간택의 은혜를 입었으니 실로 황송무지하여이다. 하나 이제

---

³. **흠천감(欽天鑑)** 관서 이름. 천문(天文) 역수(歷數) 점후(占候) 추보(推步)의 일을 맡았음.

폐하께서 두 공주로 하여금 한 사람 몸에 하가코자 하시오니 이는 나라가 생긴 이후로 처음이라 들어보지도 못한 일이오니 신이 어찌 당할 수 있겠나이까?"

상이 타이르시되,

"경이 이룬 공업(功業)이 나라에 제일이 되기에 족하거늘 그 공로를 갚을 도리가 없는 까닭에 두 누이로써 그대를 섬기게 하려는 것이다. 또 두 누이의 우애가 다 천성(天性)에서 나왔으므로 서면 서로 따르고 앉으면 서로 의지하여 늘 늙어도 서로 떨어지지 않기를 원하였던지라, 한 사람에게 하가하도록 하는 것이 또 태후마마의 의향이시니 경은 가히 사양치 말지어다."

"또한 궁녀 진씨는 대를 거듭한 사환가(仕宦家)⁴의 여자로서 자색이 있고 글을 잘하여 공주가 수족같이 사랑하므로 하가할 때에 잉첩으로 삼고자 하니, 아울러 이도 경에게 알려둔다."

하시니, 승상이 황공함을 이기지 못하여 사은하고 대궐에서 물러나갔다.

이 무렵은 영양 공주가 궁중에 머무른 지 이미 여러 달이 된 후였는데 태후를 섬김에 있어 충성을 다하고 또 난양 공주, 진씨와 더불어 정의가 한 동기 같으니 태후가 보시고 더욱 사랑하셨다.

혼사 날이 임박하자 영양 공주가 조용히 태후께 아뢰기를,

---

⁴ 사환가(仕宦家) 벼슬하는 집.

"당초에 난양과 더불어 좌차를 정하던 날 상좌에 있기가 극히 참람하였으나, 끝까지 사양하면 태후마마의 자애하시는 온정을 거역할 듯싶어 억지로 따랐으나 제 본의는 아니었사옵니다. 이제 양 승상께로 돌아가서도 난양이 제일 좌를 사양하면 이 역시 옳지 않사오니, 엎드려 바라옵건대 태후마마와 황상폐하께옵서는 그 정례(情禮)를 짐작하시고 그 위치를 바르게 하시와 사분(私分)이 편안케 하시고 가법(家法)이 문란치 않게 하여 주시옵소서."

난양 공주가 태후 곁에 있다가 이르기를,

"저저의 덕행과 재주가 다 소녀의 스승이 되옵니다. 저저가 비록 정씨 문중에 남아 있었다 할지라도 소녀가 마땅히 조녀가 위를 사양했던 것과 같이 할 터이거늘, 이미 저저와 소녀가 형제 된 후에야 어찌 존비의 분별이 있을 수 있겠습니까? 소녀가 비록 제이 부인이 된다 하여도 소녀 스스로 인군의 딸로써 존귀함을 잃지 아니할 것입니다. 만일 소녀가 제일 위에 있게 되면 태후마마께서 저저를 기르시는 본의가 과연 어디 있겠습니까?"

태후가 황상께 의논하시기를,

"이 일을 어찌 조처하면 좋을까?"

상이 대답하시되,

"난양의 사양하는 마음이 진심에서 나온 것입니다. 예로부터 일국의 공주에 이런 일이 있었음을 듣지 못하였사오나, 바라건대 마마께서는 난양의 겸양하는 덕을 아름답게 여기사 이 일에서 그 아름다운 뜻을 이루도록 하소서."

태후가 말씀하시기를,

"상의 말씀이 옳으시오."

하시고, 이에 전교를 내리시어 영양 공주로 위국공의 좌부인(左夫人)으로 삼으시고 난양 공주로 우부인(右夫人)으로 봉하시고, 진씨는 본래 사부가(士夫家)의 여자이므로 봉하여 숙인(淑人)[5]으로 삼으셨다.

공주의 혼례는 궐문 밖에서 거행하는 것이 전례였으나 이번에는 태후가 특별히 대내(大內)에서 행례하라 명하시어, 길일이 되자 양 승상이 인포옥대(麟袍玉帶)[6]를 입고 나와 두 공주와 더불어 성례하니 몸차림의 화려함과 예모의 장함은 말로 다 이르지 못할 것이었다.

예식이 끝나고 모두 자리를 잡은 다음, 진 숙인(秦淑人) 또한 예를 갖추어 양 승상을 뵙고 이어서 난양 공주 곁에 시립하여 섰다.

승상이 잠시 눈을 돌려 보니 마치 세 사람의 선녀가 하늘에서 내려온 듯 휘황찬란하여 승상은 마치 꿈속에 있는 것이 아닌가 의심이 들 지경이었다.

이날 밤 승상은 영양 공주와 더불어 베개를 같이하고 밤을 보내었다.

이튿날 아침 일찍이 태후께 문안드리자 태후가 잔치를 베풀어주시는데, 황상과 황후 역시 나와 태후 좌우로 시립하시고 종일토록 즐거워하시었다. 승상은 이날 밤에는 다시 난양 공주와 더불어 이불을 함께 덮고 지내었다.

---

[5] **숙인(淑人)** 명부(命婦)의 봉호, 상서(尙書) 이상의 봉증(封贈).

[6] **인포옥대(麟袍玉帶)** 기린의 수를 놓은 도포와 옥으로 만든 띠.

삼 일째 되는 밤에 승상이 진 숙인 방으로 가 밤을 보내려고 들어가니 진 숙인이 문득 눈물을 흘리는 것이었다.

"오늘은 웃는 것이 옳거니와 우는 것은 옳지 못한 일이렷다! 그러나 무슨 까닭이 있음직하니 사실을 말하여라."

승상이 연유를 묻자,

"소첩을 기억 못 하시는 것을 보니 승상께서는 이미 소첩을 잊어버리셨나이다."

이에 승상이 숙인의 얼굴을 자세히 보더니 이윽고 숙인의 가냘픈 손을 잡고 말하기를,

"그대가 화음현의 진씨로구나! 오매불망 잊지 못하던 그대로다."

채봉이 목이 메어 소리가 입에서 나지 못하므로 승상이 이르기를,

"낭자는 이미 지하로 돌아간 줄로 알았는데 궁중에 고이 있었으니 천만 다행이오. 그때 화주(華州)에서 헤어진 후 낭자의 집이 참혹한 화란을 겪은 것은 다시 말할 길 없소. 객사에서 피란을 겪으며 어찌 하루라도 그대를 생각지 아니하였겠소. 오늘 옛 언약을 이루게 된 것은 진실로 내 미처 생각지 못한 바요, 낭자 역시 반드시 기약하지는 못하였을 것이오."

하고 곧 주머니 속에서 진씨의 글을 내어놓으니, 진씨 또한 승상의 글을 받들어 올리니 두 사람의 양류사가 의연히 서로 화답하던 날과 같았다.

진씨가 말하기를,

"승상께서는 다만 양류사로 옛 언약을 맺은 것만 아시고 비단 부채로써 오늘의 연분이 이루어진 것은 알지 못하시나이다."

하고 이에 상자를 열어 그림 부채를 꺼내어 승상에게 보이고는 이어서 그 그림 부채에 얽힌 사연을 자세히 말하였다.

이에 승상이 이르기를,

"그때 남전산(藍田山)으로 피란 갔다가 돌아와 객점 주인한테 물어보니 혹은 낭자가 액정(掖庭)에 박혔다고도 하고, 혹은 먼 고을에 관비가 되어 갔다고도 하였소. 또 어떤 사람들은 말하기를 흉화(凶禍)를 면치 못하였다 하여 적실한 소식을 아지 못하였소. 그대에 대한 소식을 구할 가망이 없는 지라, 부득이 다른 집에 혼처를 구하였으나 화산과 위수 사이를 지날 때 마다 늘 몸은 짝 잃은 기러기 같고 마음은 낚시에 꿰인 고기 같았소. 이제 천은이 융숭하사 비록 서로 함께 만나게 되었으나 마음이 불편한 일이 있으니 이는 다름이 아니라 바로 객점에서 정한 언약이 정실로서의 언약이 었지 어찌 부실(副室)로서 서약이었겠소? 결국에는 낭자로 하여금 위에 부인을 두어 몸을 굽히게 하였으니 어찌 안타깝지 아니하며 부끄럽지 아니 하겠소?"

진씨가 이에 대답하기를,

"첩의 기박한 신수는 첩이 스스로 알고 있사옵니다. 또 그때 유모를 객점으로 보낼 때 만일 낭군이 아내 있는 몸이라면 스스로 부실 되기를 원하였을 터입니다. 이제 공주에 다음가는 자리에 있사오니 오히려 첩의 영광이요, 다행이오니 첩이 만일 이 일을 원망하고 한탄한다면 하늘이 미워하실 것이옵니다."

이러므로 이날 밤에는 옛정이 새로워 전날 두 밤에 견주어 더욱 친밀하더라.

　이튿날 승상은 난양 공주와 더불어 영양 공주 방에 모여 같이 술을 마셨다. 이때 영양 공주가 소리를 낮추어 시녀를 불러 진 숙인을 청하는데, 승상이 그 목소리를 듣자 스스로 구슬픈 감회가 서려 낯에 그 빛이 올랐다. 이는 전날 양생이 여복을 입고 정 사도 집에 들어가 소저를 대하여 거문고를 탈 때에 곡조를 평한 목소리를 들었고 또한 용모도 눈에 익었는데, 이날 영양 공주의 음성이 정 소저의 그 음성이요, 자세히 보니 그 모습이 또한 정 소저의 것이었다.

　승상이 이에 이르러 곰곰이 생각하기를,

　'세상에 이렇듯 흡사한 사람도 있구나! 내 정씨와 혼인을 언약할 적에 사생(死生)을 함께 하고자 하였더니, 이제 나는 금슬(琴瑟)의 즐거움을 맺었거니와 정씨의 외로운 넋은 어느 곳에 의탁하였을까? 내, 허물을 피하고자 하여 무덤 앞에 술 한 잔과 궤연에서의 곡 한 번 아니하였으니, 내 정씨를 저버림이 심하구나!'

하고 두 눈에 눈물이 고였다. 정씨의 거울 같은 마음으로 승상의 가슴속을 어찌 알지 못하겠는가.

　이에 옷깃을 바로잡고 묻기를,

　"이제 상공께서 잔을 잡으시고는 갑자기 슬픈 빛이 엿보이니, 감히 그 연고를 알고자 합니다."

　승상이 사례하며,

　"소유의 마음속 일을 어찌 귀주(貴主)께 감추겠소. 소유가 지난날 정 사도의 집에 가서 그 여자를 보았거니와 귀주의 음성과 용모가 정씨 여자와 흡사한지라 그 모습이 눈에 어른거리고 마음에 살아나기에 아마도 비창한가 하오. 귀주는 괴이쩍게 여기지 마시오."

영양 공주가 이 말을 듣고는 두 볼에 붉은 빛을 띠며 홀연히 자리에서 일어나 내전으로 들어가 오래도록 나오지 아니하였다.

난양 공주가 이르기를,

"저저(姐姐)는 태후마마의 극진한 사랑을 받은지라 성품이 굽힐 줄을 모르니 첩의 잔망함과 같지 않사옵니다. 아마도 상공께서 저저를 정녀에게 견주시니 매우 미흡한 마음이 있는가 봅니다."

승상이 다시 진씨를 보내어 사죄하기를,

"소유가 취중에 망발하였으니 귀주가 곧 나오시면 소유는 마땅히 진문공과 같이 갇히기를 청하겠소."

하였으나, 이윽고 진씨가 돌아온 후에도 전하는 말이 없었다.

승상이 묻기를 진씨에게,

"귀주가 무슨 말씀을 하시더냐?"

진씨는 대답하기를,

"귀주께서 노여움이 크시와 말씀이 과하시기에 감히 전하지 못하겠나이다."

승상이 정색을 하며 이르기를,

"귀주의 과하신 말씀이 숙인에게는 허물이 되지 않을 터이니 모름지기 자세히 전하렷다!"

마지못하여 진씨가 대답하기를,

"영양 공주의 말씀이, '첩이 비록 잔졸하나 태후마마의 총애하는 딸이
고, 정녀가 비록 요조하나 여염의 미천한 집 여식입니다. 예법에 이르기
를, 길말[路馬]⁷에 허리를 굽힌다 하였으니 이는 말을 공경함이 아니라 말
에 타신 인군을 공경함이거늘, 하물며 인군이 사랑하시는 누이를 일컬음
에 있어서야 무슨 말을 하겠습니까? 정녀가 일찍이 체모를 생각지 아니하
고 스스로 그 자색을 자랑하여 상공과 더불어 말을 건네며 거문고 곡조를
논하였으니, 아무래도 몸가짐이 옳지 못한 것이옵니다. 또 스스로 혼사가
지체됨을 한탄하여 조울병(躁鬱病)을 일으켜 청춘을 재촉하였으니 그 신
수가 기박하거늘, 상공이 어찌 나를 여기에 견주십니까? 옛날에 노(魯)나
라 추호(秋胡)⁸가 황금으로 뽕 따는 계집을 희롱하자 그 계집이 스스로 물
에 빠져 죽었다 하였거늘, 첩이 어찌 부끄러운 낯으로 가히 상공을 대하겠
습니까? 또한 상공이 이미 죽은 낯을 기억하고 그 소리를 이별한 지 오랜
뒤에 알아들으니, 이는 바로 탁녀⁹가 외당에서 거문고를 타면서 가씨¹⁰ 집
에서 향을 도둑질한 것과 같으니 첩은 오늘부터 맹세코 문 밖에 나가지 아
니하고 몸을 마치겠사옵니다. 난양은 성품이 유순하여 나와 같지 아니하
니 바라건대 상공은 난양과 더불어 백년해로하십시오' 하시더이다."

승상이 마음에 대노하여 이르기를,

---

⁷· **길말[路馬]** 임금이 타는 말.
⁸· **추호(秋胡)** 열녀전(列女傳)에 나오는 인물.
⁹· **탁녀** 탁문군.
¹⁰· **가씨** 진서 가충전(賈充傳)에 나오는 인물.

"천하에 여자로서 세(勢)를 믿음이 이 영양 같은 사람이 또 있을까? 과연 부마의 괴로움을 알겠구나."

그리고 난양에게 이르기를,

"내 정녀와 더불어 만나 얼굴을 본 곡절이 있는데 이제 영양이 도리어 음행의 허물을 내게 씌우고자 하는구려. 이는 상관없으나, 욕이 이미 죽은 사람에게까지 미치니, 이는 실로 한탄할 일이오."

난양이 이르기를,

"첩이 들어가 저저에게 깨닫도록 말씀드리는 것이 마땅하겠습니다."

하고 곧 몸을 돌이켜 들어가더니 날이 저물도록 난양 또한 나오지 아니하였다.

이미 방안에 등촉을 벌여 밝혀 놓고 있는 중 난양이 시비를 시켜서 말을 전하기를,

"첩이 여러 가지로 타일러도 저저가 끝내 마음을 돌리지 아니합니다. 첩이 당초에 저저와 더불어 사생고락을 같이하자 언약하여 천지신명께 맹서하였으니, 만일 저저가 깊은 궁에서 홀로 늙으시면 첩도 또한 깊은 궁에서 늙고자 하옵니다. 바라건대 승상은 숙인 방에 가시어 오늘 밤을 편안히 지내십시오."

하니, 승상은 노기가 치밀어 오르나 마음을 억제하고 얼굴과 말에 드러내지 아니하였다.

둘러보니 빈 방장과 친 병풍이 또한 무료하여 침상에 비스듬히 의지하여 진씨를 바라보았다. 진씨가 곧 촛불을 들고 승상을 인도하여 침방으로

돌아가 금화로에 용향(龍香)을 피우며 상아평상(象牙平床)에 비단금침을 펴고서 승상께 아뢰기를,

"첩이 비록 불민하오나 일찍이 군자의 풍도(風度)를 듣자니, 예법에 '처가 없을 때 저녁에 첩을 어거함[11]이 감히 당치 못하다(妻不在 妾御不敢當 夕)' 하였으니, 이제 두 공주마마께서 다 내전에 드셨는데 어찌 감히 첩이 상공을 모시고 이 밤을 지낼 수 있겠사옵니까? 다만 승상께서는 안녕히 취침하소서."

하고 용용히 걸어가거늘, 승상이 비록 만류하지는 아니하였으나 이 밤의 경색(景色)이 자못 쓸쓸하여, 드디어 방장을 드리우고 베개를 베고 드러누워 엎치락뒤치락 잠을 이루지 못하고 혼자말을 하였다.

"이 무리들이 떼를 짓고 꾀를 내어 장부를 조롱하니 내 어찌 저들에게 애걸할 것이냐? 내 예전 정 사도 집 화원에 있을 때는 낮이면 정십삼랑과 더불어 주루(酒樓)에서 취하고 밤이면 춘낭과 더불어 촛불을 대하여 술을 마시니 하루도 불쾌함이 없었거늘, 이제 부마된 지 삼 일만에 마음이 매우 괴롭구나."

하고 손을 들어 사창을 여니 은하수는 하늘에 비끼고 월색은 뜰에 가득하기에 신을 끌고 나가 거닐다가, 멀리 영양 공주의 방 쪽을 바라보니 촛불이 휘황하여 사창에 영롱하였다.

승상이 마음속으로 뇌이기를,

---

[11] **어거하다** 데리고 있으면서 바른 길로 나가게 하다.

'밤이 이미 깊었거늘 궁인(宮人)이 어찌 지금껏 자지 않을까? 영양이 내게 노하여 나를 이리로 보내더니 벌써 침실로 돌아갔구나.'

발자국 소리를 죽이며 고이 걸어 가만히 창 밖에 다가서자, 두 공주의 말소리와 웃는 소리, 주사위 쌍륙(雙六) 소리가 창 밖으로 새어 나왔다.

승상이 가만히 창 틈으로 엿보니 진 숙인이 두 공주 앞에 앉아 한 여자와 함께 주사위판을 대하고 일을 빌며 육을 부르는 중에, 그 여자가 몸을 돌려 촛불을 돋우는데 자세히 보니 가춘운이다. 원래 춘운은 공주들의 대례(大禮)를 올리던 날 궁에 들어왔을 것이나 그날은 춘운이 몸을 감추어 일부러 승상을 보지 아니하였느니 승상이 이에 춘운이 있을 줄을 어찌 알았겠는가?

승상이 놀라 괴이쩍게 여기며 홀로 지껄이기를,

"필연 공주가 춘운의 자색을 보고자 하여 불러왔을 것이로다."

진씨가 갑자기 주사위판을 다시 벌이며 말하기를,

"내기를 아니하니 재미가 없네. 내 마땅히 춘낭과 더불어 내기를 해야겠네."

춘운이 이에 대답하기를,

"춘운은 본래 빈한하여 한 그릇 주효도 다행으로 아옵니다. 진 숙인은 공주마마의 곁에 있었으니 능라금수(綾羅錦繡)와 경거옥패(瓊鋸玉佩)가 풍족하실 더인데 춘운한테 무슨 물건을 내기에 걸라 하십니까?"

진씨가 대답하기를,

"내가 이기지 못하면 내 허리에 찬 노리개와 머리에 꽂은 비녀 중에 춘낭이 원하는 대로 줄 것이요, 낭자가 이기지 못하면 듣고 싶은 청이 있는 데 그것을 들어 주면 되니, 이 일은 낭자에게는 전혀 헛일이 아닐 것이네."

춘운이 다시 묻되,

"청코자 하는 일은 무엇입니까? 또한 듣고자 하는 바는 무슨 말입니까?

진씨가 말하기를,

"지난번에 두 공주님께서 하시는 말씀을 들으니, 춘낭이 신선도 되고 귀신도 되어 그로써 승상을 속였다 하는데 내 그 자세한 이야기를 듣지 못하였으니 낭자가 지거든 이 일을 내게 옛이야기 삼아 들려주게."

춘운이 이에 주사위판을 밀고 영양 공주를 향하여 여쭈기를,

"아가씨, 아가씨! 아가씨는 평소에 춘운을 사랑하심이 지극하시더니 이런 이야기를 공주께 들려주시어 진 숙인이 이미 들었다 하니 궁중에 귀 있는 사람 중에 뉘라서 알지 못하겠습니까?"

진씨가 말하기를,

"이 몸이 춘낭에게 책할 말이 있네. 우리 공주가 어찌 춘낭의 아가씨가 되겠나? 영양 공주는 바로 대승상의 부인이고, 위국공의 여군(女君)이시니 연세는 비록 젊으시나 지위는 이미 높으시네. 어찌 감히 아가씨라 부르겠는가?"

춘운이 사과하기를,

"십 년이나 익은 입을 하루아침에 고치기 어렵습니다. 꽃을 다투고 가지를 서로 가지고자 싸우던 일이 완연히 어제 같아 내가 공주를 두려워하지 않는 데서 한 실언임을 용서하소서."

하고 이어서 소리 내어 크게 웃자 난양 공주가 영양 공주에게 묻기를,

"춘운의 그 이야기 끝을 소매도 미처 듣지 못하였습니다. 과연 승상께서
춘운에게 속았습니까?"

영양이 비로소 말하기를,

"승상께서 춘운에게 속은 일이 많습니다. 아니 땐 굴뚝에 어찌 연기가
날 수 있겠습니까? 다만 승상께서 겁내는 형상을 보고자 일을 꾸몄더니 너
무 미욱하여 귀신을 미워할 줄조차 모르더이다. 이에 이르기를 '호색하는
사람은 계집의 아귀라' 하는 말이 과연 거짓말이 아님을 알았습니다. 귀신
에 주린 자가 어찌 귀신을 미워할 줄 알겠습니까?"

하니 좌중이 크게 웃었다.

승상이 마침내 영양 공주가 정 소저인 것을 알고 나자 반가움을 이기지
못하여 창을 열고 서둘러 들어가려고 하다가 도로 멈추며 홀로 지껄였다.

"저들이 나를 속이고자 하였으니 나 또한 저들을 속여야겠다."

승상은 가만히 진씨 방으로 돌아가 잘 자고 일어났다.

이튿날 일찍이 진씨가 나와 시녀에게 묻기를,

"승상께서 기침하셨느냐?"

시녀가 대답하기를,

"아직 기침하지 않으셨나이다."

진씨가 이느딧 아침 햇살이 창문에 가득하도록 오래도록 창 밖에 서서
기다렸으나 곧 조반상이 들어가야 할 때가 되도록 승상은 일어나지 아니
하였다.

창 밖에서 듣자니 이따금 신음하는 소리가 새어 나오기에, 진씨가 방에 들어가 승상께 묻기를,

"승상께서 미령(未寧)하시옵니까?"

승상은 눈을 떠 쳐다보긴 하였으나 사람을 보지 못하는 것 같고 간간이 잠꼬대를 하였다.

진씨가 다시 묻기를,

"승상께서 어찌 잠꼬대를 하시옵니까?"

하자 승상은 어지러운 듯 잠시 머뭇거리다가 갑자기 되물었다.

"네가 누구냐?"

진씨가 대답하기를,

"첩을 알지 못하시나이까? 첩은 진 숙인이옵니다."

승상은 고개를 끄덕일 뿐으로, 눈을 도로 감으며 목안에 웅얼거리는 소리로,

"진 숙인? 진 숙인이 누구냐?"

하자, 진씨가 놀라며 손을 들어 승상의 이마를 어루만지며 이르기를,

"이마가 제법 더워 승상께 환후(患候)가 계심을 알겠사옵니다. 하지만 하룻밤 사이에 무슨 병이 이렇듯 위중하시옵니까?"

승상이 다시 눈을 떠 정신을 가다듬으며 하는 말이,

"이상도 하구나! 정녀가 나타나 밤새도록 나를 괴롭히니 내 어찌해야 하겠느냐?"

하자, 진씨가 그 자세한 이야기를 물었다.

승상이 다시금 어지러운 듯 대답지 아니하고 몸을 옮겨 돌아눕자 진씨는 매우 걱정이 되었다.

진씨가 곧 시녀를 보내어 공주에게 아뢰기를,

"승상께서 환후가 계시옵니다. 속히 나와 뵙도록 하십시오."

영양 공주가 이르기를,

"어제 술 마시던 상공이 오늘 갑자기 무슨 병이 있겠느냐? 이는 아무래도 우리들로 하여금 나와 보도록 하려는 것이다."

하는데, 진씨가 급히 들어와 아뢰었다.

"상공이 정신이 혼미하시어 사람을 보아도 알지 못하시옵니다. 또 어두운 곳을 향하여 잠꼬대를 자꾸 하시니, 황상께 아뢰옵고 의관을 불러 치료하시는 것이 옳을 듯하옵니다."

태후가 들으시고 공주를 불러 나무라시기를,

"너희들이 승상을 지나치게 속였구나. 또한 그 병이 중함을 듣고도 나가 보지 않으니 이게 무슨 도리냐? 급히 문병하고 만일 증세가 중하거든 의관 중에서도 의술이 뛰어난 자를 불러 진찰하고 치료케 하여라!"

영양은 난양과 더불어 승상 침방으로 가서 방문 밖 마루에 기다리며 난양 공주와 진씨가 먼저 함께 들어가 보게 하였다.

난양이 들어가자 승상은 두 손을 공중에 휘두르기도 하고 혹은 두 눈을 부릅뜨기도 하면서 처음에는 난양이 묻는 말을 듣지 못하는 듯하더니, 비로소 잠긴 소리로 말하기를

"장차 내 명이 다할 것 같으니 영양과 함께 영결하려 하거늘, 영양은 보

이지 않는구려."

난양이 말하기를,

"승상, 어찌 그런 말씀을 하십니까?"

하자 승상이 처량한 말로 덧붙였다.

"간밤에 비몽사몽 간에 정녀가 내게 와서 말하기를 '상공은 어찌 언약을 저버리시옵니까?' 하고 추상처럼 노여워하며, 진주(眞珠) 한 웅큼을 내려 주기에 내 그것을 받아 삼켰소. 이 꿈은 실로 흉한 징조라오. 눈을 감으면 정녀가 내 몸을 누르고 눈을 뜨면 내 눈앞에 정녀가 서있으니 어찌 능히 살기를 바라겠소?"

승상은 미처 말을 마치지 못하고 또한 기진하는 시늉을 하며 얼굴을 돌려 벽을 향하더니 다시 횡설수설하였다. 난양이 승상의 하는 양을 자세히 살펴보자니 놀랍고도 염려되어 밖으로 나와 영양에게 이르기를,

"승상의 병이 아무래도 의질(疑疾)[12]이오니 저저가 아니면 능히 고칠 사람이 없습니다."

하고 이어서 병의 증세를 말하였다.

영양이 반신반의로 주저하고 망설이자 난양이 손을 끌고 들어가니 승상이 아직도 잠꼬대를 하는 데 모두가 정씨를 향한 말이었다.

난양이 소리를 높여 말하기를,

"승상, 승상! 저저가 여기 나섰으니 눈을 떠보십시오."

---

[12] **의질(疑疾)** 의심증 질환.

승상이 잠깐 머리를 들고 눈을 자꾸 희번덕거리며 일어나고자 하는 시늉을 하자 진씨가 부축하여 일으켜 평상 위에 앉혔다. 승상이 공주들에게 말하기를,

"소유가 편벽되게도 천은(天恩)을 입어 두 분 귀주(貴主)와 더불어 성혼하여 이제부터 백년해로하자 하였더니, 나를 잡아가려는 듯한 자 있어 세상에 오래 머무르지 못하겠소. 내 서러워 어찌하오."

영양이 말하기를,

"승상, 세상의 이치를 아는 군자가 어찌 그리 허망한 말씀을 하십니까? 설사 정씨의 흩어진 넋이 남아 있을지라도 백령(百靈)이 호위하는 구중궁궐에 어떻게 들어올 것이며, 또 어찌 대승상의 귀중한 몸을 침노할 수 있겠습니까?"

하자, 승상이 소리 높여 외쳤다.

"정녀가 지금 바로 내 곁에 있거늘 어찌 들어오지 못한다 말하시오?"

난양이 말하기를,

"옛사람 두선이 '술잔에 담긴 뱀을 마시고 의질을 얻었으나, 벽에 걸린 활의 그림자가 술잔에 비추어 뱀 모양을 이룬 것을 알고는 병이 쾌차하였다' 하는데, 승상의 병이 또한 그와 같으니 쾌차하실 방법도 그와 비슷한 줄로 아옵니다."

승상은 눈을 감고 대답하지 아니하며 다만 손만 놀릴 따름이었다. 영양이 병세가 점차 위중한 줄로 알고 승상에게 다가앉으며 하는 말이,

"승상께서는 다만 죽은 정녀만을 생각하시고 산 정녀는 보고자 아니하

십니까? 승상이 정녀를 보고자 하신다면 신첩이 바로 정녀 경패(瓊貝)입니다."

승상은 거짓으로 믿지 못하는 체하면서 말하였다.

"무슨 말이오? 정 사도에게 딸이 하나 있었으나 죽은 지 이미 오래 되었소. 죽은 정녀가 바로 내 곁에 있으니 그 밖에 어찌 산 정녀가 있겠소? 죽지 않은 것은 살고 살지 않은 것은 죽은 것이 사람의 정한 일이요, '죽은 자는 다시 살아나지 못한다' 하니, 귀주의 말씀을 내 믿지 못하겠소."

이에 난양이 덧붙여 말하였다.

"우리 태후마마께서 정씨를 양녀로 삼으시고 영양 공주에 봉하시어 첩과 함께 승상을 섬기라 하셨습니다. 영양 저저가 곧 예전에 승상의 거문고를 들었던 정 소저입니다. 그렇지 않다면 어찌 영양 공주가 저렇듯 정녀와 털끝만큼도 다름이 없을 수 있겠습니까?"

승상이 이 말에는 대답하지 않고 적이 신음하는 소리를 내더니, 홀연히 머리를 쳐들고 숨을 크게 쉬며 말하였다.

"내 정씨 집에 있을 적에 정 소저가 시비 춘운을 내게 보내어 수종들게 하였소. 내 이제 춘운한테 묻고자 하는 말이 하나 있는데 그는 어디 있소? 춘운을 보고자 하나 그 역시 어렵구나. 슬프다! 한스럽기 그지없다!"

난양이 승상의 말에 실토하기를,

"춘운이 영양 저저를 뵙고자 궁중에 들어왔다가 승상이 병환을 얻으셨다는 말에 근심하여 나가지 못하였습니다. 지금 밖에서 기다리고 있습니다."

하고, 곧 춘운을 불렀다.

춘운이 들어와 여쭈되,

"승상, 기체(氣體) 어떠하십니까?"

승상이 하는 말이,

"춘운만 남아 있고 그 밖의 사람들은 모두 다 나가기 바라오."

하니, 두 공주와 숙인이 밖으로 나와 난간에 의지하여 서서 기다리고 있었다.

춘운만 남자 승상은 곧 자리에서 일어나 소세하고 의관을 정제한 다음 춘운을 시켜 세 사람을 다시 불러들였다. 춘운이 웃음을 머금고 나와 두 공주와 숙인한테 말하였다.

"승상께서 뵙기를 청하시나이다."

네 여인이 함께 들어가자 승상은 화양건(華陽巾)[13]을 쓰고 관금포(官錦袍)[14]를 입고 백옥여의(白玉如意)를 잡고 안석에 의지하여 앉아 있었는데 그 기상이 화창한 봄 날씨 같아 조금도 병들었다가 방금 일어난 사람 같은 기색이 없었다.

영양 공주가 비로소 승상에게 속은 줄을 알고 웃으며 머리를 숙여 인사하고 다시 병에 대해 묻지 아니하였다.

"승상 기후 지금은 어떠하십니까?"

난양 공주가 문후를 여쭈자 승상이 정중한 태도로 정대히 대답하였다.

---

[13] **화양건(華陽巾)** 두건의 일종.
[14] **관금포(官錦袍)** 비단 수를 놓아 만든 도포.

"요즘 괴이한 풍속이 돌아 미인계로 장부를 속인다 하더이다. 유한(幽閑)하고 정정(貞靜)한 부덕을 장차 어디에서 찾아볼 수 있을까 근심하는 참이었소. 소유가 대신의 반열에 있기로 이에 풍속을 교정할 방책을 골똘히 생각하다가 병이 되었으나 이제 쾌차하였으니 귀주는 염려 마시오."

이에 난양과 숙인은 웃으며 아무런 말을 하지 아니하였다. 다만 영양이 나서서 말하기를,

"이 일이 실은 첩들이 알 바 아닌 듯하옵니다. 승상의 병의 근원을 알고자 하신다면 스스로를 돌이켜보시고 남을 속였던 일을 뉘우치실 것이요, 한편으론 태후마마께 품달[15]하여 보십시오."

승상이 이 말에 마음의 가려움을 이기지 못하여 소리 내어 웃으며 하는 말이,

"양소유의 신출귀몰한 계교로 전후 미인계의 실상을 알았으니, '부인은 사람의 아래에 엎드린다'는 말이 옳소. 소유가 오직 공경하고 감복하는 것은 태후마마께서 소유를 자식같이 보시는 은덕과 황상폐하의 친신(親信)[16] 하시는 어념(御念)과 귀주들의 우애하시는 덕행이오. 소유 정성을 다하여 금슬의 즐거움을 오래오래 누리도록 하겠소."

두 공주와 숙인이 부끄러운 빛을 띠며 고개를 끄덕일 뿐 아무런 말이 없었다.

이때 태후가 궁녀로부터 승상이 병을 칭탁한 사유를 아시고 크게 웃으

---

[15] **품달** 어른이나 상사에게 여쭘.
[16] **친신(親信)** 가깝게 여기어 믿음.

시며 말씀하시기를,

"내 실은 미심쩍었느니라."

하고, 이에 승상을 불러들이셨다.

두 공주가 함께 모시고 와 태후 앞에 앉자, 태후가 하문하시었다.

"승상이 이미 죽은 정녀와 더불어 끊어진 인연을 다시 이었다 하니 정녕 사실인가?"

승상이 이에 엎드려 아뢰기를,

"은덕이 천지간의 조화(造化)와 더불어 한결같이 크시니, 신이 분골쇄신할지라도 갚기 어려운 줄로 아뢰옵니다."

태후가 웃으며 이르시기를,

"다만 그대를 희롱했을 따름인데 어찌 그것을 은덕이라 하겠소?" 하셨다.

이날 천자께서 정전(正殿)에 나시어 모든 신하들의 조회를 받으실 때 신하들이 아뢰기를,

"근자에 밝은 별이 높이 뜨며 단 이슬이 내리고 황하의 물이 맑고 곡식이 풍성하고, 세 진의 절도사가 땅을 들어 조회하였사옵니다. 또한 강한 토번이 항복하였으니, 이는 다 성덕으로 이룬 것이라 아뢰옵니다."

상이 겸양하며 공을 모든 신하들께 돌리므로 모든 신하가 한가지로 아뢰기를,

"양소유가 근일 궁중에 오래 머물러 있는 까닭으로 정부의 공사(公事)가 많이 지체된 줄로 아뢰오."

상이 크게 웃고 이르시기를,

"태후께서 연일 불러보시는 고로 승상이 감히 나오지 못하는 것이니, 짐이 친히 효유하여 공사를 보게 하겠소."

하시더니, 바로 이튿날 양 상서가 정부에 나아가 공사를 처리하였다.

승상은 드디어 소(疏)를 올려 그 모친을 모셔오려 하며, 상소문을 올렸다.

승상 위국공 부마도위 신 양소유는 돈수백배 하옵고 황상폐하께 삼가 아뢰옵나이다. 신은 본디 초땅의 미천한 백성이오라 노모를 공궤(供饋)함에 넉넉지 못하므로 두초(斗筲) 같은 재주[17]로 외람되이 국록(國祿)으로 노모를 봉양코자 하여 분수를 헤아리지 못하고 크나큰 향공(鄕貢)을 입었사옵니다.

양소유가 과거에 뽑히고 조정에 들어선 지 수년에 조서를 받들어 강적을 치니 절도(節度)는 무릎을 굽히었고 또 명을 받들어 서(西)로 치니 흉한 토번이 꼼짝 못하고 나아와 항복하였사옵니다. 이 모든 것이 어찌 신의 계책이라 하겠사옵니까? 이는 다 황상폐하의 위덕(威德)이 미친 바요, 모든 장수가 죽기로써 싸운 까닭이거늘, 폐하께옵서는 도리어 이에 작은 수고를 권장하시고 중한 벼슬로써 포양(襃揚)하시오니 신의 마음에 그지없이 황송하옵니다.

노모가 신에게 바라던 바는 얼마 되지 않는 국록이옵고 신이 원하던 바도 미관말직에 지나지 아니하였으나, 이제 신이 장상(將相)의 자리에 있고 공후(公侯)의 작(爵)에 있사옵니다. 국사에 견마(犬馬)의 충성을 다하려 하기로 노모를 모셔올 겨를을 내지 못하였더니 신이 머무는 거처와 음식이 신의 노모와는 판이 하였사옵니다. 이는 이 몸은 부귀로 처하고 빈천으로 노모를 대접하는 것이오니 자식의 도리에 크게 벗어난 것이 아니겠사옵니까?

또한 신의 어미 연세 이미 높고 신병이 무거우나 다른 자녀가 없어 가히 구호

---

[17]. **두초(斗筲) 같은 재주** 두초지재(斗筲之才), 곧 그릇의 작음을 이름.

치 못하오며, 신이 어미를 보고싶은 마음 지극히 간절하오나 산천이 아득하여 소식이 또한 자주 통하지 못하옵니다.

이제 국가가 무사하고 이로 인해 관부(官府)가 한가하오니 엎드려 비옵건대 폐하께서 신의 다급한 형편을 살피시어 노모를 봉양코자 하는 신의 소원을 돌아보시어 각별히 두어 달 겨를을 허락하시면, 그 사이에 돌아가 선영(先塋)에 성묘하고 노모를 모셔 와 모자가 함께 성덕을 기리며 그로써 반포(反哺)[18]의 정성을 다하려 하옵니다. 성상께서 이를 딱하게 여기시어 윤허하시면 마땅히 충성을 다하여 천은을 갚겠사옵니다. 윤허하소서.

상이 상소문을 다 보시고 탄식하시며,

"효재(孝哉)구나!"

하시고 특별히 황금 일천 근과 비단 팔백 필을 하사하여 그 노모에게 헌수(獻壽)[19]케 하고 또 노모를 만나 속히 모시고 돌아오라 하교하시었다.

승상이 대궐로 들어가 사은하고 태후께 하직을 아뢰니 태후 또한 금과 비단을 내리시므로 승상이 사은하고 두 공주와 진 숙인, 가 유인과 함께 작별을 나누었다.

황성을 떠나서 천진교에 다다르자 계섬월, 적경홍의 두 기생이 부윤의 기별을 받고 이미 객관에 와 등대하고 있었다. 승상이 두 기생을 보고 웃으며 물었다.

"이번 길은 사사로운 일로 떠나는 것이요, 군명이 아니거늘 그대들이 어찌 내가 오는 것을 알았느냐?"

---

18. **반포(反哺)** 까마귀 새끼가 어미에게 먹이를 물어다 먹임.
19. **헌수(獻壽)** 장수를 비는 뜻으로 술잔을 올림.

경홍과 섬월이 대답하기를,

"승상 위국공 부마도위의 행차를 깊은 산 험한 골짜기에 사는 이도 다들 알아, 떠들썩하게 들려오는데 첩들이 비록 두메에 사오나 어찌 귀와 눈이 없겠사옵니까? 또한 부윤이 첩들을 대접하기를 상공 다음으로 대접하는데 어찌 기별하지 않았겠사옵니까? 상년에 상공께서 여기를 거치실 때 오히려 첩들의 생색이 만 길이나 높았사옵니다. 이제 상공의 지위가 그때보다 더 높고 공명 또한 더 크시니 첩들의 영광이 또한 백배나 더하옵니다. 듣자오니 상공께서 두 공주의 부마가 되셨다 하는데, 두 공주가 쉬이 첩들을 용납하실는지 알았으면 하옵니다."

승상이 대답하기를,

"공주 중 한 분은 황상폐하의 매씨요, 또 한 분은 정 사도의 여식으로서 황태후 양녀가 되었다. 정 사도의 여식은 바로 계낭이 천거한 것이니 정씨가 어찌 계낭이 천거한 은혜를 잊어버리겠느냐. 또한 난양 공주와 함께 서로 같은 사람을 사랑하고 같은 물건을 아끼는 덕행이 있으니 어찌 두 낭자의 복이라 하지 아니하겠느냐?"

경홍과 섬월이 서로 돌아보며 하례하였다.

승상은 두 사람과 더불어 밤을 지내고 다시 길을 떠나 고향에 다다랐다.

지난날 십오 세 서생으로 모친 슬하를 하직하고 멀리 갔다가 이제야 돌아와 근친(覲親)[20]하니 승상의 거마를 타고 위국공의 장복을 입고 아울러

---

[20]. 근친(覲親) 시집간 딸이 친정에 와 친정아버지를 뵘.

부마의 귀함까지 겸하였으니, 사 년 동안 성취한 것이 과연 장하다 할 만하였다.

들어가 모부인(母夫人)²¹을 뵈니 모부인이 아들의 손을 잡고 그 등을 어루만졌다.

"네가 참말로 우리 아들 소유냐? 내가 아무래도 믿지 못하겠구나. 네 어릴 적 육갑(六甲)을 외우며 글자 모으기를 할 적에 어찌 오늘의 영광이 있을 줄을 뜻하였겠느냐?"

대부인은 기쁨을 이기지 못하여 눈물을 흘렸다. 소유가 공명을 이룬 일과 장가들고 첩들을 가려잡게 된 사연을 자세히 아뢰었다.

"너의 부친이 매양 너더러 '우리 가문을 빛나게 할 아이라' 하셨는데, 이제 너의 부친과 영화를 함께 누리지 못하는 것이 한이로구나."

이렇게 말하며 모부인이 슬피 탄하였다.

승상은 곧 선산에 치제²²하여 자신이 영화와 부귀를 누리게 된 것을 아뢰었다. 그리고 천자가 내리신 금과 비단으로 대부인을 위하여 잔치를 베풀어 장수를 기원 드리고, 일가친척과 친구들을 위하여 열흘 동안이나 손님치레를 하고서 대부인을 모시고 길을 떠났다.

연도의 백성들과 여러 고을 수령들이 분주하게 호행(護行)²³하니 어찌 광채가 한길에 빛나지 않을 것인가.

---

²¹· **모부인** 어머니를 높이 부르는 말.

²²· **치제** 임금이 죽은 공신에게 제물과 제문을 내려 제사 지냄. 또는 그 일.

²³· **호행(護行)** 보호하며 따라감.

승상이 낙양을 지날 때 본 고을에 분부하여 경홍과 섬월을 부르라 하였더니 사람이 돌아와 아뢰기를,

"두 낭자가 이미 동행하여 황성으로 떠난 지 여러 날이 되었다 하옵니다." 하였다.

승상은 길이 어긋난 것을 섭섭히 여기고 황성에 이르러 대부인을 승상부에 모셨다. 승상이 대궐로 들어가 황상을 뵙자, 양궁(兩宮)에서 불러보시고 금은과 채단 열 수레를 나누어 하사하셨다. 이를 대부인께 헌수하고 만조백관을 청하여 삼일잔치를 크게 벌여 즐겼다.

승상이 다시 좋은 날을 가려잡아 황상께서 내리신 새 집으로 대부인과 함께 옮겨 드니 그 집의 누각과 정자, 동산과 연못이 굉장하여 자못 눈이 부실 지경이었다.

영양 공주와 난양 공주가 신부례(新婦禮)를 행하고 진 숙인과 가 유인이 역시 예를 갖추어 대부인을 뵈니, 대부인은 화기가 흐뭇하며 마음속으로부터 기꺼워하였다.

승상이 이미 '대부인의 장수를 기리라' 하는 명을 받은지라 위에서 내리신 물건을 가지고 다시 삼 일간의 대연(大宴)을 베풀자, 양궁에서 궐내의 악공(樂工)들을 보내시고 상께서 잡수시는 음식을 내리셨다.

잔치에 조정의 고관들이 모두 모인 후, 소유가 채색옷을 입고 두 공주와 더불어 옥잔을 높이 들어 차례로 대부인께 올려 장수함을 기리며 매우 즐겁게 놀았다.

잔치가 아직 파하지 아니하였는데 문 지키는 자가 들어와 아뢰기를,

"문 밖에 두 여자가 와서 대부인과 승상께 명첩(名帖)[24]을 드리나이다."

하기에 받아 보니 섬월과 경홍이었다.

이에 대부인께 이 뜻을 사뢰고 곧 불러들이니 두 기생이 섬돌 아래에서 절하고 뵈었다.

섬월과 경홍을 본 모든 손님이 한가지로 칭찬하기를,

"낙양땅의 계섬월과 하북땅의 적경홍이 이름을 날린 지가 이미 오래 되었거니와 이제 보니 과연 절세의 미인이로다! 양 승상의 풍류가 아니면 어찌 능히 여기 오게 할 수 있었겠는가?" 하였다.

승상이 두 기생에게 명하여 그 가진 바 재주를 보이게 하자 경홍과 섬월이 동시에 일어나 구슬 신을 끌고 구슬자리에 올라 가벼운 소매를 날리며 예상우의곡(霓裳羽衣曲)에 맞추어 춤을 추는데, 떨어지는 꽃과 나부끼는 가지는 봄바람에 떠다니며, 구름 그림자와 눈비는 비단장막에 비치니 한궁(漢宮)의 조비연(趙飛燕)[25]이 다시 부마궁(駙馬宮)에 나타난 듯하였고, 금곡(金谷)의 녹주(祿珠)[26]가 다시 위국공(魏國公)의 당상에 선 듯하였다.

대부인과 두 공주가 능라와 금수(錦繡)로 두 기녀에게 상금을 내리고 진숙인은 본디 섬월과 함께 아는 사이라 옛일을 말하며 쌓였던 회포를 풀었다.

영양 공주는 몸소 술잔을 잡아 따로이 계낭(桂娘)한테 권하며 그를 양소

---

24. **명첩(名帖)** 명함, 명편(名片).
25. **조비연(趙飛燕)** 한 무제의 시첩.
26. **녹주(祿珠)** 석숭(石崇)의 애첩.

유에게 천거하여 준 은혜를 갚았다.

유 부인이 승상에게 이르기를,

"너희들이 섬월에게는 사례하면서 내 외사촌 두 연사는 잊었느냐?"

승상이 이에 대답하기를,

"소자의 오늘의 즐거움이 모두 두 연사의 덕이옵니다. 또 모친께서 이미 황성에 오셨으니 비록 모친의 말씀이 없으실지라도 진실로 받들어 청코자 하였습니다."

하고, 즉시 사람을 자청관으로 보내었다.

시종이 자청관에 가 두 연사를 찾자 모든 여관이 말하기를,

"두 연사께서는 촉(蜀)땅으로 가신 지 이미 삼 년이 되었습니다." 하였다.

이에, 유 부인이 매우 섭섭히 여기었다.

양 승상이 부중(府中)에서 각각 들어 살 거처를 정하였는데 정당은 경복당(慶福堂)이니, 대부인이 살고, 경복당 앞은 연희당(延禧堂)이니 좌부인 영양 공주가 머무르고, 경복당 서쪽은 봉소궁(鳳韶宮)이니 우부인 난양 공주가 머무르게 하였다. 연희당 앞의 응향각(凝香閣)과 청화루(清和樓)는 승상이 거처하며 때때로 거기서 잔치를 베푸는 곳이요, 그 앞의 연현당(延賢堂)은 승상이 손을 응접하는 집이요, 봉소궁 남쪽의 심홍원(尋紅院)은 진 숙인 채봉의 방이요, 연희당 동쪽의 영춘각(迎春閣)은 가 유인 춘운의 방이었다.

청화루 동과 서에는 각각 작은 누가 딸렸으니 푸른 창과 붉은 난간이 서로 비추며 행랑을 돌아 청화루를 접하고 응향각 동쪽은 상화루(賞花樓)요, 서쪽은 망월루(望月樓)이니 계섬월과 적경홍이 각각 한 누씩 차지하였다.

궁중기악(宮中妓樂) 팔십 인이 다 천하에 자색이 드러나고 재주 있는 사람들인데, 이를 동·서부로 나누어 동부 사십 인은 계낭이 주장하고 서부 사십 인은 적낭이 맡아 가무를 가르치며 풍악을 공부시키고 매월 청화루에 모여서 동서 양부의 재주를 비교하였다.

승상이 대부인을 모시고 두 공주를 거느리며 누각에서 이를 즐겼는데 이기는 자는 석 잔 술로 상을 주고 머리에다 꽃 한 가지씩을 꽂아서 영광을 빛내고, 지는 자에게는 냉수 한 잔을 벌로 먹이고 먹 붓으로 이마에 한 점을 찍어 그 마음을 부끄럽게 하는지라, 모든 기생들의 재주가 날로 점점 성숙하니 위공부(魏公府)와 월왕궁(越王宮)의 여악(女樂)이 천하에 이름이 드날려, 비록 이원(梨園)[1]의 악공이라 할지라도 이 두 악공을 따르지는 못할 것이었다.

하루는 두 공주가 모든 낭자들과 더불어 대부인을 찾아 모시고 있었는데, 승상이 한 봉 글을 가지고 들어와 난양 공주에게 내주며 이르기를,

"이것은 월왕 전하의 글월이오."

공주가 글월을 보니,

봄날이 매우 화창한데 승상궁 댁내가 고루 만복하시나이까?
지난날 나라에 일이 많고 공사에 겨를이 없어 낙유원(樂遊原)에 말을 머무르게 하는 기회를 갖지 못하고, 곤명지(昆明池) 머리에 다시 배를 대는 즐거움이 없었더니 마침내 가무를 즐기는 정자의 마당에는 어느덧 잡풀이 번성하였을 따름입니다.
장안의 노인네들이 늘상 열성 조(列聖朝)의 성덕으로 시절이 번화하였던 옛일

---

[1]. **이원(梨園)** 당 현종 때 영인(伶人)들을 가르치던 곳.

을 그리며 때로는 눈물을 흘리는 자도 있으니, 이는 자못 태평한 시절의 기상
이 아니라 할 것입니다.

이제 황제 폐하의 은덕과 승상의 큰 공을 힘입어 사해(四海)가 태평하고 백성
이 안락하니 다시 개원(開元)과 천보(天寶)² 때와 같이 즐거운 일을 치르는
것이 마땅하며, 또 봄빛이 저물지 아니하였고 날씨가 화창하여 고운 꽃과 부드
러운 버들이 능히 사람의 마음으로 하여금 기쁘고 편안케 하니 아름다운 경치
와 좋은 구경할 때가 바로 이때가 아닌가 합니다.

승상과 더불어 낙유원 위에 모여 사냥하는 것을 보거나 혹은 풍악을 울려 태평
한 기상을 돋우고자 하오니 승상의 마음이 이에 합당하거든 곧 날짜를 정하여
회답을 주시어 과인으로 하여금 따르게 하시면 다행한 일이라 하겠습니다."

글월을 보고 난양 공주가 승상께 여쭈기를,

"상공께서는 월왕이 뜻하는 바를 아시겠습니까?"

승상이 대답하기를,

"무슨 뜻인지 자세히는 알 수 없으나, 소유의 생각으로는 꽃놀이를 하자
는 말에 불과한 듯하오. 실로 귀공자다운 풍류가 아니오?"

난양 공주가 다시 여쭈기를,

"상공께서는 다 아시는 것이 아니옵니다. 월왕 오라버니가 좋아하는 것
이 둘 있는데 오직 미녀와 풍악이옵니다. 원래 월왕 오라버니 궁녀 중에
절세의 미녀가 한둘이 아니오며, 오라버니가 요즈음 새로이 총애 하는 첩
(妾)이 무창(武昌)의 명기로 꼽히는 만옥연(萬玉燕)이옵니다. 월왕궁의 미
인들이 옥연을 한 번 본 후 모두 정신이 없어 스스로 무염(無鹽)³과 모모⁴

---

² **개원(開元)과 천보(天寶)** 모두 당 현종 때의 연호.

같이 아리땁지 못한 여자라 자처한다 하오니, 옥연의 자색과 용모가 세상에 견줄 바가 없음을 가히 짐작할 수 있사옵니다. 한데 이런 청을 한 것은 오라버니가 우리 궁전에 미인이 많다 하는 말을 듣고 아마도 왕개(王愷)[5]와 석숭(石崇)[6]이 서로 비교한 것을 본받고자 하는 것이옵니다."

승상이 웃으며 이르기를,

"나는 범연히 보았거늘 과연 공주가 먼저 월왕의 뜻을 알아 차렸소."

영양 공주가 이에 곁들여 말하기를,

"이것이 비록 한때의 놀이이기는 하나 남에게 져서는 아니될 것일세."

하고 경홍과 섬월에게 눈짓하며 일러두되,

"군사를 기르기는 십년이나 그 군사를 쓰는 것은 하루아침에 있는 법이네. 이번 놀이의 승부는 오직 두 교사(敎師)의 수중에 달렸으니 모름지기 힘쓰기를 바라네."

섬월이 대답하기를,

"천첩은 아무래도 대적할 재주가 없을 것같아 염려되나이다. 월왕궁의 풍악은 천 명의 악공이 모두 다 뛰어나고 무창의 옥연은 구주(九州)에 그 이름을 떨쳤사옵니다. 월왕전하께서 이미 저렇듯 풍악을 거느리고, 또 저렇듯 미인을 두셨으니 이는 천하에 대적할 자 없을 것이옵니다. 첩들은 이를 테면 재주 적은 군사로서 규율도 밝지 못하며 기치도 제대로 갖추지 못

---

3. **무염(無鹽)** 극히 추한 여자, 제나라 선제(宣帝)의 왕비.
4. **모모** 추부(醜婦), 황제(黃帝)의 넷째 왕비.
5. **왕개(王愷)** 진대의 장군, 대부호.
6. **석숭(石崇)** 진대의 대부호.

한 것과 같사옵니다. 염려되는 것은 싸우기에 앞서 갑자기 도망칠 생각이 먼저 나지나 않을까 하옵니다. 첩들의 가소로움이야 족히 괘념할 것이 없사오나 다만 승상부의 수치가 될까 하여 두렵나이다."

승상이 말하기를,

"내 계낭과 처음으로 낙양에서 만났을 적에 '청루에 절세미녀가 셋이 있다'고 일컬었는데, 옥연의 이름이 그 가운데 있었으니 필시 이 사람을 말함이렷다. 그러나 청루의 절색(絶色)이 세 사람뿐이라면, 내 이제 항우(項羽)[7]가 얻은 것과 한가지로 장량(張良)[8]과 진평(陳平)[9]을 얻었으니 어찌 범증(范增)[10] 하나를 두려워하겠느냐?"

섬월이 말하기를,

"월왕궁의 미녀들은 '팔공산(八公山)의 초목 아닌 것이 없다'[11] 하리만큼 저들의 겉치장이 화려하옵니다. 우리 군사들이 지레 겁을 내어 다만 달아나기에 바쁠 터이니, 우리가 어찌 감히 대적할 수 있겠사옵니까? 바라옵건대 공주마마께서는 적낭에게 계책을 물어보소서. 첩은 담약하여 이 말씀을 들으니 문득 목이 잠겨 제대로 노래를 부르지 못하겠사옵니다."

경홍이 분연히 나무라기를,

"계 낭자의 그 말이 참말이냐? 우리 두 사람이 관동(關東) 칠십여 고을

---

7. **항우(項羽)** 초 패왕.
8. **장량(張良)** 장자방.
9. **진평(陳平)** 한고조의 모신(謀臣).
10. **범증(范增)** 항우의 모신.
11. **팔공산(八公山)의 초목 아닌 것이 없다** 왕부견(王符堅)의 고사. 적진을 치려다가 팔공산의 초목이 모두 군병같이 보여 지레 겁을 먹음.

을 돌아다니며 홀로 이름을 드날렸거늘 어찌 쉽게 옥연에게 첫 자리를 물려주겠느냐? 지금 세상에 나라를 쓰러뜨리고 성을 무너뜨린 한궁부인(漢宮夫人)과 아침에는 구름이 되고 저녁에는 비가 되었던 초대신녀(楚臺神女)[12]가 있으면 내 적이 부끄러운 마음이 서릴 것이나, 그렇지 아니하니 저 옥연 따위를 어찌 꺼리겠느냐?"

섬월이 다시 말하기를,

"적낭은 어찌 그리 말을 쉽게 하느냐? 우리들이 일찍이 관동에 있으면서 크면 태수(太守)와 방백(方伯), 작으면 호기로운 선비와 협기(俠氣) 있는 풍류랑(風流郎)의 잔치를 했을 뿐이라, 강한 적을 만나지 못하였기로 남에게 첫째자리를 빼앗기지 않았었다."

"이제 월왕전하는 대내(大內)의 귀하신 사람들 사이에서 자라나신지라 안목이 매우 높고 평론이 날카로우시다. 지금 적낭의 말은 마치 '주먹돌을 보고 태산을 업신여긴다'는 옛말과도 같다. 하물며 옥연은 지략(智略)이 월왕 궁중에서도 장자방(張子房)이라 장막 가운데 앉아서도 천리 밖에서 승리를 거둘 책략이 있거늘, 이제 조괄(趙括)[13]과도 같이 큰소리를 치니 아무래도 패배를 당할 것이다."

하고 이어서 승상께 아뢰기를,

"적낭이 우쭐거리는 마음이 있사오니 첩이 그 흠처[14]를 말씀드리겠나이

---

[12] **초대신녀(楚臺神女)** 무산(巫山)의 여인.

[13] **조괄(趙括)** 진군(秦軍)에 패배하여 살해된 사람. 조(趙)의 장수(將帥), 사(奢)의 아들.

[14] **흠처** 흠이 있는 곳.

다. 적낭이 처음 상공을 따를 때에 연왕(燕王)의 천리마를 도적질한 하북 소년이라 자신을 칭하고는 한단(邯鄲) 길가에서 상공을 속였사옵니다. 적 낭의 용모가 곱고 태도가 유미하였던들 어찌 상공께서 남자로 속았겠사옵 니까?

또한 적낭이 상공을 처음으로 모시던 날 밤에 어둠을 타 첩의 몸을 대신 하였으니 이는 바로 남의 힘으로 소원을 이룬 것이라 할 것입니다. 한데 이제 첩을 대하여 이러한 자랑을 내놓으니 역시 우습지 않겠사옵니까?"

경홍이 웃으며 이에 대답하기로,

"진실로 사람의 마음이란 측량하지 못하겠나이다. 천첩이 상공을 따르 기 전에는 하늘 위의 항아(姮娥)처럼 칭찬을 하더니, 이제 와서 괄시하니 상공의 은총을 홀로 차지하고자 하여 질투하는 기미가 있사옵니다."

섬월과 모든 낭자들이 다 소리 내어 웃기에 영양 공주가 이르되,

"적낭의 가냘픔이 이와 같거늘 남자로 보았던 것은 승상이 한 쌍 눈동자 가 아마도 총명치 못하신 연고요, 적낭의 아름다움이 이로 말미암아 떨어 지지는 아니할 것이네. 그러나 계낭이 말하는 바도 과연 옳구나. 남복을 입은 여자로서 사람을 속일 수 있는 자는 필시 여자로서의 고운 태도가 없 는 것이고, 또 여장한 남자가 사람을 속일 수 있는 것은 필시 장부로서의 기골(氣骨)이 없음이라, 다 그 부족한 곳을 따라서 그 거짓된 것을 꾸밈이 로세."

승상이 소리 내어 웃으며 이르기를,

"공주의 말씀이 과연 옳소! 한 쌍의 눈동자가 청명치 못하여 거문고의

곡조는 능히 분별하였으되 여복을 입은 남자는 분별하지 못하였으니, 이는 바로 귀는 가졌으나 눈은 없는 것이니, 면상의 일곱 구멍 중에 하나가 없는 것이니 어찌 가히 온전한 사람이라 말할 수 있으리오? 공주가 소유의 잔졸함을 비웃으나 기린각(麒麟閣)에 새겨진 양 원수의 화상을 보는 자는 다 외모의 웅장함과 위풍의 당당함을 칭찬하더이다."

모인 사람들이 다시 한바탕 크게 웃었다.

섬월이 다시 말하기를,

"바야흐로 강한 대적을 상대로 진을 칠 터이니 어찌 그다지도 줄곧 희롱의 말씀만 하실 수 있겠사옵니까? 우리 두 사람만 믿기는 전혀 어렵사오니 역시 가 유인이 동행함이 어떠할까 하옵니다. 또한 월왕이 모르는 분이 아니시니 진 숙인도 동행한다 한들 무슨 거리낌이 있겠나이까?"

이에 진씨가 대답하기를,

"계낭, 적낭 두 낭자가 만일 여자 과거장(科擧場)에라도 들어가는 것이라면 내 마땅히 한 팔의 힘이라도 도울 것이나 가무(歌舞)를 논하는 마당에 첩을 어디다 쓰겠소? 이는 이른바 시정아치[15]를 몰아가 싸우는 것이나 다를 바 없으니 성공하지 못할까 두려울 따름이오."

춘운이 또한 이르기를,

"다만 첩의 한 몸이 남에게 비웃음을 받을 일이나 재치 없는 가무로 수치를 당할 뿐이라면 어찌 그러한 큰 놀이를 구경할 마음이 없겠습니까마

15. **시정아치** 시정의 장사꾼, 시정배.

는, 만일 첩이 따라가면 사람들이 필연 손가락질을 하며 '저는 대승상 위 국공의 첩이요, 영양 공주의 잉첩이라' 하며 웃을 터이옵니다. 이는 곧 상 공께 비웃음을 끼치고 두 정실부인께 근심을 남기는 것이니 춘운은 결단 코 가지 않겠소이다."

영양 공주가 이에 되묻기를,

"어찌하여 춘운이 가는 것으로 상공께서 비웃음을 받으며, 또 우리가 그 대로 말미암아 근심이 있겠느냐?"

춘운이 대답하되,

"비단 요를 널리 펼치고 구름 차일(遮日)을 높이 걷으면, 사람들이 모두 말할 것이옵니다. '양 승상의 첩 가 유인이 온다' 모두들 서로 어깨를 비비 고 발꿈치를 돋우며 구경하다가, 마침내 소첩이 걸음을 옮겨 자리에 오르 면 이 몸은 '숙대강이에 더러운 얼굴'이니, 사람들이 모두 크게 놀라 하는 말이 '양승상이 등도자(登徒子)[16]와 같은 호색하는 병이 있구나' 할 것이 니 이 어찌 상공께서 욕을 당하심이 아니겠사옵니까. 또한 월왕전하는 일 찍이 누추한 물건을 보지 못하셨을 터이니 첩을 보시면 필연 구역이 나서 미령하실 터이옵니다. 이 역시 마마께 근심이 아닐 수 있겠사옵니까?"

난양 공주가 나무라기를,

"가씨의 겸사가 너무 심하구나! 예전에는 사람으로 귀신이 되더니 이세 는 서시(西施)[17] 같은 미녀로 무염(無鹽)같은 추부(醜婦)가 되고자 하니 그

---

16. **등도자(登徒子)** 중국시대 호색한(好色漢).

17. **서시(西施)** 월왕(越王) 구천(句踐)이 오왕 부차(夫差)에게 미인계로 바쳤던 월의 미녀.

대 말을 아무래도 믿지 못하겠구나."

하고 이에 승상에게 물어보기를,

"어느 날로 기약하셨습니까?"

승상이 대답하기를,

"내일로 언약하였소."

경홍과 섬월이 이에 이르러 말하기를,

"동, 서 양부의 교방(教坊)[18]에 아직 영도 내리지 못하였으니 일이 이미 늦었나이다."

하고 곧이어 우두머리 기생을 불러 명을 내렸다.

"내일 승상께서 월왕과 더불어 낙유원에 모이기로 언약하셨다. 양부의 모든 기생들은 내일 새벽에 모름지기 단장을 새롭게 꾸미고 악기를 가지고 승상을 모셔 따라가도록 할 것이니 준비하여라."

팔십 명 기생이 일시에 명을 받고 얼굴 치장을 하며 눈썹을 그리고 악기를 잡아 풍류를 익히며 준비에 바빴다.

이튿날 새벽에 승상은 일찍 일어나 군복을 입고 활과 살을 차고 눈빛같이 흰 천리 융산마(戎山馬)를 타고 사냥꾼 삼백 명을 불러 호위케 하며 성문 밖 남쪽으로 향하였다.

이때 경홍과 섬월의 의복 치장은 금과 옥을 아로새기고 꽃을 수놓고 잎새를 그렸으며, 각기 부하 기생을 거느리고 화초말 금안장에 걸터앉아 산

---

[18] **교방(教坊)** 음악 기생 지도원으로 좌방은 아악(雅樂), 우방은 속악(俗惡) 담당.

호편(珊瑚鞭)을 들어 구슬 고삐를 느직이 잡고 승상의 뒤를 가까이 따랐고, 팔십 명 기생들은 각기 빠른 말을 잡아타고 적경홍과 계섬월의 좌우를 호위하여 나아갔다.

중로에서 승상과 월왕이 만나니, 월왕의 사냥꾼과 기악(妓樂)이 족히 승상의 편과 더불어 맞먹을 만하였다.

승상과 더불어 말머리를 가지런히 하여 나아가며 월왕이 승상에게 말하기를,

"승상이 타신 말은 어느 나라의 종자입니까?"

승상이 대답하되,

"대완국(大宛國)[19]에서 났습니다. 대왕께서 타신 말도 완종(宛種)인 듯합니다."

월왕이 이에 대답하기를,

"그러하외다. 이 말의 이름은 천리 부운총입니다. 상년 가을에 천자를 모시고 상림원(上林苑)에서 사냥할 때 나라 마구간에서 기른 만여 필 말이 모두 바람같이 빨랐으나 이 말을 능히 따르는 것이 없었습니다. 장 부마(張駙馬)의 도화총과 이 장군의 오추마가 다 용마라 일컬으나 이 말에 견주면 매우 둔하오이다."

승상이 말하기를,

"연전에 토번을 칠 때 깊고 험한 물과 높고 가파른 석벽이라 사람은 도

---

[19] **대완국(大宛國)** 지금의 아프가니스탄.

저히 발을 붙이지 못하였으나, 이 말은 그곳을 평지 밟듯 하여 한번도 실족한 일이 없었습니다. 소유가 이룬 공이 실로 이 말의 힘을 입은 것이라 할 수 있으니, 두자미(杜子美)의 이른바 '사람과 더불어 한마음이 되어 큰 공을 이루다' 함이 곧 이것이 아닌가 합니다. 소유가 군사를 돌이킨 후에 작품(爵品)이 높아지고 벼슬이 한가하여 편하게 평교자를 타고 평탄한 대로를 천천히 다녔던지라 사람과 말이 한가지로 병이 나려 하였습니다. 청컨대 대왕과 더불어 채찍을 휘둘러 준총의 빠른 걸음을 한 번 견주며 옛 장수의 나머지 용맹을 다투어 보시는 것이 어떠하겠습니까?"

월왕이 매우 기껍게 응낙하였다.

"나 역시 같은 생각이오!"

드디어 모시는 자에게 분부를 내려 두 집의 손과 기녀들을 군막에서 기다리게 한 다음 채찍을 들어 말을 치려 할 즈음, 마침 큰 사슴 한 마리가 사냥꾼에게 쫓겨 월왕의 앞을 지나쳤다. 왕이 말 앞의 장사를 시켜 쏘라 명하자 여러 장사들이 일시에 활을 당겼으나 맞히지 못하므로, 왕이 노하여 말을 채쳐 나가며 하나의 화살로 사슴의 옆구리를 맞혀 죽였다.

모든 군사가 일제히 천세를 부르고, 승상이 축하하기를,

"왕의 신통한 활 솜씨가 여양왕(汝陽王)[20]과 다름이 없습니다."

월왕은 이에 겸양하여 이르기를,

"작은 재주를 어찌 그토록 칭찬하십니까? 내 승상의 활 쏘는 솜씨를 보

---

[20] **여양왕(汝陽王)** 당의 왕자, 활을 잘 쏨.

고자 합니다.”

월왕이 말을 미처 마치지 아니하여 때마침 고니[天鵝] 한 쌍이 구름 사
이로 날아오자 모든 군사가 말하였다.

“저 새는 쏘기 가장 어렵사옵니다. 송골매[海東靑]를 쏘는 것이 좋을 듯
하옵니다.”

승상이 다급히,

“너희는 아직 쏘지 말렷다!”

외치고 살을 메워 하늘을 우러러 고니를 쏘아 눈을 맞혀 말 앞에 떨어지
게 하였다.

월왕이 크게 칭찬하되,

“승상의 신묘한 솜씨가 이제 양유기(養由基)[21]와 같습니다!”

하고, 두 사람이 채찍을 한 번 휘두르자 두 말이 일제히 같이 달려 나가 번
개같이 달리며 귀신같이 번득여 순식간에 너른 벌판을 가로질러 높은 산
에 올랐다.

두 사람은 고삐를 당겨 산꼭대기에 나란히 서서 산천의 경개를 둘러보
았다.

양 승상과 월왕이 활 쏘는 법과 검술을 논의하고 있는데, 추종들이 그때
야 비로소 따라와 사슴과 고니를 은반에 담아 바쳤다. 두 사람은 말에서
내려와 풀밭에 앉아 허리에 찬 칼을 빼어 고기를 베어 구워 먹으며 서로

---

21. **양유기(養由基)** 춘추시대의 초 대부(楚大夫), 활의 명수.

술을 권하였다. 이때 멀리 보니 홍포를 입은 두 관원이 급히 오고 그 뒤에는 한 무리의 사람들이 따르고 있었는데 모두 성중으로부터 나오는 자들이었다.

삽시간에 한 사람이 달려와 아뢰기를,

"양전(兩殿) 궁(宮)에서 술을 내리셨나이다."

월왕이 군막에서 등대하니 두 내관이 어사하신 술을 따라 두 사람에게 권하고, 이어서 용봉의 무늬가 든 시전지(詩箋紙) 한 봉을 주었다. 두 사람이 세수하고 꿇어앉아 펴 보니 산에서 크게 사냥한 것을 글제로 하여 글을 지어 들이라 하신 것이었다.

월왕과 승상이 머리를 조아려 네 번을 절하고 각기 글을 지어 내관에게 주어 드리게 하니, 승상의 글에,

새벽에 장사를 몰아 들로 나가니
활은 가을 연꽃 같고 화살은 별 같더라.
장막 속 뭇 계집은 천하 백이요
말 앞의 쌍날개는 송골매일러라.
어사하신 술 나누어 마시니 다투어 감동하고
취하여 금칼을 빼니 스스로 비린 것을 베었더라.
뒤이어 지난해의 서새[22] 밖을 생각하니
대황산 풍설을 맞으며 왕정에서 사냥하였더라.

월왕의 글에 읊기를,

[22] 서새 서쪽 변방, 서역.

불나비처럼 나는 용마가 번쩍이는 번개 같이 지나치니
안장을 어거하고 북을 울리며 평탄한 언덕에 섰더라.
흐르는 별은 기세가 빨라 푸른 사슴을 베고
밝은 달은 형상을 열어 흰 거위를 떨구었도다.
살기는 능히 호기로운 흥취를 가르쳐 일게 하고
성은은 머물러 취한 얼굴을 더욱 붉게 하더라.
여양왕의 신통한 활솜씨를 그대는 말하지 말라.
다투어 오늘 아침에 살진 고기 얻은 것이 많도다.

내관은 곧 두 글을 받아가지고 돌아갔다.

이에 두 집의 손들이 차례대로 늘어앉아 하례하니 술 도감²³이 주안상을
들이는데, 낙타의 신기한 맛과 성성(猩猩)²⁴의 연한 입술은 은가마에서 나
오고, 월나라의 여지²⁵와 영가(永嘉) 고을의 귤은 옥 소반에 가득하니 서왕
모의 요지연(瑤池宴)이 아니면 한무제의 백량회(柏梁會)²⁶겠더라.

수백 명의 기녀들이 촘촘히 모여들어 갑옷으로 장막을 이루고 패물 소
리는 우레와도 같고, 한줌밖에 아니 되는 가는 허리는 마치 버들가지처럼
부드럽고 아름다운 얼굴은 꽃빛처럼 고왔다. 풍악 소리는 곡강(曲江)의 물
을 끓어오르게 하며 노랫소리는 종남산(終南山)을 움직이게 하였다.

술이 거나하여진 월왕이 승상한테 말을 걸었다.

"승상의 두터운 정을 입었습니다. 구구한 정성으로 드릴 것은 데리고 온

²³· **도감** 나라에 큰 일이 있을 때 두는 임시 관청.
²⁴· **성성(猩猩)** 원숭이류 짐승 이름.
²⁵· **여지** 박 과(科)에 딸린 일년생 만초(蔓草).
²⁶· **백량회(柏梁會)** 한무제가 백량대라는 누각을 세우고 시회(詩會)를 열었음.

첩 수인으로 하여금 승상의 즐거움을 한 번 돕고자 하니, 청컨대 앞에 불러 노래하며 춤추게 하여주십시오."

　승상이 사례하기를,

　"소유가 어찌 감히 대왕의 총첩과 더불어 대면할 수 있겠소이까마는 온전히 남매의 정의만을 믿고 감히 참람할 따름이옵니다. 소유의 첩 수명이 역시 구경코자 따라 왔으니 또한 불러들여 대왕의 첩과 더불어 각기 잘하는 기예에 따라서 흥을 돕고자 합니다."

　왕이 하는 말이,

　"승상의 말씀 또한 좋소이다!"

하기에 이에 섬월과 경홍과 월왕궁의 네 미녀가 분부를 받고 일어나 장막 앞에서 절을 드렸다.

　승상이 말하기를,

　"옛날에 영왕(寧王)이 한 미인을 두었으니 그 이름은 부용(芙容)이었다. 이태백이 영왕께 간청하였으나 겨우 미인의 목소리만 듣고 그 낯을 보지는 못하였는데, 이제 소유가 마음껏 너희들의 낯을 보니 그 얻는 것이 이태백보다 갑절이나 낫구나. 네 미인의 성명은 무엇이뇨?"

　네 미인이 일어나 대답하기를,

　"첩들은 금릉(金陵)에서 온 두운선(杜雲仙)과, 진류(陳留)에서 온 소채아(蘇彩娥)와, 무창(武昌)에서 온 만옥연(萬玉燕)과, 장안(長安)의 호영영(胡英英)이옵니다."

　승상이 월왕을 보고 칭송하기를,

"소유가 지난날 선비의 몸으로 떠돌며 놀 적에 옥연 낭자의 이름을 들었는데, 이제 비로소 그 낯을 보니 그 이름보다도 아리땁습니다."

월왕도 역시 섬월과 경홍의 이름을 들어 알고 있었는지라 말하기를,

"온 천하가 두 미인을 추앙하더니 이제 승상부로 들어왔으니 주인을 잘 만난 것이로다. 승상은 언제 이 미인들을 얻었습니까?"

승상이 대답하기를,

"계씨는 소유가 과거 보러 올 때 낙양에서 계씨를 본 후 계씨 스스로가 따랐고, 적씨는 일찍이 연왕궁(燕王宮)에 들어갔다가 소유가 사신으로 연나라에 가니 궁을 빠져나와 소유를 따랐습니다."

월왕이 이 말을 듣자 손뼉을 치고 크게 웃으며,

"적낭의 호방한 기상은 양가의 집불기생(執拂妓生)에 견줄 바 아니로다! 그러나 적 낭자는 양 한림이 귀한 사람임을 알고 따랐거니와 계 낭자는 한낱 서생을 따랐은즉 이는 능히 오늘의 부귀를 알았음이니 더욱 기이하도다!"

다시 이어서 월왕이 묻기를,

"승상, 어찌된 연유로 먼 길 오는 도중에 계낭을 만난 것입니까?"

이에 승상이 천진교 주루에서 섬월을 만났을 적에 글을 지어 다투었던 전후 경위를 낱낱이 말하자, 월왕이 소리 내어 웃으며 말하기를,

"승상이 지난날 과거에 장원한 것이 쾌한 일이라 하였더니 이 이야기는 더욱 상쾌한 일이옵니다. 그 글이 필연 오묘했을 터이니 가히 들을 수 있겠습니까?"

승상이 대답하기를,

"취중에 무심히 지은 것을 어찌 기억할 수 있겠습니까?"

월왕이 섬월한테 묻기를,

"승상은 비록 잊었으나 계 낭자는 혹시 기억할 수 있겠는가?"

섬월이 여쭈기를,

"천첩은 아직도 기억하고 있사옵니다. 종이에 써서 드리오리까, 혹은 노래로 아뢰오리까?"

월왕이 더욱 기꺼워하며 이르기를,

"노래를 아울러 들으면 더욱 기쁘겠구나."

섬월이 앞으로 나가 노래를 부르니 가득히 모인 사람들이 모두 놀라는지라,

"승상의 글재주와 섬월의 맑은 노래는 세상의 으뜸입니다. 그 글 가운데 '꽃가지가 미인의 단장을 부끄러워하니 가는 노래가 나오기도 전에 입이 이미 향기롭더라' 하는 구절은 섬월의 자색을 그려내기에 족하니 이태백으로 하여금 물러서게 하는 것이 마땅할 터입니다. 감히 한 마디 말로는 칭찬하지 못하겠습니다!"

월왕이 그 재주를 공경하며 칭찬하고는 술을 금잔에 가득 부어 섬월과 경홍에게 상으로 내렸다.

이어서 월왕궁의 네 미인을 시켜 춤추며 노래 불러 헌수(獻壽)케 하니 주객이 모두 알맞은 호적수였다.

월왕이 스스로 즐거움을 이기지 못하여 모든 손들과 더불어 장막 밖으

로 나가, 무사의 칼을 쓰며 서로 겨루는 시늉을 해보이고는 승상을 향하여
이르기를,

"미인이 말 타고 활 쏘는 것 또한 볼만한 일이지요. 우리 궁중에 활과 말
에 익숙한 수십 인이 있습니다. 승상부 미인 중에 북방으로부터 온 자도
있다고 들었으니 영을 내려 불러내어 꿩을 쏘고 토끼를 쫓아 한바탕 흥을
돋우게 하는 것이 어떠합니까?"

승상이 매우 기뻐하며 분부를 내려 미인 수십 인을 골라 월왕궁의 미인
들과 더불어 내기를 하게 하였다.

이에 경홍이 일어나 아뢰기를,

"첩이 비록 활과 칼에 능하지는 못하나, 오늘 시험하고자 하옵니다."

승상이 기꺼워하며 즉시 몸에 둘렀던 활을 끌러 주자, 경홍이 활을 잡고
서서 모인 미인들에게 다짐하였다.

"비록 맞히지 못할지라도 모든 낭자들은 제발 웃지 마시기를 청하옵니
다."

말을 마치자 경홍은 준마를 잡아 나는 듯이 올라타고 장막 앞을 달리는
데, 마침 꿩 한 마리가 풀숲에서 날아올랐다. 경홍이 잠깐 가는 허리를 젖
히더니 활시위를 당겨 올리자 꿩은 오색 깃을 펼친 채로 말 앞에 떨어졌
다.

이에 승상과 월왕이 한가지로 손뼉을 치며 즐거워하였다.

장막 밖에서 몸을 굴려 말에서 내린 경홍이 서서히 걸어 자리에 나가니
모든 미인들이 각기 하례하며,

"우리들은 십 년 공부를 헛하였구나."

하기에, 섬월이 생각하기를,

'우리 두 사람이 비록 월왕궁 기생들에게 첫째를 빼앗기지는 아니하였으나 저들은 네 사람이요, 우리는 한 쌍이라 심히 외롭구나. 춘낭을 끌고 오지 못한 것이 매우 한스럽도다. 노래와 춤이 춘운의 장기(長技)는 아니나, 그 고운 용모와 아름다운 말씨가 어찌 두운선의 머리를 누르지 못하겠는가?

하며 안타까이 한숨지었다.

이때 멀리 들 너머에서는 두 미인이 놀이하는 장막으로 수레를 몰아 다가오고 있었다.

두 미인이 이윽고 유벽거(油壁車)[27]를 몰라 장막 밖에 이르자, 문 지키는 자가 묻기를,

"월궁으로부터 오시옵니까?"

마부 대답하기를,

"이 차에 타신 두 낭자는 바로 양 승상의 소실이십니다. 마침 일이 있어 처음에 함께 오시지 못하였습니다."

문지기 군사가 들어가 아뢰니 승상이 말하기를,

"필시 춘운이 잔치를 구경하고자 온 것이로다. 너무 경망하구나."

하고 곧 사람을 시켜 불러들이게 하였다.

---

27. **유벽거(油壁車)** 수레의 벽을 유식(油飾)한 것. 꽃수레의 일종.

두 낭자가 수레에서 내리는데 앞은 심효연(沈梟煙)이요 뒤에는 진중에서 꿈속에 만났던 동정용녀(洞庭龍女) 백능파(白凌波)였다.

두 사람이 곧 승상의 자리 앞에 나가 절하고 얼굴을 뵈니 승상이 월왕을 가리키며 이르기를,

"월전하(越殿下)이시니 너희는 예로써 뵙도록 하라."

이에 두 미인이 예로써 뵈자, 승상이 자리를 주어 경홍과 섬월도 같이 앉게 하고는 월왕께 사정을 말하였다.

"저 두 여인은 토번을 칠 적에 얻은 여인들이옵니다. 소유가 근래 일이 많은지라 미처 데려오지 못하였더니, 저들이 스스로 따라오다가 필시 소유가 대왕과 더불어 놀이한다는 듣고 구경하고 이곳으로 찾아온 듯합니다."

월왕이 다시 두 미인을 보았더니 그 용모가 경홍, 섬월과 더불어 형제 같으면서도 그 태도는 한결 빼어나니 심중에 이상하게 여겨졌다. 월왕궁 미인들도 또한 이 둘을 대하고 부끄러워 얼굴이 잿빛 같았다.

왕이 다시 묻기를,

"낭자의 성명은 무엇이며 살았느냐?"

먼저 심녀가 대답하기를,

"소첩은 심효연이라 하오며, 서량(西凉)[28] 사람이옵니다."

이어서 백녀가 대답하였다.

---

[28]. **서량(西凉)** 진대 16국의 하나.

"소첩은 백능파라 하옵니다. 일찍이 소상강(瀟湘江) 사이에 거처하고 있었으나 불행히 변을 만나 부득이 서방으로 피하였다가 이제 양 상공을 좇아 나왔나이다."

월왕이 다시 묻기를,

"두 낭자는 특히 속세의 사람이 아니라 신기하구나. 그대들이 능히 풍류를 아느냐?"

심효연이 대답하기를,

"소첩은 변방(邊方) 사람이라 일찍부터 풍류를 듣지 못하였사옵니다. 하니 장차 무슨 재주가 있어 대왕전하를 즐겁게 할 수 있겠나이까? 다만 어렸을 적부터 검무를 배웠으나 이는 군중(軍中)에서의 장난이니, 귀인이 보실 만한 것이 아닐까 하옵니다."

월왕이 크게 기뻐하여 승상에게 말하기를,

"현종조(玄宗朝)의 공손대랑(公孫大娘)[29]의 검무가 천하에 이름을 떨쳤으나 그 후로는 그 술법이 세상에 전하여지지 못하였으니 내가 한 번도 보지 못한 것을 한스러이 여겼습니다. 이제 이 낭자가 검무를 안다 하니 매우 즐거운 일이옵니다."

월왕이 승상과 더불어 각기 허리에 찬 칼을 끌러 내어주니 효연이 소매를 걷어 올리고 띠를 풀어놓고 몸을 날려 춤을 추었다.

칼이 상하로 번득이고 좌우로 뛰놀아 밝은 단장과 흰 칼날이 한 빛이 되

---

[29]. **공손대랑(公孫大娘)** 당 개원 연간의 교방에 있던 기생 이름.

어 3월에 눈송이가 복사꽃 떨기 위에 뿌려지는 것 같았다. 이윽고 춤추는 소리 더욱 급하여 칼이 더욱 빨라지더니 눈서리 날리는 기색이 홀연 장막 속에 가득하며 심효연의 몸이 아주 보이지 아니하더니, 별안간 한 가닥 무지개가 하늘로 뻗치며 바람이 배반(杯盤)[30] 사이로 스치자 좌중이 다 뼈가 저리고 머리털이 으쓱하였다.

효연이 배운 술법을 다하고자 하였으나 월왕이 너무 놀라지 않을까 염려하여 이에 춤을 파하고 칼을 던지고는 재배한 후 물러갔다.

월왕은 오랜 후에야 비로소 정신을 가다듬고 효연을 보고 하는 말이,

"인간 사람의 검무가 어찌 능히 이토록 신묘한 지경에 이를 수 있단 말인가? 내 듣자하니 신선 가운데 검술이 능한 자가 많다 하던데, 낭자가 바로 그 사람이 아닌가?"

효연이 대답하기를,

"서방의 풍속이 본시 병기(兵器)를 희롱하는 것을 좋아하는지라 어렸을 적에 배운 것 뿐이옵니다. 어찌 감히 신선의 기이한 술법을 따를 수 있사오리까?"

월왕이 일러두기를,

"내가 궁으로 돌아가면 마땅히 희첩(姬妾) 중에서 춤 잘 추는 자를 뽑아 보낼 터이니, 바라건대 낭자는 그 가르치는 수고를 아끼지 말도록 하라."

효연이 설하여 분부를 받들자 왕이 이번에는 백능파에게 물어보기를,

---

30. **배반(杯盤)** 술을 마시는 잔과 그릇, 혹은 흥겹게 노는 잔치자리.

"낭자는 무슨 재주를 가졌느냐?"

능파가 대답하기를,

"첩의 집이 소상강 위에 있사오니 바로 황릉묘(黃陵廟)[31]의 아황(娥皇)과 여영(女英)이 노니는 곳이옵니다. 밤이 고요하고 바람이 맑고 달이 밝으니 비파 소리가 아직도 구름 사이로 흐르는지라, 첩이 어려서부터 그 아름다운 음률을 모방하여 홀로 비파를 타며 스스로 즐겼을 따름이오니, 귀인의 귀를 더럽힐까 송구하나이다."

월왕이 이에 대꾸하기를,

"비록 옛사람의 글로 말미암아 아황과 여영이 비파를 낸 것을 알기는 하나 그 곡조가 세상 사람에게 전한 것은 듣지 못하였다. 이제 낭자가 그 곡조를 알고 있는 것이 사실이면 어찌 시속의 풍악에 견줄 바이겠느냐?"

백능파가 소매에서 비파를 꺼내어 한 곡조를 타자 그 소리가 맑고 또렷하여 원망하는 듯 사모하는 듯하니 물이 산골짜기에서 떨어지고 기러기가 추운 하늘가에서 우는 것 같아 사람들이 어느덧 마음이 처량하여 눈물을 흘렸다.

이윽고 초목이 저절로 움직이며 가을바람 소리가 잠깐 나더니 마른 잎새가 분분히 떨어졌다.

월왕이 이를 이상히 여겨 백능파에게 물어보기를,

"인간의 음률이 천지조화를 부릴 수 있다는 말을 내 듣기는 하였으나 믿

---

[31]. **황릉묘(黃陵廟)** 순제의 두 왕비의 묘.

지는 아니하였는데, 낭자가 어찌 능히 봄으로 하여금 가을이 되게 하며 또한 나뭇잎이 저절로 떨어지게 하는가? 범인(凡人)도 그 곡조를 쉬이 배울 수 있겠느냐?"

백능파가 대답하였다.

"첩은 다만 옛 곡조의 찌꺼기를 전하였을 따름이옵니다. 무슨 신효한 술법이 있어서 남이 배우지 못하오리까?"

이때 만옥연이 월왕께 아뢰기를,

"첩이 비록 재주는 없사오나 평소에 익힌 풍악으로써 백련곡(白蓮曲)을 시험 삼아 아뢰겠나이다."

하고는, 진나라의 비파를 안고 자리 앞에 나아가 줄을 고르는데 능히 스물다섯 가지의 소리를 내며 손 놀리는 법이 또한 아담하고 높아서 가히 들음 직하였다.

양 승상을 비롯하여 섬월과 경홍이 극찬하고 월왕 또한 매우 기꺼워하였다.

낙유원의 잔치가 즐겁고 아직 흥이 남았으나 날이 저물려 하므로 이에 잔치를 파하고, 각기 금은과 채단으로 상급을 주고 월왕과 승상은 달빛을 받으며 돌아왔다.

성문으로 들어가는데, 종소리가 들리니 두 집 기악(妓樂)이 길을 다투어 앞을 서려하고 패물 소리가 요란하며 향기가 거리에 가득하였다. 흐르는 비녀와 떨어지는 구슬은 모두 말굽 아래 밟히어 소낙비 같은 소리가 세상 밖으로 들려왔다.

장안 백성들이 다 같이 둘러싸서 구경하는데 백 살 먹은 늙은이들은 도리어 눈물을 흘리며 하는 말이,

　"우리가 어렸을 적에 현종 황제가 화청궁에 거동하시는 것을 보았는데 그 위의(威儀)가 바로 이와 같았다. 뜻밖에도 오래 살아남아 이제 다시 태평성세의 기상을 보는구나." 하였다.

　이 무렵 두 공주는 진씨와 가씨, 두 낭자들과 더불어 대부인을 모시고 승상이 돌아오기를 기다리고 있었다. 승상이 심효연과 백능파를 이끌고 대부인과 두 공주께 뵙게 하자 두 사람은 섬돌 아래 서서 하례를 하였다.

　영양 공주가 이르되,

　"승상께서 늘상 하시는 말씀이 '두 낭자의 힘을 입어 수 천리 땅을 회복하는 공을 이루었다' 하셨으니 나도 늘 그대들을 보지 못하는 것을 한스럽게 여겼거늘, 두 낭자는 어찌 이다지도 늦게 찾아 왔느냐?"

　효연과 능파가 한가지로 대답하기를,

　"비록 성상이 한 번 돌아보시는 은혜를 입었으나 첩들이 먼 시골의 천한 몸이라, 오직 두 부인께서 한 자리를 비워주지 아니하실까 염려되어 빨리 문전에 이르지 못하였나이다. 듣자하니 사람들이 일컫기를 '두 공주마마의 관저(關雎)와 규목(樛木)[32]의 덕이 첩들에게 이르고 상하에 고루 미친다' 하옵기에 외람되게도 찾아와 뵙고자 생각하였사옵니다. 마침 승상께서 낙유원에 사냥하신다는 소문을 듣고 찾아가 성대한 놀이에 참석하여

---

[32] **규목(樛木)** 소나무.

승상을 뵈었거늘, 다시 이리로 데리고 오시어 부인의 가르치심을 받들게 되었으니 첩들은 천만다행함으로 여기나이다."

공주가 웃으며 승상께 아뢰기를,

"오늘은 궁중에 꽃빛이 가득하니 승상께서는 필연 오늘의 풍류를 자랑하실 터이나, 이는 다 우리 형제들이 세운 공이옵니다. 상공께서는 이를 가히 알고 계십니까?"

승상이 크게 웃으며,

"저 두 사람이 처음으로 궁중에 들어와 공주의 위세를 두려워하여 아첨하는 말을 하였기로, 공주는 이를 공으로 삼고자 하시는 게요?"

이 말에 모든 사람들이 웃음을 참지 못하였다.

진씨와 가씨의 두 여인이 섬월을 향하여 묻기를,

"오늘 놀이에서 승부가 어찌 되었소?"

경홍이 대답하기를,

"계낭이 첩이 큰소리친다고 웃었으나 첩이 한 말대로 월왕궁 편으로 하여금 놀라 자빠지게 하였습니다. 이는 제갈공명(諸葛孔明)이 조그만 배 한 척으로 강동(江東)으로 들어가 세 치 혀를 흔들어 이치를 따져 말하니, 주공근(周公瑾) 노자경(魯子敬)[33]의 무리가 다만 입을 벌릴 뿐 의지가 눌리어 감히 한 말도 토하지 못한 것과 같사옵니다. 또한 평원군(平原君)[34]이 초나라에 들어가 합종(合從)을 협상할 때 나라산 십十 인은 모두 보잘 것 없었

---

[33] **노자경(魯子敬)** 노숙(魯肅), 삼국시대 오(吳)의 정치가.
[34] **평원군(平原君)** 전국시대 조(趙)의 정치가 조승(趙勝)의 봉호.

으나, 조(趙)나라로 하여금 능히 태산과 반석처럼 평안하게 한 것은 모수(毛遂)[35] 한 사람의 공이옵니다. 첩의 마음 큰지라 또한 말이 큰 것이니, 이 큰 말에 반드시 실속이 따름입니다. 계낭에게 물으시면 첩의 말이 허망하지 않았음을 족히 아시게 될 것입니다."

섬월이 이에 다짐을 놓기를,

"적낭의 활쏘기와 말 달리는 재주가 참으로 신묘하다 일컬을 수 있으나, 풍류마당에서나 쓰면 혹시 칭찬을 받으려니와 화살과 돌이 비오듯 하는 싸움터에 내어놓으면 어찌 능히 한 걸음을 달리며 한 살을 쏠 수 있겠느냐? 월왕궁 편에서 기세를 잃은 것은 새로 들어선 두 낭자의 신선 같은 모습과 천신 같은 재주에 탄복한 것이니 어찌 적낭의 공이 되겠는가?

첩이 한 가지 생각난 말이 있으니 마땅히 적낭을 향하여 털어놓으리라! 춘추시대에 가 대부(賈大夫)의 외모가 매우 누추하여 장가든지 삼 년이 되었으나 그 아내가 한 번도 웃지 아니하였다. 하루는 그가 아내와 더불어 들에 나갔다가 마침 날아오르는 꿩 한 마리를 쏘아 떨어뜨리자 그의 아내가 비로소 웃었다 하거늘, 오늘 놀이에서 적낭이 꿩을 쏘아 얻은 것이 또한 이와 같을 것이다."

경홍이 이에 대꾸하기를,

"가 대부는 누추한 외모로도 활과 말의 재주로 말미암아 그 아내의 웃음을 자아냈거늘, 만약에 그의 용모가 수려하고도 활로 꿩을 쏘아 얻었던들

---

[35] **모수(毛遂)** 평원군의 식객. 지략가.

어찌 사람들로 하여금 더욱 사랑하며 공경케 하지 않았겠는가?"

섬월이 비웃으며 하는 말이,

"적낭의 자랑이 갈수록 불어나니 이는 오로지 승상께서 너무 총애하시어 그 마음이 교만한 탓이렷다!"

승상이 웃으며 이르기를,

"계낭의 재주가 많은 것은 익히 알고 있으나 경서에 능통한 줄은 전혀 몰랐다. 이제 들으니 춘추(春秋)의 고사(古事)를 즐겨 말하는 버릇이 있음을 가히 알겠노라."

섬월이 승상께 여쭈기를,

"한가할 적에 때로 경서(經書)와 사기(史記)를 훑어보기는 하나 어찌 능통하다 할 수 있사오리까?"

이튿날 양 승상이 예궐하여 황상께 조회하니, 태후가 월왕께 이르시기를,

"월왕, 어제 승상과 더불어 봄빛을 서로 겨루더니 누가 이기고 누가 졌는가?"

월왕이 대답하여 사뢰기를,

"양 승상의 온전한 복은 사람이 다투지 못할 바이오나, 그 복이 여자에게도 복이 되는지 의아하오니 태후마마께옵서 승상께 하문하여 보소서."

승상이 아뢰기를,

"월왕이 신보다 낫지 못하다 하는 것은 이태백이 최호(崔顥)[36]의 글을 보고 놀라 기세가 꺾였다 하는 것과 같사옵니다. 공주에게 복이 되고 아니

되는 것은 신이 공주가 아니오니 어찌 능히 아뢸 수 있겠사옵니까? 직접 공주에게 하문하소서."

태후가 웃으며 두 공주를 돌아보시니, 난양 공주가 대답하기를,

"부부는 한 몸이라 하오니 영욕과 고락에 어찌 같고 다름이 있겠습니까? 장부에게 복이 있으니 여자 또한 복이 있는 것요, 장부에게 복이 없으면 여자 또한 복이 없을 터이옵니다. 승상이 즐기는 바를 소녀도 다만 즐길 따름입니다."

월왕이 다시 태후께 여쭈기를,

"공주 누이의 말은 사실이 아니옵니다. 예로부터 부마가 된 사람들 중에 승상같이 방탕한 자는 있지 아니하였사옵니다. 이는 나라의 기강이 바로 서지 못한 탓이오니, 바라옵건대 마마께서는 소유를 법사(法司)에 내리시어 조정을 업신여기고 국법을 멸시하는 그 죄를 다스리소서."

태후는 이 말에 크게 웃으며 이르시기를,

"양 부마가 진실로 죄가 있도다! 만일 이를 법으로 다스리고자 한즉 이 늙은 몸과 딸아이들에게 근심이 되는지라 부득이 국법을 굽히고 사사로운 정을 따르겠노라."

월왕이 다시 아뢰기를,

"비록 정상은 그러하오나 승상의 죄를 풀어주시지는 못할 것이오니, 청하옵건대 어전에서 죄(罪)를 물으시어 그 공술하는 바에 따라서 처결하심

---

36. **최호(崔顥)** 당의 진사(進士), 문학가. 유문무행(有文無行)하며 포박(蒲博)과 주색을 좋아하여 미색이 아니면 장가들지 않고 45명의 부인을 얻었음.

이 옳은 줄로 아뢰나이다."

태후는 크게 웃으실 뿐이라 월왕이 태후를 대신하여 하나하나 조목을 들어 죄를 묻는 글을 황상께 바쳤다.

예로부터 부마된 자는 감히 희첩(姬妾)을 기르지 못하는 것이니 이는 풍류를 몰라서가 아니요, 먹을 것이 넉넉지 못해서가 아니라 모두가 인군(仁君)을 공경하며 나라를 높이려는 것이다.

하물며 영양과 난양, 두 공주의 지위는 과인의 딸이요, 행실은 곧 임사(姙似)[37]의 덕을 갖추었거늘, 양소유는 이를 공경치 아니하고 방탕하여 미색을 몰아들임이 목마른 자가 물을 탐하는 것보다 심하며 눈에는 연조(燕趙)의 미색[38]이 오히려 무색하고 귀에는 정위(鄭衛)의 소리[39]만이 들려서, 저저(姐姐)의 전각 댓돌의 개미같이 방마루의 벌떼같이 지껄이니, 공주가 비록 규목의 덕으로써 질투하는 마음을 내지 아니하나 소유의 공경하고 삼가는 도리가 어찌 감히 이러하리오?

교만하고 방자한 죄를 불가불 징계할지니 숨김없이 사실을 바른대로 아뢰어 그로써 처분을 기다리라.

승상은 전각에서 내려와 땅에 엎드려 관을 벗고 대죄하니 월왕이 난간 밖으로 나서서 소리를 높여 문초하는 것을 다 들은 후에, 승상이 공사(供辭)에게 말하기를,

---

[37] **임사(姙似)** 태임(太姙)과 태사(太似)의 줄임말. 태임은 주문왕의 모친, 태사는 주문왕의 비.

[38] **연조(燕趙)의 미색** 한무제가 광명궁(光明宮)을 이룩하고 연조의 미녀 2천 명을 끌어들인 일을 말함.

[39] **정위(鄭衛)의 소리** 북산경에 나오는 고사. 신농씨의 딸 여왜가 바다에 빠져 죽어 새가 되었는데 우는 소리가 '정위'라고 들려 이 새를 정위라 하였다고 함.

소신 양소유가 외람되어 두 전궁(殿宮)의 성은을 입어 재주를 뛰어넘어 승상이라는 높은 벼슬을 차지 하였사옵니다.

또한 영광이 이미 극진 하여, 공주가 사려 깊고 실속 있는 덕을 베풀어 금슬의 즐거움이 무궁하오니 소유의 소원이 이미 족하거늘, 어리석은 마음이 아직도 남아 있고 사치 스러운 기세가 줄지 아니 하여 가무하는 계집을 많이 모았사옵니다.

이는 소신의 덕이 적어 부귀에 눌리고 성상폐하의 은덕이 넘치시어 스스로 단속하는 바를 깨닫지 못한 죄이옵니다.

하나 신이 국법을 곰곰이 살펴 보건대 부마된 자가 설혹 비첩을 가졌을지라도 혼인 전에 얻은 것은 분가하는 도리가 있었사옵니다.

소신이 비록 시첩을 가졌사오나 숙인 진씨는 황상께서 명을 내리신 바이니 의당 손꼽아 논단할 바 아니옵고, 소첩 가씨로 말할진대 신이 일찍이 정 사도 화원 별당에 머무를 무렵에 수종들던 사람이고, 소첩 계씨, 적씨, 심씨, 백씨등 네 계집은 혹은 선비 시절에, 혹은 외국으로 사신 갔을 적에, 혹은 출전 하였을 적에 따라온 자들이니 이 모두가 역시 성례 전 일이옵니다.

이 모두 소신이 감히 독단으로 한 일이 없사오니, 나라의 체례(體例)에 손상될 것이 그 무엇이오며 신자(臣子)의 도리에 그 무엇이 죄가 되겠나이까?

그러 하거늘 전교(傳敎)를 내리심이 이렇듯 엄하시니 오직 송구할 따름이옵니다.

태후가 승상의 공사를 다 읽고는 크게 웃으며 하시는 말씀이,

"희첩을 많이 기르는 것이야 장부된 풍도(風度)에 해로움이 없겠으니 가히 용서하려니와, 술을 과음하는 것은 아무래도 염려되는 바이니 차후로 삼가함이 가하렸다!"

월왕이 다시 태후를 향하여 아뢰기를,

"부마의 부중에서 희첩을 기르는 것을 소유가 공주한테 미루오나, 그 조

처하는 도리에 매우 가당치 아니한 점이 있사옵니다. 다시 한번 문초하심이 옳은 줄로 아뢰나이다."

이 말에 두려워 겁이 난 양 승상이 머리를 두드려 사죄하니, 태후가 다시 웃으며 이르시기를,

"양 공은 진실로 사직(社稷)을 지키는 중신이니 내 어찌 사위로서만 대접하겠는가?"

하고 이에 명을 내리시어,

"관을 정제하고 진상에 오르라."

하시는데, 또다시 월왕이 아뢰기를,

"소유가 큰 공이 있으므로 죄주기를 어렵사오나 국법이 또한 엄하니 그대로 놓아줄 수는 없사옵니다. 마땅히 술로써 벌을 주려 하나이다."

태후가 웃고 허락하시니 궁녀가 백옥잔을 내오기에 월왕이 말하기를,

"승상의 주량이 고래 같고 죄명이 또한 무겁거늘 어찌 이리 작은 잔을 쓰겠느냐?"

하면서 월왕이 친히 한 말들이 금굴치(金屈卮)[40]에다 진한 술을 가득히 부어주었다.

승상이 비록 주량이 적이 크나 잇따라 두어 말을 마시니 어찌 취하지 않겠는가!

이에 승상이 머리를 두드리며 아뢰기를,

---

[40] **금굴치** 어연(御宴)에서 쓰는 술잔.

"견우가 직녀를 지나치게 사랑하다가 장인에게서 꾸지람을 들었다 하더니 이제 소유가 집에서 희첩을 기름으로써 장모로부터 벌주를 받아먹으니, 인군의 사위되기는 진실로 어려운 노릇이옵니다. 신이 이제는 대취하였으니 물러감을 소청하겠나이다."

하고 이어서 일어나려 하다가 고꾸라졌다.

태후가 크게 웃으며 궁녀를 시켜 전문 밖으로 내보내며 공주에게 이르시기를,

"승상이 대취하여 신기(神氣)가 불편할 터이니 너희들은 곧 뒤따라가도록 하라."

이에 두 공주가 분부를 받잡고 곧 승상을 따라 나섰다.

이즈음 유 부인은 촛불을 켜 놓고 승상이 돌아오기를 기다리다가, 승상이 대취한 것을 보고 물었다.

"예전에는 비록 술을 내리실지라도 취하는 일이 없더니 오늘은 어찌 이토록 과취하였느냐?"

승상이 대답하기를,

"소자의 잘못이옵니다."

하고, 이어서 취한 눈에 노기를 띠고 이윽히 공주를 바라보다가 모친을 향하여 하는 말이,

"공주의 오라비 월왕이 태후께 참소하여 소유의 죄를 억지로 만들어내었사옵니다. 소유가 비록 말을 잘하여 벌은 모면하기는 하였사오나 월왕이 기어이 죄를 씌우고자 태후께 터무니없는 것을 사뢰어 독주로써 벌을

내렸사옵니다. 만일 주량이 적었던들 거의 죽었을 것옵니다. 이는 필시 월왕이 어제 낙유원 놀이에서 진 것을 분하게 여겨 보복하고자 함이오나, 난양 공주가 나에게 희첩이 너무 많음을 시기하여 그 오라비와 더불어 계교를 꾸며 나를 괴롭히려 하는 것이오니 평소의 인자한 말을 아무래도 믿지 못하겠사옵니다. 엎드려 바라오니 모친께서는 난양 공주에게 벌주 한 잔을 내리시어 소자를 위하여 설분하여 주소서."

유 부인이 타이르기를,

"난양의 죄목이 분명치 아니하며 또 능히 한 잔 술을 마시지 못할 것이다. 네가 나를 시켜 벌을 주고자 하니 이것은 차(茶)로써 술을 대신함이 옳겠구나."

승상이 다시 아뢰기를,

"소자는 기어이 술로써 벌하려 하옵니다."

유 부인이 웃으며 마지못해 이르기를,

"공주가 만일 술을 마시지 아니하면 취객의 마음이 풀리지 아니할 것이다."

하고, 시녀를 불러 난양 공주에게 벌주를 보내었다.

공주가 이를 받아 마시려 할 즈음 승상이 문득 의심을 내어 잔을 빼앗아 맛보고자 하기에, 난양이 급히 빈 잔을 자리 위에 던졌다. 승상이 손가락으로 잔 밑에 남은 것을 맛보니 이는 꿀물이었다.

승상이 말하기를,

"태후마마께서 만일 꿀물로 소유를 벌하셨던들 모친 또한 꿀물로 벌하시는 것이 마땅하겠사오나, 소자가 마신 것은 술이거늘 난양이 어찌 홀로 꿀물로 마실 수 있겠사옵니까?"

하며 다시 시녀를 불러 술잔을 가져오게 하여 스스로 술 한 잔을 가득히 부어주므로, 난양 공주가 부득이 이를 다 마셨다.

승상이 다시 유 부인께 아뢰기를,

"태후께 권하여 벌한 자가 바로 난양 공주이기는 하오나 영양 공주, 즉 정경패가 또한 이 계책에 참여한 연고로 태후 옆에 앉아서 소자가 괴로워하는 것을 보고 난양께 눈짓하며 서로 웃었으니, 소자는 그 속마음을 헤아리지 못하겠나이다. 그러하니 다시 한번 바라오니 모친께서는 정씨를 또한 벌하여 주시옵소서."

이 말에 유 부인은 소리 내어 웃고 잔을 보내니 영양 공주 정씨가 자리를 옮겨 이를 다 마셨다.

유 부인이 말하기를

"태후마마께서 소유를 벌하신 것은 희첩들을 벌하신 것이므로 이제 두 공주가 다 벌주를 마셨으니 희첩들이 어찌 마음이 편안할 수 있겠느냐?"

승상이 이에 덧붙이기를,

"월왕의 낙유원 모임이 대체로 미색을 다툼이거늘, 경홍·섬월·효연·능파 등이 소(小)로써 대(大)를 맞아 겨룬 싸움에 먼저 승리를 아뢰니, 월왕이 분심을 이기지 못하여 소자로 하여금 벌을 받게 하였사옵니다. 이 네 사람은 마땅히 벌을 주어야 하겠나이다."

부인이 웃으며,

"싸움에 이긴 자에게도 한가지로 벌을 주다니, 취객의 말이 가히 우습구나."

하고는 곧 네 희첩을 불러 각각 한 잔 술을 벌로 내렸다.

네 사람이 마시기를 마치자 경홍과 섬월 두 사람이 꿇어앉으며 부인께 사뢰기를,

"태후마마께서 승상을 벌하신 것이 희첩이 많은 것을 나무라신 것이라, 결코 낙유원에서 이긴 것 때문만이 아니오니, 심효연과 백능파의 두 사람은 아직도 승상의 금침을 만들지 아니하였거늘 첩들과 한가지로 벌주를 마셨으니 이 또한 억울하지 아니하겠나이까?"

"또한 가 유인으로 말씀드리면, 승상을 모신 것이 자못 오래되었고 승상의 사랑을 받음이 저렇듯 편벽되오나 낙유원 모임에 참여하지 아니한 이유만으로 오로지 이 벌을 면하였으니 저희들 다 마음에 억울함을 참기 어렵나이다."

부인이 대꾸하기를,

"너희 말이 가장 옳도다!"

하고, 큰 잔으로 춘운을 벌하니 춘운이 웃음을 머금고 이를 마셨다.

이로써 모든 사람이 다 벌주를 마셨기에 좌중이 부산하며 어지러운 가운데 난양 공주는 술이 취하여 괴로움을 견디지 못하고 앉아 있었다. 이 가운데 오직 진 숙인만은 한 녘으로 단정히 앉아 말도 아니하고 웃지도 아니하고 있으니 승상이 말하기를,

"진씨가 홀로 취하지 아니하여 취객들의 미친 모양을 비웃고 있으니,

다시 한번 벌하지 않을 수 없으렷다!"

하고 술 한 잔을 가득 부어 권하자, 진씨는 오히려 웃으며 이를 받아 마셨다.

유 부인이 공주에게 묻기를,

"본디 마시지 못하는 술을 이렇듯 마셨으니 신기(神氣)가 어떠하냐?"

공주가 대답하기를,

"매우 괴롭습니다."

하기에 유 부인은 진씨를 시켜 공주를 부축하여 침방으로 돌아가게 하고, 이어서 춘운을 시켜 술을 가져오게 하였다.

유 부인이 술잔을 잡으며 하는 말이,

"우리 두 자부(子婦)는 여자 가운데 성인(聖人)이라 내가 늘상 혹시 복을 해칠까 두려워하였는데, 이제 소유가 주정이 심하여 공주로 하여금 편치 못하게 하였으니 태후마마께서 들으시면 몹시 염려하실 것이다. 내가 올바로 아들 교훈을 못하여 이런 망거(妄擧)를 빚어냈으니 나 또한 죄 없다 못할 것이다. 이 잔을 들어 스스로 벌을 받겠노라."

하고 잔을 비우니 승상이 황송하여 꿇어앉아 아뢰기를,

"모친께서 소자의 못된 소행으로 말미암아 스스로 벌하시니 소자의 허물이 어찌 종아리채 하나쯤으로 마땅하겠나이까?"

하고는 경홍을 시켜 술을 큰 잔에 가득 붓게 하고 꿇어앉아 다시 아뢰었다.

"소자가 모친의 교훈을 받들어 따르지 못하옵고 도리어 모친께 근심 걱정만 끼쳤사오니 사죄할 도리가 없어 삼가 이 벌주를 받겠사옵니다."

하고 다시 마시니, 승상이 대취하여 능히 기동을 못하고 응향각(凝香閣)을 손으로 가리키자 유 부인이 춘운을 시켜 부축하고 가게 하였다.

춘운이 아뢰기를,

"천첩, 감히 모시고 가지 못하겠나이다. 계 낭자가 소첩에게 승상의 총애(寵愛)가 있음을 질투하는 것 같나이다."

하기에, 유 부인은 다시 섬월에게도 당부하여 두 낭자가 부축하도록 명하자, 섬월이 되뇌기를,

"춘운이 내 말을 트집 잡아 가지 않겠다 하니 첩, 더욱 마음에 거리끼나이다."

이에 경홍이 웃으며 일어나 승상을 부축하여 응향각으로 가니 모든 사람이 다 흩어졌다.

취미궁 생활

양 승상은 이미 심효연과 백능파의 두 여인이 산수를 사랑하는 버릇을 알고 있었는지라, 부중의 화원 속에 있는 연못이 맑기가 호수 같고 그 못 가운데 정자가 있으니 이름은 영아루(映娥樓)라, 능파로 하여금 여기에 거처하게 하고, 또한 연못 남쪽에 가산(假山)[1]이 있으니 뾰족한 봉우리는 옥을 깎아 세운 듯하고 겹겹이 쌓인 석벽은 쇠를 쌓은 듯하며, 늙은 소나무는 그늘이 그윽하고 파리한 대나무는 푸른 그림자를 그리는데, 그 속에 정자가 있으니 이름은 빙설헌(氷雪軒)이라, 효연으로 하여금 여기에 거처하게 하니 모든 부인과 여러 낭자들이 화원에 노닐 때에는 효연과 능파 두 사람이 산중의 주인이 되었다.

모든 사람이 조용히 능파에게 묻기를,

---

[1] **가산(假山)** 영롱한 돌을 포개어 작은 산을 만든 것.

"낭자의 신통한 변화를 한 번 볼 수 있겠느냐?"

능파가 이에 대답하기를,

"그것은 천첩의 전생(前生)일이옵니다. 이제는 첩이 천지의 기운을 타고 조화의 힘을 빌려 전신을 다 벗고 사람의 모습으로 변하여 벗은 껍질과 비늘이 산같이 쌓였습니다. 이를 테면 참새가 변하여 조개가 된 후에야 어찌 두 날개가 남아 있어 날아다니겠습니까?"

이에 모든 여인들이 말하였다.

"이치가 정히 그렇다."

심효연 또한 비록 때때로 유 부인과 승상과 두 공주 앞에서 칼춤을 추어 한때의 흥을 돋우기는 하였으나, 춤추기를 자주 하지는 아니하였다.

심녀가 말하기를,

"그 당시에야 비록 칼춤으로 인연이 되어 승상을 만났으나, 살기(殺氣) 있는 놀이가 아무래도 자주 볼 것은 못 되나이다."

이후로 두 공주를 비롯하여 여섯 낭자들의 뜻이 서로 맞으니 그 즐거움이란 마치 고기가 물에서 헤엄치며 새가 구름을 따라 나는 듯하여 서로 따르고 서로 의지하여 형 같고 아우 같았다. 승상의 애정 또한 피차에 균일하니 이는 비록 두 부인의 부덕(婦德)이 능히 온 집안에 화목한 기운을 이룸이려니와, 한편으로는 이들 아홉 사람이 전생으로부터의 인연이 있었음이더라.

하루는 두 공주가 서로 의논하기를,

"두 아내와 여섯 첩들의 친숙함이 골육 같고 정은 형제 같으니 이 어찌 하늘이 명하신 것이 아니겠는가? 그러므로 마땅히 귀천을 가리지 말고 호형호제(呼兄呼弟)로 지내리라."

이 뜻을 여섯 낭자에게 밝히자 다들 사양하는 중에서도 춘운과 경홍과 섬월이 더욱 응하지 아니하였다.

영양 공주가 타이르는 말이,

"유현덕(劉玄德)과 관운장(關雲長)과 장익덕(張翼德), 이 세 사람은 군신 사이이나 도원에서 의형제를 맺었거늘, 나는 춘운과 더불어 본디 규중에서부터 좋은 벗이니 형제되는 것에 무슨 불가함이 있으리오? 석가세존의 아내와 마등가(魔登伽)[2]의 계집과는 그 존귀하고 미천함이 아주 다르나 제자가 되어 마침내 바로 연분을 얻었으니 처음의 미천함이 나중의 뜻을 이루는데 무슨 관계가 있으리오?"

하고, 두 공주는 드디어 여섯 낭자와 더불어 궁중으로 나아가 깊이 모신 관음보살의 화상 앞에 분향재배하고 서약문을 지어 아뢰었다.

유세차(維歲次) 모년 모월 모일에 부처님의 제자인 이소화, 정경패, 가춘운, 계섬월, 적경홍, 심효연, 백능파 등 여덟 사람은 목욕재계 하고서 관음보살님 앞에 아뢰나이다.

불경에 이르기를 '사해 안에 사는 사람은 모두 형제가 되니라' 하였으니 이는 다름이 아니라 그 지기(志氣)와 뜻이 서로 통하는 연고이옵니다.

또 천륜(天倫)의 친함을 들어 길 가는 나그네와 같다고 보는 사람이 있으니, 이는 다름이 아니오라 그 정과 뜻이 서로 다른 연고이옵니다.

[2] **마등가(魔登伽)** 아난존자를 고행케 한 음녀.

부처님의 제자인 저희들이 처음에는 비록 남북으로 갈리어 제각기 태어나서, 다시 동서로 흩어졌다가 한 사람의 낭군을 함께 섬기게 되었고, 또 같은 집에서 거처하오니 어느덧 지기상합(志氣相合)하여 정의상통(情誼相通)하오니, 사물에 비유하자면 한 가지의 꽃이 비바람에 흔들려서 혹은 규중에 날리며 혹은 언덕 위에 떨어지며 혹은 산속 시냇물에 떨어지나, 그 근본을 살펴보면 같은 뿌리에서 나온 것과 같사옵니다. 하물며 사람에 있어서는 한 형제는 한 기운만을 타고났을 따름이오니, 흩어졌다가도 어찌 한곳으로 함께 돌아가지 아니하오리까? 예와 지금이 비록 멀고 너르오나 한때 같이 있었고, 사해가 비록 넓고 크오나 한집에서 같이 살고 있사오니 이는 실로 전생으로부터의 연분이요, 인생에 있어 좋은 기회라 하겠나이다.

이러므로 부처님의 제자인 저희들은 이에 함께 맹세하여 형제의 정의를 맺고 길흉생사를 같이하려 하오니, 이 가운데서 혹시 다른 마음을 지니고서 맹세한 말을 저버리는 사람이 있으면 하늘이 반드시 죽이시고 신명이 반드시 꺼리실 것이옵니다.

관음보살님께서는 복을 이끌어 주시어 그로써 첩들을 도우시어 백년해로한 연후에 함께 극락세계로 돌아가게 하옵소서.

엎드려 비옵나이다.

이로부터 두 공주가 희첩들을 아우로 부르니, 여섯 낭자는 스스로 명분을 지키어 감히 형제로 부르지는 못하였으나 그 정의는 더욱 친밀해졌다.

여덟 사람이 각기 아이를 낳으니 두 부인과 춘운, 섬월, 효연, 경홍은 아들을 낳고 채봉과 능파는 딸을 낳아 잘 길러내어, 한 번도 자녀로 인한 참경을 겪지 아니하니 이 또한 여느 사람들과는 다른 것이었다.

이 무렵 천하가 태평하여 사방 변경(邊境)에 일이 없고 백성들은 안락하게 살며 곡식이 잘되었다. 승상은 나가면 천자를 모시고 상림원(上林苑)에서 사냥하고 들어오면 대부인을 받들어 당상에서 잔치를 베풀어 노래와 춤 속에서 세월을 보냈다.

홍진비래(興盡悲來)[3]라 하는 것은 예나 이제나 으레히 있는 일이라, 유 부인이 우연히 병을 얻어 세상을 떠나니 연세가 아흔아홉 살이었다. 승상 이 비통하여 예를 갖추어 안장하니, 양전(兩殿)에서 내시를 보내어 조문하 시고 왕후의 예로써 예관(禮官)을 보내어 장사를 치르게 하셨다.

정 사도 내외가 영화를 누림은 말할 나위도 없거니와 오래 살다 별세하 니 승상이 슬퍼하는 모습은 영양 공주 정 부인에 못지아니하였다.

양 승상의 여섯 아들과 두 딸이 부모의 모습을 닮아 사내아이는 용호(龍 虎) 같고 계집아이는 항아 같은지라, 맏아들 대경(大卿)은 정 부인의 소생 인데 이부상서(吏部尚書)에 오르고, 둘째아들 차경(次卿)은 적경홍의 소생 으로 경조윤(京兆尹)의 벼슬을 살고, 셋째아들 숙경(叔卿)은 가춘운의 소 생으로 어사중승(御史中丞)의 벼슬을 살고, 넷째아들 계경(季卿)은 난양 공주의 소생인데 병부시랑(兵部侍郞)의 벼슬을 살고, 다섯째아들 오경(五 卿)은 계섬월의 소생인데 한림학사(翰林學士)의 벼슬을 살고, 여섯째아들 치경(致卿)은 심효연의 소생인데 힘이 남보다 뛰어나고 지략이 귀신 같은 지라 천자께서 매우 사랑하시어 금오상장군(金吾上將軍)을 삼아 군사 십 만 명을 거느리고 대궐을 호위케 하셨다.

맏딸 부단(傅丹)은 진채봉의 소생인데 월왕의 아들 낭아왕의 왕비가 되

---

[3]. **홍진비래(興盡悲來)** 세상일이 돌고 돌아 기쁜 일이 다하면 슬픈 일이 온다는 뜻.

고, 둘째딸 영락(永樂)은 백능파의 소생인데 황태자의 첩여(睫女)가 되었다.

하루는 양 승상이 비유(比喩)로써 말하기를,

"너무 성하면 쇠하고 너무 가득하면 넘치기 쉽다."

하고, 이로써 상소하여 벼슬에서 물러가기를 빌었다.

승상이 상소문에 쓰기를,

승상 신 양소유는 돈수백배 하옵고 황제폐하께 말씀드리나이다. 사람이 세상에 태어나서 품은 소원이 장상공후(將相公侯)를 지나지 못하며 벼슬이 장상공후에 다다르면 나머지 소원이 없사옵고, 부모가 자식을 위하여 공명부귀를 축원하나 몸이 공명부귀를 이루면 나머지 소망이 없사옵니다.

그러하오니 장상공후의 영화와 공명부귀의 즐거움이 어찌 인심이 흠모하는 바와 시속(時俗)이 다투는 바가 아닐 수 있겠나이까? 어찌 세상의 영화와 부귀에 흡족함을 알며 화를 스스로 만드는 것임을 헤아릴 수 있겠나이까?

신이 재주가 적고 능력이 부족하나 높은 벼슬을 차지하고, 공이 없고 명망(名望)이 낮으나 한자리에 오래도록 머물렀으니, 귀함이 신에게 이미 극진하오며 영화가 부모에게 미치었나이다.

신의 처음 소원은 본시 이의 만분의 일이었으나 외람되이 부마가 되어 예로 대접하심이 모든 신하와는 다르고 은혜로 상을 주심이 격외로 각별하시어, 채소를 먹고 자라난 몸이 기름진 음식을 배불리 먹고 미천한 신분으로 감히 궁중에 출입하였으니 위로는 성군께 욕이 되지 않으며, 아래로는 신의 분수에 어긋나지 않겠사옵니까?

신이 어찌 감히 스스로 마음이 편할 수 있사오리까?

일찍이 자취를 거두고 영화를 피하며 문을 닫고 은덕을 사양하여, 그로써 참람하고 몰염치한 죄를 들어 스스로 천지신명께 사죄하고자 하오나 워낙 베푸시는 은택이 융숭하시니 갚을 길이 아득하옵니다. 또한 신의 근력이 아직도 말을 타고 달릴 만하기로 부득이 도로 주저앉아 다만 만분의 일이라도 우러러 천은을 갚고 곧 물러가 선영(先塋)을 지키며 나머지 세월을 마치고자 하였사온데, 이제 각별하신 은덕을 갚지 못하고 천한 몸의 나이가 이미 높으며 또한 정성을 펴지 못하고 모발이 먼저 쇠하였으니, 비록 이제 다시 견마(犬馬)의 충성을 다하여 태산 같은 은덕을 갚고자 하나 사세는 이미 글러 어찌할 도리가 없나이다.

이제 천자의 신명하심을 힘입어 변방이 항복하니 병혁(兵革)을 쓰지 아니할 것이며, 만백성이 편안하니 북채와 북이 놀라지 아니할 것이오며, 하늘의 상서(祥瑞)가 더 이르니 삼대(三代)[4]의 화락한 다스림을 이루게 될 것이오니, 비록 신으로 하여금 조정에 머무르게 하실지라도 녹봉만 허비하고 격양가(擊壤歌)만 들으실 뿐이요, 신기한 계교를 낼 일이 없겠나이다.

예로부터 인군과 신하는 부자 같다 하오니 부모의 마음에 비록 미흡한 자식이라도 슬하에 있으면 기뻐하고 밖에 나가면 염려하는 법이오니, 신이 엎드려 생각하옵건대 황상폐하께서는 필연 신을 가리켜 늙은 몸이고 옛 물건이라 불쌍히 여기시어 차마 하루아침에 물러가라 하지는 못하시겠사오나, 사람의 자식으로서 부모를 생각함이 어찌 그 부모가 자식을 사랑함과 다를 수 있사오리까? 신이 폐하의 은덕을 입음이 이미 깊사오니, 신이 어찌 멀리 하직하여 산속에 엎디어서 요순(堯舜) 같은 인군을 영결할 수 있겠나이까?

이미 물이 가득 찬 그릇은 아무래도 넘치지 않게 하지 못할 것이며, 이미 엎어진 멍에는 아무래도 다시 타지를 못하오니 엎드려 바라옵나니, 신이 많은 일에 견디어내지 못할 것을 헤아리시고 또한 신이 높은 자리에 있기를 바라지 않음을 살피시어, 특별히 고향으로 돌아가게 하여 남은 세월을 마치도록 허락하시고 신으로 하여금 성덕을 노래하며 은덕을 감격케 하옵소서.

황상께서 이 상소를 보시고 친히 붓을 들어 비답(批答)[5]을 내리셨다.

---

4. **삼대(三代)** 하(夏)·은(殷)·주(周)의 삼대.
5. **비답(批答)** 군주가 백관의 장주(章奏)에 대해 가부의 회답을 하는 것.

경이 이룬 큰 업적이 조정에 우뚝 높이 섰고 경의 덕택은 백성들에게 두터이 덮였으니 곧 국가의 주석(柱石)이요, 짐의 팔다리로다. 옛날의 강태공과 소공(召公)[6]은 나이가 거의 백 세가 되었으나 오히려 주나라를 도와 능히 치적(治積)을 이루었다. 경의 나이가 예경(禮經)에 이른바 '벼슬을 돌려 보낼 나이'가 아직 아닌 즉, 경은 비록 일을 사례하고 지레 물러가려 하나 짐은 아무래도 허락지 않을 것이오.

경의 풍채가 요즈음은 오히려 새로워서 옥당(玉堂)[7]에서 조서를 내던 날에 견주어 조금도 손색이 없으며, 정력도 여전히 왕성하여 위교(渭橋)에서 도적의 무리를 섬멸할 때나 다름없으니, 비록 경이 늙었다 일컬으나 짐은 이를 진실로 믿지 아니하니, 모름지기 기산(箕山)의 높은 절개를 돌이켜 그로써 당우(唐虞)[8]의 선정을 베풀도록 돕는 것이 경에게 짐이 바라는 바로다.

승상의 연세는 비록 많으나 그 육체는 아직도 쇠하지 아니하여 사람들이 모두 승상을 신선에 비기는지라 비답에 이와 같이 말씀하신 것이다.

승상이 다시 상소하여 물러가기를 바라는 마음이 매우 간절하니 상이 불러들여 만나보시고 전교를 내리셨다.

"경의 사양함이 이에 이르니 짐이 어찌 힘써 경의 뜻을 이루도록 하지 않을 수 있을까마는, 만일 경이 봉(封)한 나라로 나간 후면 국가 대사를 상의할 자 가히 없소이다. 뿐만 아니라 이미 태후가 승하하셔서 옆에 아니 계시니 짐이 차마 어찌 영양과 난양의 두 공주와 멀리 떨어져 있겠소?"

"남문 밖 사십 리에 이궁(離宮)이 하나 있는데 취미궁(翠微宮)이라 하오.

---

6. **소공(召公)** 주문왕의 서자, 이름은 석(奭).
7. **옥당(玉堂)** 한림원.
8. **당우(唐虞)** 요(堯)·순(舜)의 시대.

옛날에 현종황제께서 피서하시던 곳이라, 이 궁은 고요하고 깊으며 외지고 그윽하고 넓으니 가히 늙어서 소일할 만한 곳이므로 특별히 경을 주겠소."

상께서 곧 조칙을 내려 승상 위국공에 태사(太師) 벼슬을 더 봉하시고, 다시 상급으로 오천 호(戶)를 더 내리시며 아직은 승상의 인수(印綬)를 지니고 있으라 하시었다.

극락세계로

　양 태사는 성은에 더욱 감격하여 머리를 조아려 사은하고 가솔을 거느리고 취미궁으로 거처를 옮겨들었다.

　이궁은 종남산 산속에 있었는데 누각과 정자가 장려하고 경치가 아주 기이하여 마치 삼신산의 선경(仙境) 같았다.

　태사는 상께서 내리신 조칙과 어제(御製)하신 글을 봉하여 받들어 모셔두고, 그 밖의 누각을 두 공주와 모든 낭자들에게 거처를 나누어 정하여 주었다.

　이때부터 태사는 날마다 물가에 나아가 달빛을 즐기며 골짜기로 들어가 매화를 찾고, 석벽을 지나면 글을 지어 썼고 소나무 그늘에 앉으면 항상 거문고를 안고 타니, 늘그막의 조촐한 그 복이 사람들로 하여금 더욱 부러움을 사게 하였다.

　승상이 늘그막의 한가함을 즐겨 궁에 손을 맞지 아니하

니 이미 여러 해가 되었다.

8월 열엿새가 태사의 생일이라 모든 자녀들이 잔치를 베풀고 장수하시기를 기리는데, 잔치가 십여 일에 이르니 그 번화한 광경은 도저히 형언할 수가 없을 지경이었다. 잔치가 파한 후 모든 자녀들은 각기 집으로 돌아갔다.

어언 9월이 되자 국화는 꽃봉오리가 벌어지고 수유(茱萸)는 검붉은 열매를 드리우니 하늘이 높아지는 가을을 맞게 되었다.

취미궁 서쪽에 높은 봉이 있어 그 위에 오르면 팔백 리 진천(秦川)이 손바닥같이 보여 태사가 그곳을 찾아 즐기기를 기꺼워하였다.

한 날은 두 부인을 비롯하여 여섯 낭자들과 더불어 그 대에 올라 머리에 국화 한 송이씩을 꽂고 가을 풍경을 바라보며 서로 마주 앉아 술을 마시자니, 이윽하게[1] 해는 높은 산봉우리를 넘어가고 흐르는 구름은 너른 들에 그늘을 드리우니 가을빛이 한결 찬란하여 마치 한 폭 그림을 펼친 듯하였다.

태사가 옥통소를 꺼내어 한 곡조를 부는데 그 소리가 매우 처량하여 마치 원망하는 듯, 사모하는 듯, 흐느끼는 듯, 하소연하는 듯하여 서러운 생각이 가슴을 메우므로 둘러앉은 미인들이 좋아하지 않았다.

먼저 두 부인이 태사에게 물었다.

"상공께서는 일찍 공명을 이루고 부귀를 오래 누리신 것은 세상 사람이

---

[1]. **이윽하다** 순우리말. 느낌이 은근하다. 뜻이나 생각이 깊다.

모두 한결같이 칭송하는 일이고, 또한 고금을 통 털어 보기 드문 사실이옵니다. 오늘처럼 좋은 계절, 좋은 날을 당하여 아름다운 경개를 정히 좇아 국화 꽃잎을 술잔에 띄우고 미인들이 이 자리에 가득하니 이 역시 인생에 있어 즐거운 일이거늘, 부시는 퉁소 소리가 너무도 처량하여 첩들로 하여금 눈물을 참을 수 없게 하시니, 오늘의 퉁소 소리가 지난날의 곡조와 다름은 어찌된 일이옵니까?"

이 말에 태사가 불현듯 퉁소를 옆에 놓고 자리를 옮겨 앉으면서 하는 말이,

"북으로 바라보니 평탄한 들은 사방으로 펼쳐져 있고 나무 없는 고갯마루는 외로이 섰는데, 쇠잔한 석양볕이 거친 수풀 사이로 희미하게 비치는 것은 진시황의 아방궁(阿房宮)이요, 서(西)로 바라보니 바람은 수풀을 스치고 저무는 구름송이가 산을 둘러싸니 이는 곧 한무제의 무릉도원이요, 동으로 바라보니 회칠한 담장은 청산에 비치고 붉은 용마루는 하늘로 치솟으며 또한 밝은 달이 스스로 찾아들고 스스로 물러가니 옥난간 머리에 다시 기댈 사람이 없는 곳은 바로 현종황제가 양귀비(楊貴妃)와 더불어 노니시던 화청궁(華淸宮)이라, 아, 슬프도다! 이 세 인군이 모두 단 만고(萬古)의 영웅이시거늘 지금은 어디 계시는가? 소유가 초땅의 미천한 선비로서 성군께 은덕을 입고 벼슬이 장상(將相)에 이르렀으며, 또 부인과 낭자 여러분과 더불어 만나, 두텁고 깊은 정이 늙도록 친밀하니 만일 전생에 기약하지 않은 연분이라면 능히 이에 이르지 못하였을 것이오. 우리 무리가 한 번 돌아간 후면 높은 대(臺)는 스스로 무너지고 깊은 연못은 스스로 메

워지며, 노래와 춤을 추던 집이 변하여 메마른 풀과 싸늘한 연기를 이루면 필연 나무하는 아이와 소먹이는 더벅머리 총각들이 슬픈 노래를 주고받으면서 '여기는 바로 양 태사가 여러 낭자들과 더불어 노닐던 곳이다. 대승상의 부귀, 풍류와 모든 낭자들의 아리따운 용모와 고운 태도가 이미 적막하게 되었도다' 할 것이니, 이들 초동목수가 우리가 노닐던 곳을 보고 느낀 것과 지금 내가 느끼는 것이 같을 것이니, 일로 보건대 사람이 살아가는 한 세상은 순식간이 아니겠소?"

"천하에 세 가지 도가 있으니 유도(儒道)와 불교(佛敎)와 선술(仙術)이니, 이 세 가지 중에 불교가 가장 높소. 유도는 윤기(倫紀)를 밝히며 사업을 귀히 하여 이름을 후세에 전할 따름이요, 선술은 허망한 것에 가까워 예로부터 배우는 자가 많으나 마침내 도를 얻지는 못하니, 진시황과 한무제와 현종황제의 사적을 보면 가히 알 일이오. 소유는 벼슬을 바친 후로 밤마다 꿈속에서 부처님께 배례하니, 이는 필연 불가(佛家)와의 연분이 있는 것 아니겠소? 내 장차 장자방이 적송자(赤松子)[2]를 따르고자 하였던 소원을 이뤄 남해에 가서 관세음보살을 찾으며, 오대산(五臺山)에 올라 문수보살(文殊菩薩)을 만나 불사불멸의 도를 얻어 인간계의 괴로움을 벗고자 하오. 결심은 하였으되 다만 그대들과 더불어 반평생을 해로하다가 장차 멀리 이별하게 되었으니 비창한 마음이 들어 자연 퉁소가락 속에 슬픔이 배어 나온 것이오."

---

2. **적송자(赤松子)** 중국 상고시대의 신선.

모든 낭자들이 감동하여 함께 말하였다.

"상공께서 번화한 가운데도 그런 마음을 가지셨으니 어찌 하늘이 정하신 바가 아니겠습니까? 우리 형제 팔 인 또한 마땅히 깊은 규중에 함께 거처하며 아침저녁으로 부처님을 뵙고 상공께서 돌아오시기를 기다릴 것이옵니다. 상공께서 이번에 가시면 반드시 밝은 스승을 만나고 어진 벗을 만나 큰 도를 이루실 것은 자명하오니, 엎드려 바라기는 상공께서 도를 터득하신 후에는 먼저 첩들을 가르쳐주소서."

이에 양 태가 몹시 기뻐하며 말하였다.

"우리 아홉 사람의 마음이 서로 합쳤으니 무슨 염려할 일이 있겠는가? 내, 내일 떠날 것이니 오늘은 모든 낭자들과 더불어 취하도록 술을 마시는 것이 마땅하리라."

"첩들도 마땅히 각기 한 잔씩 받들어 상공을 전별[3]하오리다."

모든 낭자들이 입을 모아 말하였다.

바야흐로 시녀를 불러 다시 술을 내어오게 할 즈음 홀연 지팡이 소리가 저 멀리 돌길에서 나자 모든 사람들이 의아히 여기며 중얼거렸다.

"이곳까지 올라오는 사람이 과연 누구인가?"

이윽고 노승 한 분이 사람들이 앉은 자리 앞에 다가오는데, 눈썹은 자막대[4]만큼이나 길고 눈은 물결처럼 맑고 몸놀림이 매우 신기하였다.

노승이 태사를 보고는 대에 올라와 절하며 말하였다.

---

[3] 전별 떠나는 이를 위하여 잔치를 베풀어 작별함.
[4] 자막대 자로 쓰는 막대기

"산중 사람이 대승상을 뵈옵니다."

태사는 이미 그가 여느 중이 아님을 알아보고 황망히 일어나 답례하고 물었다.

"대사는 어느 곳으로부터 오셨나이까?"

노승이 웃으며 대답하기를,

"승상은 평생 친구를 알지 못하시는가? 일찍이 들으니 '귀인(貴人)은 잊기를 잘 하니라' 하던데 과연 그러하도다."

하여 양 태사는 노승을 자세히 보니 낯이 익은 것도 같으나 한동안 분명하지 않아 생각하다가, 문득 깨달은 것이 있었다.

모든 낭자를 훑어보고 다시 노승을 향하여 하는 말이,

"내가 지난날 토번국을 칠 제 꿈에 동정용왕의 잔치에 참석하고 돌아오는 길에, 잠시 남악(南嶽)에 올라 늙은 대사가 자리를 갖추고 앉아 여러 제자들과 더불어 불경을 강론함을 보았소이다. 혹여 스님은 바로 그 꿈속에서 만났던 대사가 아니시나이까?"

노승은 박장대소하며 이르기를,

"옳도다, 옳도다. 비록 그 말이 옳거니와 다만 꿈속에서 한 번 본 것은 기억하고 십 년 동안 같이 살았던 것은 기억하지 못하니 누가 양 승상을 총명하다 하였던가!"

태사는 망연자실하여 말하기를,

"소유는 십오륙 세 이전에는 부모의 슬하를 떠난 적이 없고 십육 세에 급제하여 곧바로 직명(職名)을 받아 관직에 있었으니, 동으로 연나라에 사신 갔던 일과 서로는 토번을 정벌하러 떠난 것 외에는 일찍이 경사(京師)[5]를 떠나지 아니하였거늘, 언제 스님과 더불어 십 년을 상종하였겠나이까?"

"상공이 아직도 춘몽을 깨지 못하였도다!"

노승이 여전히 웃으며 말하였다.

양 태사가 다급히 묻기를,

"스님은 어찌하면 소유의 춘몽을 깨게 하실 수 있나이까?"

노승이 이르기를,

"그는 어렵지 않도다!"

하고 손에 잡고 있던 석장(錫杖)으로 돌난간을 두어 차례 두드렸다.

갑자기 네 골짜기에서 구름이 일어나더니 모여 놀던 자리를 뒤덮는데 지척을 분별하지 못할 지경이라 양 태사는 아득하여 마치 꿈을 꾸고 있는 듯하여 정신을 차릴 수 없었다.

한참만에야 태사가 소리를 질러 외쳤다.

"스님은 어찌하여 정도(正道)로 소유를 인도하지 아니하고 환술(幻術)로써 희롱하시나이까?"

태사의 말이 끝나기도 전에 구름이 걷히는데 노승은 간 곳이 없고 좌우를 돌아보니 팔낭자도 간 곳이 없었다. 태사가 매우 놀라 어찌할 바를 모르는 중에 다시 누대와 많은 집들이 한순간에 없어지고 자기의 몸뚱이는

---

5. **경사(京師)** 황성.

작은 암자 안의 포단 위에 앉았는데, 향로의 불은 이미 꺼지고 지는 달이 겨우 창가에 비치고 있었다.

서둘러 자신의 몸을 돌아보니 손목에는 백팔 염주가 걸려 있고, 머리를 손으로 만져보니 머리털이 깎이어 까칠까칠하니 틀림없이 소화상(小和尙)의 모양이라, 전혀 대승상(大丞相)의 위엄 있는 차림새가 아니었다.

정신이 황홀하더니 오랜 후에야 제 몸이 남악 연화봉 도량의 성진행자(性眞行者)[6]임을 깨달았다.

'처음에 육관대사께 책망을 듣고 죄를 받아 풍도옥으로 떨어졌다가 다시 인간계에 환생하여 양씨 문중의 아들이 되었고, 자라나 과거를 보고 장원으로 뽑히어 한림학사가 되고, 다시 나가서는 장수가 되고 들어오면 재상이 되어 공훈을 세우고 벼슬에서 물러나 두 공주와 여섯 낭자와 더불어 여생을 즐겼던 것이 모두 다 헛된 하룻밤의 꿈이로다. 짐작컨대 필연 스승이 나의 생각이 그릇된 것을 알고 나로 하여금 이런 꿈을 꾸게 하시어 인간의 부귀와 남녀의 사귐이 다 허무한 일임을 알게 한 것이로다!'

성진이 서둘러 세수하고 옷차림을 정제하여 법당으로 나가니 다른 제자들이 이미 다 모여 있었다.

"성진아, 성진아! 인간계의 재미가 정말로 좋더냐?"

하고 큰소리로 묻는 말에,

성진이 눈을 번쩍 뜨고 쳐다보니 육관대사가 엄연하게 서있는 것이 아

---

6. **성진행자(性眞行者)** 불가어. 수행불도자를 일컬음.

닌가.

성진이 머리를 두드리고 눈물을 흘리며 뉘우쳐 하는 말이,

"제자 성진의 행실이 부정하여 스스로 저지른 죄라 누구를 원망하고 누구를 탓하겠나이까? 당연히 만족함이 없는 세계에 있으면서 윤회하는 재앙을 받을 것이거늘 스승께서 하룻밤의 허망한 꿈을 불러 깨우시어 성진의 마음을 깨닫게 하여 주셨으니, 스승의 깊은 은혜는 천만 겁(劫)을 지나도 갚지 못할 줄로 아나이다."

육관대사가 경계하여 말하기를,

"네가 흥(興)을 타고 갔다가 흥이 진(盡)하여 돌아오니 내 새삼 무슨 간여할 바 있겠느냐? 또 네 말을 들으니 '꿈과 세상이 나뉘어 별개라' 하나, 이는 아직도 네가 꿈을 깨지 못한 탓이다. 옛날에 장주(莊周)[7]가 나비가 된 꿈을 꾸었다가 다시 나비가 장주로 화하였으니 어떤 것이 참인가를 분별치 못하였다 하였다. 이제 어제의 성진과 소유에 있어 어느 것이 참이며 어느 것이 허망한 꿈이냐?"

성진이 이에 대답하기를,

"제자 성진은 이제 모든 것이 아득하여 꿈과 참을 분별치 못하겠사오니, 바라옵건대 스승은 법을 베풀어 이 몸으로 하여금 그것을 깨닫게 하소서."

육관대사 쾌히 응낙하여 이르기를,

"내 마땅히 금강경(金剛經) 큰 법을 베풀어 그로써 네 마음을 깨닫게 할

---

7. **장주(莊周)** 장자(莊子).

것이다. 잠시 후에 새로 올 제자들이 있으니 너는 기다리거라."

말이 끝나기도 전에 문지기 도인이 손들이 왔음을 아뢰었다.

뒤이어 위 부인의 시녀 팔 선녀가 다다라 대사 앞에 나아와 합장배례하고 입을 모아 하는 말이,

"제자들이 비록 위 부인을 모시고는 있으나 배운 것이 없어 망령된 생각을 억누르지 못하여 욕심이 잠시 고개를 쳐들어, 무거운 죄악이 뒤따랐사옵니다. 죄로 인하여 인간계의 헛된 꿈을 꾸었으나 깨워주는 사람이 없었사온데, 대자대비(大慈大悲)하신 스승께서 저희를 깨워 다시 데려오시니 이에 감격하나이다. 어제는 위 부인의 궁중에 가서 하직하고 이제 돌아왔사오니 스승께서는 저희들의 묵은 죄를 사하시어 각별히 밝은 가르치심을 드리우소서."

육관대사가 경계하여 말하기를,

"여선(女仙)들의 뜻이 비록 아름다우나 불법은 깊고도 멀다. 큰 역량과 큰 발원(發願)이 없을진대 쉬이 이르지 못할 것이니, 그대들은 모름지기 스스로 헤아려 하도록 힘쓰도록 하라."

팔선녀가 물러나와 얼굴에 칠한 연지와 분을 씻어버리고 각기 서로 사매(師妹)의 인연을 맺고, 금 가위를 내어 구름 같은 머리를 깎아버렸다.

다시 들어와 대사께 사뢰기를,

"저희들 제자 팔 인이 이미 얼굴의 모습을 고쳤사오니, 이제로부터 맹세코 스승의 가르침과 분부를 게을리하지 않겠나이다."

육관대사는 매우 기뻐하며 이르기를,

"좋도다, 좋도다! 너희 팔 인이 이렇듯 달라질 수 있으니 어찌 감동하지 아니하겠느냐?"

드디어 자리에 올라 경문(經文)을 강론하니,

백호빛이 세계에 비치고 (白毫光射世界)
하늘꽃이 비같이 내리더라. (天花下如亂雨)

경문의 강론이 끝나자 성진과 여덟 사람의 여승은 일시에 깨닫고 생겨나지도 않고 죽어 없어지지도 않을 정과(正果)를 얻었다.

육관대사는 성진이 계율(戒律)을 지키는 마음이 착실하고 순숙함을 보고 이에 많은 사람들을 모아놓고 하는 말이,

"내 불법의 전도를 바라고 중국으로 들어왔는데 이제 비로소 정법을 전할 사람을 얻었으니 나는 곧 돌아가겠다."

하고는 염주와 바리와 정병(淨瓶)과 석장(錫杖)과 금강경 한 권을 성진에게 주고 서녘 하늘을 향해 떠나갔다.

그 후로 성진이 연화도량의 대중을 거느려 크게 교화(敎化)를 베푸니, 신선과 용신(龍神)과 사람과 귀신이 모두 한결같이 존경하기를 육관대사와 같이 하고, 여덟 사람의 여승들도 성진을 스승으로 섬기어 깊이 보살의 대도(大道)를 터득하더니 드디어 함께 극락세계로 가게 되었다.

작품 해설

1. 작가의 생애

김만중(金萬重, 1637~1692)은 본관이 광산(光山)이며, 자는 중숙(重叔), 호는 서포(西浦), 시호는 문효(文孝)로 명문거족의 집안에서 1637년에 김익겸의 유복자로 태어났다.

1665년에 정시문과(庭試文科)에 장원급제하고, 정언(正言)·지평(持平) 수찬(修撰)·교리(校理) 등의 벼슬을 거쳤으며, 1671년에는 암행어사(暗行御史)가 되어 경기지역을 돌아보았다. 이듬해 겸문학(兼文學)·헌납(獻納)을 역임하고 동부승지(同副承旨)가 되었으나, 1674년 인선왕후(仁宣王后)가 작고하여 자의대비(慈懿大妃)의 복상문제(服喪問題)로 서인(西人)이 패하자, 관직을 삭탈당하였다.

그 후 다시 등용되어 1679년 예조참의, 1683년 공조판서에 이어 대사헌(大司憲)이 되었으나 조지겸(趙持謙) 등의 탄핵으로 전직되었다. 1685년 홍문관대제학, 이듬해 지경연사(知經筵事)로 있으면서 김수항(金壽恒)이 아들 창협(昌協)의 비위(非違)까지 도맡아 처벌되는 것이 부당하다고 상소했다가 선천(宣川)에 유배되었으나 1688년에 풀려났다. 이듬해 박진규(朴鎭圭)·이윤수(李允修) 등의 탄핵으로 다시 남해(南海)에 유배되었다가 그

곳에서 1692년 56세의 나이로 별세하였다.

저서로는 『구운몽(九雲夢)』, 『사씨남정기(謝氏南征記)』, 『서포만필(西浦漫筆)』, 『서포집(西浦集)』, 『고시선(古詩選)』 등이 있다.

김만중의 생애를 당시의 시대적 상황에 미루어 보게 되면, 극심한 당쟁의 가운데에 서 있었음을 알 수 있게 된다. 김만중의 가문은 서인의 노론 계열에 속하여 그가 벼슬하는 동안에 남인과의 극심한 당파싸움을 하게 되었다. 김만중도 그 영향을 입지 않을 수 없었다.

즉, 1687년에 김만중은 선천에 유배되었다가 이듬해에 풀려났으나, 다시 두어 달도 못 되어 1689년 '기사환국(己巳換局)'으로 노론에 대한 대탄압이 가하여졌을 때, 송시열을 비롯한 80여 명이 투옥, 처형, 유배되는 가운데 김만중도 투옥된다. 그 뒤 다시 남해로 유배되어 그곳에서 풀려나지 못하고 유배지에서 죽음을 맞는 비참한 생을 살았던 것이다.

소위 '기사환국'이란 숙종이 장희빈에게서 난 왕자 균을 세자로 책봉하려 할 때, 서인들이 이를 반대한 데 대하여 가해진 대 탄압이다. 이를 계기로 장희빈과 결탁한 남인들의 집권 시대가 6년 동안 계속되었다. 그러나 숙종은 다시 남인들을 배격하고 소론을 등용하였으나, 소론은 장희빈의 사형을 동정하였다 하여 또 탄핵을 받게 되고 다시금 노론이 점차 득세하게 되었다.

물론 이러한 당파싸움의 전면에 김만중이 나선 것도 아니며 거기에서 자기의 이해관계를 찾은 것도 아니다. 그러나 김만중은 숙종이 장희빈에게 미혹되어 인현왕후(仁顯王后)를 내쫓은 사실에 대하여 서인이라는 당파적 입장에서라기보다는 인도주의적 입장에서 반대하여 나섰던 것으로 볼 수 있겠다. 이로 인해 『사씨남정기』가 창작되기도 한 것이다. 결국 김만중이 숙종의 미혹을 깨우쳐 주려고 『사씨남정기』를 지은 사실을 정치적인 의도로 해석하는 것은 바람직하지 못하다고 하겠다. 오히려 그는 나라 일을 그르치며 당파싸움만을 일삼는 자들과 타협하려고 하지는 않았던 그런 인물이었다.

김만중은 이렇듯 당쟁에 휘말려 희생되기는 하였지만 끝까지 불의와 타협하지 않고, 충신의 입장으로 일관하였다. 그는 유배를 가서도 자기의 입장과 주장을 굽히지 않았으며 조국의 장래와 민중의 복리를 염원하면서, 사리사욕을 채우는 데에만 열성인 무리들을 단죄해야 한다는 사상을 확고히 하였다.

또한 국문에 대한 큰 애정으로 몇 편의 국문소설을 직접 창작하기도 하였다. 이러한 사실은 김만중이 우리의 문학, 예술 발전에 있어 주체적 입장을 공개적으로 천명하고, 실천에 옮긴 최초의 문학가라는 평가를 내리기에 주저함이 없게 하는 요소이다.

어느 나라 문학을 막론하고 그 나라의 모국어에 기초하여 문학을 발전시킴으로써만 순정한 문학 발전을 가져 올 수 있다는 그의 선진적 견해는 최근 들어 '다양성' · '편의성' 등의 미명 아래 교묘히 퇴색되고 있는 우리 문학의 진정한 가치를 되돌아보는 데 시사하는 바가 크다고 하겠다.

2. 작품세계 및 해설

『구운몽』은 지극한 효자로 이름난 김만중이 그의 어머니를 위해 쓴 소설 작품이라고 한다.

'염정소설'·'불교소설'·'전기소설'·'장회체(章回體)소설'·'몽자류(夢字類)소설' 등의 말로 그 성격을 표현하기도 하는데, 불교적인 내용에 한문투의 표현이 많은 것을 보면 우리가 쉽게 읽기에는 조금 부담이 되는 것도 사실이다. 하지만 워낙 구성과 스토리의 전개가 탄탄하고 주인공이 깨달음을 알아가는 과정이 흥미롭기 때문에 아직까지도 널리 읽히는 고전 작품으로 자리매김 하고 있다.

국문본과 한문본이 모두 전해지고 있으며, 그 선후관계에 대해서는 아직까지도 확실한 증빙자료가 밝혀지지는 않은 실정이다. 이전에는 국문본이 먼저 지어졌다는 입장이 주종을 이루었지만 최근에는 한문본이 먼저 지어졌다는 가능성이 더 주목받고 있다.

작품의 대강은 다음과 같다.

중국 당나라 때, 남악 형산(衡山) 연화봉에 서역(西域)으로부터 불교를 전하러 온 육관대사(六觀大師)가 법당을 짓고 불법(佛法)을 설법하였다. 그러자 동정호(洞定湖)의 용왕도 인간의 모습으로 와서 육관대사의 설법을 들었다. 이에 대사는 용왕에게 감사를 표하기 위하여 수제자 성진(性眞)

을 용궁으로 보냈다. 이때 형산의 위부인(魏夫人)은 팔선녀를 육관대사에게 보내어 법회에 참석하지 못함을 사과한다.

용왕의 후대(厚待)로 술에 취하여 돌아오던 성진은 때마침 돌아가던 팔선녀와 석교에서 마주치자 서로 말을 주고받으며 희롱을 꾀한다. 다시 절로 돌아온 성진은 팔선녀의 미모에 도취되어서 불문(佛門)의 적막함을 탄식하고 대신 유가적인 입신양명(立身揚名)을 꿈꾸게 되는데 이것이 죄가 되어 팔선녀와 함께 인간세상으로 추방된다.

성진은 회남 수주현(秀州縣)에 사는 양 처사(楊處士)의 아들 양소유로 태어났고, 8선녀는 각기 진채봉, 계섬월, 적경홍, 정경패, 가춘운, 이소화, 심효연, 백릉파 등의 이름을 갖고 각기 다른 지방에서 태어나게 된다.

양소유가 태어나자 양 처사는 신선이 되어 승천하였다. 아버지 없이 자란 양소유는 15세가 되어 과거를 보러 가는 도중에 화음현에 이르러 진 어사(秦御使)의 딸 진채봉(秦彩鳳)을 만나 서로 마음이 맞아 그네들끼리 혼약을 하고 만다. 그때 구사량(九士良)이 난을 일으키자 양소유는 남전산으로 피란하였는데, 그곳에서 도사를 만나 음률을 배운다. 한편 아버지를 잃은 진채봉은 관원에게 붙잡혀 서울로 끌려간다.

이듬해 다시 과거를 보기 위해 서울로 가던 양소유는 낙양의 천진교에서 있었던 시회(詩會)에 참석하였다가 계섬월(桂蟾月)이라는 기생을 만나 인연을 맺는다. 서울에 당도한 양소유는 어머니의 친척인 두 연사(杜鍊師)의 주선으로 거문고 연주를 구실로 하여 여관(女冠)으로 변장한 뒤, 정 사도의 딸 정경패(鄭瓊貝)를 만나는 데 성공한다.

과거에 급제한 양소유는 정 사도의 사위로 정해지는데, 정경패는 양소유가 자신을 만나기 위해 속임수를 썼다는 사실을 알고 그 봉욕을 갚는다는 명목으로 자신의 시비(侍婢)인 가춘운(賈春雲)을 선녀처럼 가장시켜 양소유를 유혹케 하여 결국 인연을 맺게 한다.

이때 하북의 세 왕이 역모를 일으키자 양소유가 절도사로 나가 이를 다스리게 된다. 돌아오는 길에 계섬월을 만난 양소유는 그녀와 더불어 운우지정을 나누었는데 다음날 보니 그녀는 하북의 명기 적경홍(狄驚鴻)이었다. 두 여인과 후일을 기약하고 서울로 돌아온 양소유는 공을 인정받아 '예부상서(禮部尚書)'를 제수받는다.

진채봉은 서울로 잡혀온 뒤 궁녀가 되었는데, 어느 날 황제가 베푼 환선시(紈扇詩)에 차운(次韻)하여 애를 태우게 된다. 황제가 그 까닭을 묻자 일전에 양소유와의 관계를 털어놓게 되었는데, 이로 인해 그 이유를 안 황제는 그 사정을 용서한다. 이때 채봉은 황제의 누이인 난양 공주와 친분을 맺고 있었다.

이후 난양 공주의 퉁소 소리에 화답한 것이 인연이 되어 양소유는 임금의 사위로까지 정해지지만 정경패와의 약속을 이유로 그것을 거부하다가 끝내 투옥되고 만다.

그때 토번왕(土蕃王)이 침입하자 양소유는 대장군이 되어 출전하게 된다. 진중에서 토번왕이 보낸 여자 자객인 심효연(沈梟烟)과 인연을 맺게 되고, 그 둘은 또한 후일을 기약한다. 그 동안 난양 공주는 양소유와의 혼약이 이루어지지 않은 이유를 알고, 몰래 정경패를 만나보게 되었는데, 그녀의 인물됨에 감복하여 정경패를 제1공주인 영양 공주로 삼게 한다. 토번 왕을 물리치고 개선한 양소유는 위국공(魏國公)에 봉해지고, 두 공주와 혼 인을 하며, 진 궁녀와 다시 만나는 가운데 그녀가 진채봉인 사실을 알게 된다.

양소유는 고향으로 돌아가 노모를 서울로 모시고 오게 되었는데, 그 길 에 낙양에 들러 계섬월과 적경홍을 모두 데리고 오니 심효연과 백릉파(白 凌坡)도 그를 찾아와 기다리고 있었다.

양소유는 2처 6첩을 거느리고 일가 화락한 가운데 부귀영화를 누린다. 그러던 어느 날 양소유는 종남산에 올라가서 여덟 미인과 더불어 가무를 즐겼는데, 역대 영웅들의 황폐한 무덤을 보고는 문득 인생의 무상함을 느 끼게 된다. 이에 불도를 닦아 영생을 구하고자 할 때, 호승(胡僧)이 찾아와 문답하게 되었는데, 비로소 긴 꿈에서 깨어나 자신이 육관대사 앞에 있음 을 깨닫게 된다. 꿈속의 양소유에서 현세의 성진으로 돌아오자, 성진은 이 전의 죄를 뉘우치고 육관대사의 후계자가 되어 열심히 불도를 닦아 팔선 녀와 함께 극락세계로 돌아간다.

이상의 줄거리를 통해 보았듯이 『구운몽』은 꿈 이전의 성진과 꿈속의 양 소유를 등장시켜 인생무상의 주제를 강하게 드러내는 작품이다. 이러한 구조는 이른바 '환몽구조'라고 일컬어지는 것으로, 우리나라의 고전소설 사에서는 『구운몽』에서 그 유래를 인정한다. 그리고, 이러한 몽자류 소설 은 후대에 활자본으로도 간행되어 많이 읽혔는데, 그 대표적인 작품으로는 『옥루몽』, 『옥린몽』 등을 꼽을 수 있다.

이 작품에 대한 연구는 일찍부터 이루어져 왔는데, 대승불교의 중심인 「금강경」이 바탕이 된 '공관(空觀, 공의 세계관)'이라는 어려운 주제를 나타내고 있으면서도 내용과 형식의 조화가 매우 훌륭하게 이루어진 작품으로 평가하고 있으며 더욱이 '환몽구조'라는 소설적 장치를 매우 부드럽게 구사해내고 있다는 점을 이 작품의 미덕으로 꼽고 있다.

아무래도 우리 고전문학사에 빛날 명작이라는 평가에는 이견이 없는 듯하다. 그런 평가가 있을 수 있는 이면에는 『구운몽』에 대한 평가가 우리나라에서만 이루어진 것이 아니라는 사실이다.

이는 『구운몽』이 중국으로 역수출되어 중국의 『구운루(九雲樓)』라는 작품에 큰 영향을 준 점과 일본에서도 『무겐(夢幻)』이라는 작품으로 번안되어 출간된 점, 일찍부터 영어, 독일어, 러시아어, 체코어 등으로 번역되어 출간된 점을 통해 밝혀진다.

ↄ 생각하는 갈대

첫째, 주지하다시피 『구운몽』은 우리나라 '몽자류 소설'의 시초이자 이후 여러 작품들에게 그 유형을 물려준 문학사적 의의를 인정받고 있다. 그런데 우리는 『몽유록(夢遊錄)』이라고 하는 일군의 작품들을 알고 있다. 그리고 이 양자간의 꿈속 체험을 '환몽구조'와 '몽유구조'라고 부른다. 그렇다면 '몽자류 소설'과 '몽유록'의 차이는 무엇일까? 꿈 이전의 주인공과 꿈속의 주인공이 어떻게 다른지에 착안하여 양자간의 차이를 생각해 보자.

둘째, 이 작품의 주인공은 과연 누구인가? 세속의 욕망이 부질없음을 알고 불도에 전념한 성진인가? 아니면 남자로서 부귀공명과 여색에 대한 욕망 모두를 극적으로 이루어나간 양소유인가? 작자는 독자들이 성진의 깨달음과 양소유의 욕망성취 이 양자를 어떻게 보아주기를 바라며 이 작품을 썼을지 생각해 보자.

셋째, 『구운몽』은 소설사적으로 볼 때 후대의 '가문소설'에 영향을 미친 작품으로 이해되기도 한다. 양소유가 이루어나가는 일련의 성취과정을 가문의 성립과 강화라는 측면으로 이해한다면 그러한 해석도 가능한 것이다. 당쟁의 소용돌이에서 부침을 거듭했던 김만중의 생애를 상세히 살펴보고, 그것과 관련지어 이 작품의 '가문소설'적인 면모를 찾아보자.

작가 연보

1637(1세, 인조 15) 충렬공 김익겸의 유복자로 태어남. 어머니를 따라 서울로 들어옴.

1639(3세, 인조 17) 윤 부인이 몸소 글을 가르치기 시작함.

1640(4세, 인조 18) 4월, 조부 김반(金槃)이 죽음.

1644(8세, 인조 22) 4월, 외조부 윤지(尹墀)가 죽음.

1648(12세, 인조 26) 처음으로 상시(庠試)를 치름.

1650(14세, 효종 1) 7월, 진사(進士) 초시에 합격함.

1652(16세, 효종 3) 9월, 진사 1등 다섯 명이 합격함. 연안 이씨(延安李氏)를 아내로 맞음.

1653(17세, 효종 4) 11월, 형 김만기(金萬基)가 별시(別試)에 뽑힘.

1654(18세, 효종 5) 고체(古體)의 여러 시를 지음.

1655(19세, 효종 6) 4월, 아들이 태어남.

1656(20세, 효종 7) 별시 초시에 합격함.

1657(21세, 효종 8) 7월, 딸이 태어남. 『정유구월낙제후작』을 지음.

1662(26세, 현종 3) 증광(增廣) 초시에 합격함.

1665(29세, 현종 6) 4월, 정시(庭試)에서 장원급제함. 전적(典籍), 예조좌랑(禮曹佐郎)을 차례로 제수받고, 12월 홍문록에 뽑힘.

1666(30세 현종 7) 정언(正言)에 제수되었으나, 인피(引避)하여 군직(軍職)을 부여받음.

1667(31세, 현종 8) 지평(持平)에 옮김. 홍문관의 동료와 함께 소(疏)를 지어 올림.

1668(32세, 현종 9) 『의상질의(儀象質疑)』를 지음.

1669(33세, 현종 10) 계를 올려 부정한 관리들의 처벌을 청함. 11월, 부수찬을 제수받음,

1670(34세, 현종 11) 홍문관 동료와 왕세자비 간택을 늦출 것을 상소함. 한학교수(漢學敎授)와 동학교수(東學敎授)를 겸직함.

1671(35세, 현종 12) 암행어사가 되어 경기지역을 염찰(廉察)함.

1672(36세, 현종 13) 문학(文學)과 헌납을 겸임함.

1673(37세, 현종 14) 영릉(寧陵, 효종과 인선왕후의 능)에 『영릉천장만장(寧陵遷葬挽章)』 4수를 지어 올림.

1674(38세, 현종 15) 관직을 삭탈당하고, 정월에 금성(金城)의 유배지로 감. 4월 유배지에서 풀려나와 숙종의 부름을 받아 벼슬함. 이 해에 많은 시를 지음.

1675(39세, 숙종 1) 호조참의, 동부승지 등을 역임함.

1678(42세, 숙종 4) 『동리집(東里集)』을 산정(刪定)함.

1679(43세, 숙종 5) 『비파행(琵琶行)』을 차운(次韻)한 『차비파행운(次琵琶行韻)』을 지음.

1680(44세, 숙종 6) 홍문관 제학과 예문관 제학을 겸하고, 대사간 등을

역임. 거듭 소를 올려 사퇴하고자 하나 임금이 허락하지 않음.

1681(45세, 숙종 7)　예조참판, 부제학 등을 제수 받았으며, 이해 연화방(蓮花房)에 있는 집으로 거처를 옮김.

1682(46세, 숙종 8)　문간공(文簡公) 성혼(成渾)을 문묘에 종사(從祀)하라는 교서를 지어 올림.

1683(47세, 숙종 9)　『실록(實錄)』을 고쳐 편찬한 공로로 자헌대부(資憲大夫)의 품계에 오름. 계를 올려 종권제(從權制)를 청함.

1684(48세, 숙종 10)　우참찬, 좌참찬 등을 제수받음. 숭릉(崇陵)의 신구릉(新舊陵)에 친히 제사지내는 제문을 지어 올림.

1685(49세, 숙종 11)　예조판서를 제수받음. 명을 받아 후릉(厚陵, 정안왕후의 능)과 순릉(順陵, 공혜왕후의 능)을 봉심(奉審)함.

1687(51세, 숙종 13)　아들 진화(鎭華)가 진사에 장원급제함. 선천(宣川)으로 유배됨.

1688(52세, 숙종 14)　영의정 김수흥(金壽興) 등의 간언으로 11월 유배에서 풀려남.

1689(53세, 숙종 15)　'절도위리안치(絶島圍籬安置)'의 형을 받고 남해의 유배지로 감. 이어 두 조카도 차례로 유배됨.

1690(54세, 숙종 16)　모친 윤씨 죽음. 유배지에서 날마다 메를 지어 올림.

1692(56세, 숙종 18)　4월 30일, 56세의 나이로 유배지에서 죽음.

1694(숙종 20)　왕명으로 관작(官爵)이 추복(追復)됨.